世上原本沒有最後一根稻草，壓倒駱駝的是每一根稻草

失控

裴山山 著

Loss of
Control

 第四屆魯迅文學獎得主
《遙遠的天堂》作者裴山山中短篇小說集

裴山山：「如果用文學的眼光看，他們不該被歲月定義的，
他們曾經是孩子，曾經是青年，曾經是中年，作家的目光應當能穿透歲月，
所以當他們走入我筆下時，都帶著他們完整的一生。」

目錄

目 錄

失控

導遊顧寧

沒想到出了人命！

下午都還好好的，吃晚飯時都還好好的，怎麼一下子就發生這麼悲催的事？真是中頭彩了，到現在我頭都嗡嗡作響，估計腦血管都鼓起來了，千萬別爆掉。本來今天就累得不要不要的，還雪上加霜……不行，等這個團結束了我必須休假，在家睡三天三夜，不，五天五夜，睡到整個身體的系統徹底更新為止，不然我就廢了。

好好，我鎮定，深呼吸，從頭講。

從哪個頭呢？就從出發吧。

我們這個團是九寨溝黃龍五日遊，十二個遊客，一輛中巴就坐下了。我喜歡帶這樣的小型團，沒那麼操心（這下再不敢說小團不操心了）。昨天本來一切順利，早上從成都出發，晚上就到了九寨溝。

線路？是成都－汶川－松潘－黃龍－九寨溝。別看這麼多地方，全程也就是四百八十多公里。真不算什麼，我跟遊客們說，前往九寨溝的路很好，沒什麼了不起的，大概七個半小時能到。雖然路途長，但大家放鬆心態，別抱著會累的樣子就沒事兒了。沿途我們隨時停車拍照，讓大家玩兒得盡興。

我們是早上八點半從成都出發的。成都到汶川全程都是高速公路，路況極好，所以我們還提前到了。參觀了汶川的地震遺址紀念館，然後就在

汶川縣城吃午飯。下午順利到達黃龍。

有人說黃龍的風景不如九寨溝，其實它別有風味，不輸九寨溝，黃龍主要以原始森林、高山湖泊、巨型鈣化瀑布、鈣化彩池等自然景觀為主要特點，還融會了豐富的動植物資源和民族文化，景點有七絕：彩池、雪山、峽谷、森林、灘流、古寺、民俗。途中還可遠觀紅軍長征紀念碑……哦不好意思，習慣了，一講就會這樣。

黃龍的最高海拔是四千多米，不知道那位老先生出狀況是不是和高海拔有關？可是另外一位比他年長的都沒事。我在車上跟大家提前說了，讓大家提前做高原反應的心理準備，有西洋參什麼的，就吃兩粒，願意買個小罐氧氣的，也可以買兩罐。整個遊覽三個多小時，很消耗體力，請各位根據自己的身體狀況量力而行。

當然不去景區也很可惜，迎賓池、飛瀑流輝、洗身洞、盆景池、五彩池之類就看不到了……噢不好意思，一講又順嘴了。

車上的幾個年輕人都去了，連兩個大媽都去了，可能還是女人有耐力吧。就兩個老頭，周先生和王先生沒上去。周先生帶著他孫女在一家茶室坐著，王老先生也過去了。周先生一直抱著小孫女，好寶貝的樣子。小孫女玩兒了一會兒就在他懷裡睡著了。

我走過去跟他們打了個招呼，不去看美景了嗎？那個王老中醫說，他膝蓋不好，不能爬山，周先生說他們都這個歲數了，什麼美景沒看過？當時感覺一切正常，兩個老頭好像也很談得來，像老朋友一樣。

一下午都在黃龍，大概遊覽了四個小時，比預計時間長了半個小時，因為有兩個年輕人，其實就是周先生老夫婦的孩子，他們很晚才下來。等他們倆花了差不多半小時。周先生和老伴兒都很不高興，尤其是周大媽，

衝著兒子媳婦嚷嚷說，怎麼回事呀？孩子也不管，就知道自己玩兒。兒子連連說對不起，因為他們去五彩池耽誤了時間。難怪，從纜車下來到五彩池還要走很遠的路呢。年輕女子一言不發，走過去把小孩兒接過來抱著。

那年輕女子叫榴月，長得很漂亮，開始還有些拘謹，後來就放開了，一路上喜笑顏開的，不斷拍照，買東西，什麼亂七八糟的旅遊紀念品都買，好像對這次旅行特別開心，要麼就是她很少出來，什麼都覺得新鮮。

晚上七點多才到達九寨溝，因為天黑了路上不敢開快。吃了晚飯住進酒店快九點了。我簡單交待了下第二天的安排，讓大家抓緊時間休息，自己也趕緊進房間，梳理一天的情況，又落實了第二天進溝的安排，然後想以最快的速度洗洗睡。

但是不斷有事，電話微信輪番響。其中包括那個王先生夫婦的女兒，對她爹媽出來旅遊很不放心，要我隨時發微信匯報情況，這對老夫妻不會發微信圖，我只好一路拍圖發給他們女兒。後來天黑了沒再拍她就急了。其實她父母不算年長，人家有些老人八十多了還獨自出行呢。就是缺少鍛鍊。真的，人的很多功能不鍛鍊就會退化的，經常出門的老人精神狀態都不一樣。

十點多好不容易洗了澡，又有個客人打電話說他電視打不開，半夜了還看什麼電視嘛，再說這種事完全可以找客房嘛，什麼都找我，真是無語了。有啥法，只有幫他叫客房服務。剛進浴室，微信的語音響了，我真是不想接，但語音鈴一停，手機鈴就響了，只好出來接。這一接，居然出了人命。

電話是 208 房間打來的，周先生昏倒了，不省人事。時間？大概快十一點了吧？讓我看下手機，哦，接到電話是十點五十。我一邊重新套上

黏糊糊的髒衣服往外跑，一邊打電話給 120，同時還打電話給總臺。等我衝進 208 房間時，看到周先生仰面倒在地下，身上裹著浴衣。跪在他身邊的居然是那個榴月，也穿著睡衣，面色蒼白，在發抖，抖個不停，你恨不能去按住她。周先生的老伴兒癱坐在床上，手撫胸口大喘氣，好像被嚇得犯心臟病了。她兒子站在她身邊，兩眼發直，就是他給我打的電話。

後來那個老中醫來了，還好有他，我根本不敢靠近。他俯身下去查看，然後搖頭晃腦，那表情，肯定是說已經死了。

全部人都不說話了。太恐怖了！看恐怖片都沒那麼恐怖過。我頭皮一陣陣發麻，畢竟是頭一回目睹死亡。榴月癱坐在地下，要昏過去的樣子，小夥子過去把她拉起來，拖到沙發上。房間本來就小，經濟型酒店嘛，我覺得要憋死了，趕緊跑到走廊外面。心臟狂跳，腿發軟，不知不覺就順著牆根滑下去了，然後就看到 120 的醫生從我的面前跑過去，進了房間。

後來聽醫生說，他是哮喘發作，引起呼吸道嚴重痙攣，沒有及時噴藥，不不，好像是噴藥過量，導致中樞神經麻痺，最後心臟衰竭。通俗的說，他是憋死了。

唉，真是活久見，倒楣，太倒楣了。雖然是病故，不是事故，可是這個團算是泡湯了。都怪我出門之前忘了看黃曆。不過就算是看了黃曆不宜出行也得出行呀，我哪有資格隨心所欲？出行是飯碗，必須出行，我的工作在路上。

請原諒我話多，實在是嚇得不輕。那一晚基本沒睡，迷糊了一會兒天就亮了。原以為接下來處理後事就行了。我留下，讓旅行社再派個導遊來把其他遊客帶走，繼續後面的行程。

可是一早你們員警就來了，搞了半天是周先生的女兒昨天夜裡報了

案，不讓動她父親。聽說她正在趕過來的路上，懷疑父親是非正常死亡，要求調查。她說哮喘已經是父親的老毛病了，他早已應對自如，不應該活活被憋死。一定有人為因素。

又驚到我了。人為因素？是有人故意害他嗎？怎麼可能？他明明是在自己房間倒下的，身邊除了家人沒有陌生人。

好吧。既然要調查，我只好配合嘍。

不過，細細一想，也確實有疑點。或者說有很多奇怪的地方，我是說這家人，周老先生這一家人。雖然就一天時間，我已經發現了很多奇怪的地方，把我的八卦心都給激發出來了，如果再多遊一天，我就會發現問題。肯定的。

特別是昨天下午大家在車上等那兩個年輕人的時候，我看到周先生和老伴兒的神色都有些異常，隱隱約約就聞到了一種不一樣的氣息，真的。我向來敏感，每次參加飯局，坐下一會兒就能判斷出這一桌哪兩個人關係曖昧。

嗯，就說說我發現的奇怪之處吧，簡單一句話，他們老夫妻不像老夫妻，小夫妻不像小夫妻，連那個三歲的孩子也奇怪，我從來沒聽見他叫過爺爺奶奶，除了媽媽他誰也不喊。那個年輕男人也從來不管孩子，根本不像個當爹的，只顧自己玩兒，一下車就衝下去拍照，而且只拍風景，很少給家裡人拍。我當時還想，要是我老公這個德性，立馬拜拜。

一直到下午遊黃龍景區，那對小夫妻才開始在一起玩兒，起初都不怎麼說話，各自坐在單人座上……照理說這一家出遊，那個年輕男人應該是主心骨才是，照顧爹媽和老婆。但在我看來，那個老頭周先生才是主心骨，一會兒抱孩子，一會兒給兩個女人買水喝。我做導遊五年，見識過形

形色色的遊客，奇怪的也沒少見，但一家人都很奇怪的還是頭一回遇見。

　　對了，最初報團的時候也有點兒怪。我聽同事說，是那個年輕女人來報的，就是榴月。他們一家人參團，老倆口和小倆口，外帶一個三歲的孩子。繳費的時候卻主動提出按六個人繳費。因為那個榴月說，他們需要三個標間。同事覺得奇怪，孩子不可能自己住呀。她解釋說周先生打呼很厲害，需要和老伴分開住。原來如此，顯然他們不缺錢，我們當然巴不得了。隨她的便了。所以我們這個團說是十二個人，實際上只有十個半人，車子很寬鬆。剛開始榴月和小夥子都各自坐在單人座上，後來兩個人跑到最後一排去挨著坐了。

　　榴月一見面就說，他們家三間房子一定要挨著，這個可以理解。我不理解的是她說這話的神情，在強調必須挨著的時候，語調裡流露出很心虛的樣子，好像她提了一個不合理的要求。其實她不說我也會把他們一家安排在相鄰的房間呀，她專門強調了反倒讓人起疑心。

　　剛才忽然聽到個八卦，又把我驚到了，他們說榴月才是周先生的妻子，那個所謂的「老伴兒」是周先生的姐姐。是真的嗎？

　　哇，我是說怎麼那麼奇怪，原來如此啊。這下那些奇怪的事情就可以解釋了。哇哇，這麼奇葩的事讓怎麼我給遇到了。真是中彩。對不起對不起，我實在是控記不住我記幾（控制不住我自己）。

　　如果是這樣，你們應該重點詢問那個榴月，她的疑點最大了。既然他們是夫妻，為什麼出事的時候她沒和周先生在一起？有人看到她穿著睡衣從外跑回自己房間的。而且她一直在發抖，一直在哭，還說對不起誰。我沒聽清。

　　難道是她有外遇了？把那個老頭給氣死了？對了，我還聽那個姓方的

大媽說，她當時到處找不到那個急救藥，她還說那個藥老頭是隨身帶著的，難道是榴月故意把藥藏起來了？

哈，我是不是撈過界了？好，不瞎猜了。我知道的就是這麼多。這是我的名片，你們如果以後想參團旅遊就找我，一定給最優惠的價。你們的家人也可以。

哎，你們是不是也應該給我一張名片啊，然後說，想起什麼再給我打電話。美劇裡就是這樣的，對不對？

遊客王老中醫

是哪個的嘴那麼快，跟你們說的我和周老闆聊過天的？

當然也沒必要隱瞞，聊個天很正常嘛，一個團旅遊，兩個老男人，肯定談得攏嘛。

我願意來講情況，盡一個公民的義務，如果能幫你們查清案子，當然好。不過你們最好不要寫我的名字，我不想讓人家曉得是我說的，尤其不想讓周老闆的家人曉得是我說的。另外，我也不想讓人家曉得我出來旅遊了。為啥子？你不管嘛，反正請你們保密。

不是我衝殼子（川話，吹牛之意），我從一大早上車起，就感覺到他們這家人不正常。我雖然看不來面相，算不來命，但畢竟行醫多年，看臉色還是莫的問題的。

我看到他們老倆口坐在一起，不像老倆口，彼此很客氣。哪像我和我家老妮兒（川話，老太婆），一哈兒互相照顧，一哈兒互相抱怨。那小倆口呢，更奇怪，各坐各的，一開始話都不說，好像是嘔了氣出來的。反正

旅途無聊，我就一直在觀察他們。要是讓我把個脈，手一搭上去，八九不離十。我是中醫世家哦。

中間到景點停車的時候，那個小夥子每次都是第一個跳下車，跑得飛快，也不管老婆娃娃，自己就去放水（解手），然後到處拍照。那個年輕女子很漂亮，看上去最多三十，身材保持得像個女學生，眼神也有點兒怯生生的，好像沒見過啥子世面。她穿了件翠綠色的短褂子，下面是深色裙子，多有氣質的，一個人慢慢往景區走，就像一棵樹在動一樣。嘿嘿，我還是會形容哇？

那個老頭經常不下車，好像對啥子風景都沒興趣，靠在位置上打瞌睡。就是參觀汶川地震遺址的時候他進去看了看，他還給我說地震那年他捐了一卡車礦泉水、一卡車食品還有毛毯啥子東西，總之是獻了愛心的。但是他家老妮兒每次都要下車，而且經常是最後一個上車，慢條斯理的。總之一家人都很奇怪。

對了，中午吃飯的時候，我還發現一個奇怪的地方，那個年輕女子先給娃娃餵，小夥子就只顧自己悶頭吃完全不管。後來，還是老頭把娃娃抱過來，讓年輕媽媽吃飯。老公不管，婆婆也不管，反倒是公公管，是不是好笑？和普通人家完全不同。

我越看越覺得有名堂，就給我們那口子說，我敢肯定那對年輕人不是夫妻，我從沒見過這樣的夫妻。我們家老妮兒說，也可能是那小夥子還沒長醒，不懂事。我說，一看就是三十的人了，還沒長醒？不會哦。我行醫三十多年，啥子人沒見過，看一眼就能判斷個八九不離十，他就是不像丈夫，更不像爹。

比如你員警同志，肯定不是四川人，對不對？我一聽就聽出來了，你

那個四川話，是外地人學的四川話。你是河北的？我感覺你也不是河北的。承德？承德不是河北，承德當然不是河北⋯⋯手機號是河北移動也不能代表什麼嘛。你曉得不，民國的時候，承德是綏遠的，綏遠是東北的，那時候不是叫東三省，是叫東五省⋯⋯

好好，我不扯了，接到剛才的說。

吃過午飯離開汶川上路後，情況開始起變化了，兩個年輕人突然坐到一起去了，跑到最後一排，開始擺龍門陣了，男娃娃不停地說這說那，女娃娃不停地笑，兩個人嘰嘰喳喳的，很開心的樣子。不過我還是認為他們不是夫妻，因為他們那種開心，感覺像是剛認識的新朋友那種，古人說過樂莫樂兮新相知。老熟人不是那種開心法。

但是那兩個老的還是一直悶起。

到了川主寺，周老頭就說，他不進景區遊玩，就在原地喝茶歇腳。我一聽正好，我也不想去，畢竟七十多的人，坐幾個小時車就夠累的了。於是我們兩個，不，是我們三個，還有那個三歲的小丫頭，就找了家茶館坐下喝茶。我們家老妮兒和他家老妮兒都上去了。

說老實話，我根本不想出來旅遊，有啥子可遊的？就是我們家老妮兒，非要出來不可。她說她那些同學一天都在晒照片，去這兒旅遊了，到那兒旅遊了。她就口水滴答地羨慕人家。我跟她說，旅遊有啥子意思嘛，不就是從自己待厭煩的地方，跑到人家待厭煩的地方去看稀奇嗎？我又沒在成都待煩，不想出去。她說天天在家憋著，太無聊，想去看春天的美景。我說妳想看春天美景還不簡單，直接去府南河邊看就可以了，河邊公園要水有水要草有草，要樹有樹花有花，非要出遠門幹什麼？別處的花也是那樣開，樹也是那樣長。何必麻煩嘛。加上一出門就有很多不安全因

素，沒看到新聞上經常有大巴翻車嗎？她就罵我烏鴉嘴。

你看嘛，還被我說到了嘛，果然就遇到事情了嘛。本來在家安安生生的，多好，為了跑這一趟，我的診所還要關一星期。我的診所火爆得很，每天從早到晚有人，好多人慕名而來。我還騙人家說家裡有急事需要停業一週。唉，真是不上算。

本來我們家老妮兒一直安安心心在家的，都是那個啥子朋友圈兒把她給誘惑了。我就不搞那個東西，有啥子意思嘛。她那天報了團回來高興地不得了，說是現在有規定，參加九寨溝旅遊團，年齡限制在七十五歲以下，我剛好夠格，報到名了。好像撿了多大一個便宜。我還有四個月才滿七十五。莫法，我強不過她，畢竟人家多年輕的時候就跟我了，我那個時候落魄，快四十了都沒對象，出身不好嘛。她是二十出頭的黃花大姑娘，嫁給了我，雖然現在也是五十多的老太婆了，但我還是虧欠過她嘛。這幾年我每天坐診，她在家帶孫兒，的確辛苦。好嘛，我就帶她出來耍一盤嘛。哪曉得……

所以我早就說了，老頭娶小的風險很大，又費馬達又費電。那個吳昌碩那麼牛，娶了一個小妻，還不是跑了。吳昌碩還多幽默的，說我情深，她一往……

好好，我接著說正事。

我跟那個老頭坐下來喝茶，幾分鐘就搞清楚了他的狀況，原來他是個大老闆，他給了我一張名片，我一看到那個企業的名字嚇了一大跳，太有名了，我都買過他家產品。簡直看不出來他是那麼大個老闆，穿的比我還樸素，肚子也沒有鼓起，臉上也沒有油光光的。我雖然沒表現出來，還是嚇了一大跳。

他聽說我是老中醫，對我也很客氣，馬上諮詢了一些身體情況。他說他有哮喘，很多年了，必須隨身帶藥，是原來下鄉當知青的時候得的。我馬上答應，回去就給他開一個方子，雖然不能根治，但可以緩解很多。我們中醫講究的是調理……

　　我還跟他說，年輕的時候病是敵人，入侵到你身體裡欺負你，很快就被兵強馬壯的你給打跑了。年老的時候病成了朋友，登堂入室後就不走了。這種時候，你只有心平氣和地與它共處，一起走完人生的最後階段。

　　他很欣賞我的說法，說我很有哲理。

　　那是，我們中醫就是講究辯證法。我還跟他說，人上了七十，就不能不考慮剩下的路了。像我，早就準備好跑路了。他問我是不是寫好了遺囑？我說不是的，遺囑歸遺囑，我是為了斷自己做好了準備。他有點兒吃驚。我說我的原則是活要活得開心，死要死得痛快。如果哪天我得了重症，不可逆轉，我絕對不會毫無尊嚴的延長生命，立馬自我了斷。他問我咋個自我了斷？我說我有藥，備好了的，到時候「嘎嘣」一下就了斷。他問我啥子藥，我說這個不能分享，不然我成殺人犯了。而且我不會等到連吃藥的能力都沒有了才了斷，我肯定要提前了斷，求個好死。

　　他朝我舉了個大拇指，表示很贊成。反正我們兩個聊得很投機。

　　後來我們又彼此報了下年齡，搞了半天他比我小七歲。我還以為他也上七十了，結果他才六十七，他有點顯老，可能做生意太辛苦了，太熬心血了。不管你好有錢，身體都是一樣的，都是經不起熬的。英雄都氣短，何況老英雄？

　　不曉得咋個就聊到了老婆。我跟他說，我老婆比我小二十（其實是小十八，中國人都喜歡四捨五入嘛），所以她還敢上去遊覽，我不敢上去。

這裡海拔還是有點兒高。可能我說這個話的時候有點兒驕傲，男人嘛，娶個年輕老婆肯定還是有點兒驕傲的。他一下就笑起來了，確實笑得很突然。他說我老婆比我小四十，所以更沒問題了。我又嚇了一大跳，雖然之前一直疑心，聽他說出來還是嚇了一大跳。他嚇了我兩大跳，第一大跳是那張名片。

我就忍不住問他，那，那兩位是你的……？他知道我問的是哪兩位，回答說，他們是我姐姐和我外甥。哦，是這樣。我心裡面想，好奇怪的組合，不是一般的奇怪。

周老闆看出我的奇怪了，假裝沒看出來。大家都是這個年齡了，啥子情況都能應對，不想解釋就不解釋。但是他還是開始給我擺龍門陣了，講起他是咋個娶到那個美女的，繪聲繪色，簡直像茶館裡說書的一樣，多好聽的。說到底，就是因為他有錢。有錢人的生活，我們簡直不能想像。有一回有個有錢人在我那兒看病，說自從他養的錦鯉死了後他就一直不好，股市也虧，心慌氣短，晚上失眠。只好下決心再去買兩條。我想買個金魚還要下決心嗎？就問他好多錢一條，他說五萬一條！我的個乖乖，五萬，兩條十萬！我們老妮兒讓我給她買個一萬的手鐲我都沒捨得，真是人比人氣死人呀。那個病人走了以後，我馬上拿卡給老妮兒說，去買手鐲吧，手鐲永遠不會死。

好好，我接著說。

反正周老闆擺起他娶小老婆的時候，是有點兒得意的，他娶那個美女的時候，他已經五十九了，美女剛剛二十。他說他們差四十，果然也是四捨五入了。

這麼一說我明白了，他懷裡的那個小丫頭是他的，是他和那個年輕姑

娘的。他說這是他們第二個了。老大已經上小學了，所以沒有帶出來。我心想，看不出，還凶（川話，厲害之意）嘛，居然生了兩個。

但是我看他現在不行了，看氣色就曉得，已經在走下坡路了，而且走得很快。一個強人，最終打垮他的只有身體。身體一垮，咋個都驕傲不起來了，真的，打垮一個強人的只有他自己。

我沒想到他會把這些祕密都告訴我，可能他覺得我們都是老牛吃嫩草，有共同語言，容易理解。其實我們完全不同，我娶老婆的時候四十歲，也還是青壯年嘛，而且是初婚嘛，他肯定是第二道了。他才是老牛吃嫩草。我不算。

好好，不說這個。

周老闆開始講的時候還是比較得意的，不知道為啥子，講到後來臉上就有愁雲了。他可能沒察覺，我一眼看出來了。他說他和我一樣，對旅遊沒興趣，生意都忙不過來，社會活動都參加不完，哪有閒心旅遊嘛。但是不知道咋回事，這一年多榴月天天要求出門旅遊，他沒辦法，才答應出來的。

我點頭表示理解，我說周老闆，我跟你完全一樣，我也不想出門。按我們傳統醫學來講，老人宜靜不宜動。在家千日好出門一日難嘛。

周老闆說，我倒是經常出差的，但是……唉。這一年多身體也不如從前了。你要是一年前見到我，肯定覺得我精神得很。這一年我變化很大。王醫生，是不是人的身體下滑也是有個節點？到了某個節點就會煞不住車？

我連忙安慰他說不會的，你就是太累了，需要調理。我們畢竟是六七十歲的人了，不能和年輕的時候比，身體各個零件都老化了，磨損

了。等回到成都了你來找我，我專門為你配個方子，幫你調理一下，等於是在各個零件點點兒油，雖然恢復不到從前，但還是可以經用一些嘛。他還多高興的，說這次出門還是有收穫，認識了我這個老中醫。

哪曉得。他認識我晚嘍。

昨天夜裡？昨天夜裡是這樣的，我們老倆口本來早早就上床休息了，後來我聽到走廊上有動靜，感覺不尋常，就起來開門去看，一打開看到導遊小顧正往 208 房間跑，我想是不是有人生病了？當醫生的嘛，還是有職業敏感的，我就跟著跑過去了。

等我進到房間的時候，周老闆已經不出氣了。

唉，下午都還好好的，咋個說沒了就沒了呢？我雖然行醫幾十年，也有點兒看不懂了。聽說他從發病到咽氣，時間很短，就是半個多小時。也好，沒受啥子罪，還是比較符合我說的那種痛快了斷。

不過他倒是痛快了，他家人很痛苦，我看到那個年輕女娃子臉色蒼白，一下就癱倒地下了。他老姐姐坐在一邊摸到胸口掉眼淚，眼裡有很多怨氣，我看出來了。

人世間的事，有時候真是太奇怪了，見怪還是要怪。

遊客方女士

雖然不是我報的案，但我也贊成查一下老周的死因。在這個問題上我站在他女兒一邊。老周他得哮喘又不是一兩天了，怎麼可能被這個病害死？這裡面有個很大的疑團，需要解開。

我到現在還有點兒回不過神來，怎麼會發生這樣的事？我也是年過半

百經歷過不少事情的人了，一直都很淡定的。我相信凡事皆有因緣，可是這件事情的因緣很不明了，讓我無法看破。僅用人生無常來解釋，是解釋不通的。

一個好端端的人，說沒就沒了，一個成功的企業家，一個常人眼裡的大款，一個可以讓很多人依靠的牆，突然就坍塌了，化成塵土了。雖然我知道，無論是誰最終都要化作塵土，但總得有個前因後果吧。

當然，出了這樣的事，我也沒必要隱瞞了。我承認，我和周德倫不是夫妻，那個榴月才是他妻子。我是周德倫叫來給他打掩護的，周德倫出了我們的所有費用。

我和他是什麼關係？算姐弟吧，他叫我方姐。其實我比他還小個半歲吧，但是公司裡的人都叫我方姐，他也這麼叫，估計很多人都不知道我的真名子了。

我真名方素荷，素雅的荷花，父母大概是這麼期待我的吧，因為生在七月。現在自然是乾荷了。那個年輕小夥子是我兒子，專門請假陪我出來玩兒的。我沒有告訴他我是來幫周德倫打掩護的，如果說了他肯定不來。這個月我正好過生日，他問我要什麼禮物，我說你從來沒陪你媽玩兒過，陪我玩兒幾天就算給我的生日禮物了。兒子很孝順，答應了。到了旅遊團我才告訴他實情，他很不高興，可是來都來了。再加上他也知道那個周德倫對我們母子很好，小時候他一直叫他舅舅的，但是這個舅舅娶了個他的同齡人，還是讓他彆扭。

起初他和榴月各坐各的位置，也不怎麼說話，可是，年輕人畢竟是年輕人，慢慢就熟悉了，熟悉之後馬上就談笑風生了，還竊竊私語，這個我也沒想到。我兒子也是男人，男人都好色，對吧？雖然榴月論輩分是我兒

子的舅媽，但畢竟年輕，又那麼漂亮，那麼有魅力，這也是沒辦法的事。榴月跟我兒子在一起也很開心，這應該是人的本能吧，誰都懂得起的。

老周娶榴月的時候，榴月剛二十，他已經五十九了。這麼大的差距，肯定是走到哪兒都有會引來驚詫的目光（當然也包括羨慕或者鄙夷的目光）。老周雖然有勇氣娶小妻，卻不願意承受各種目光，所以平日裡很少和榴月一起出門。

今年春節吃年夜飯的時候，榴月忽然當著一家人的面哭起來了。我猜測是詠梅，就是老周的大女兒，刺兒了她，她說她「妳是不是生怕我和爸的距離還不夠大？」那天榴月穿了一件無袖的棉旗袍，外面披了一件狐狸皮的短大衣，還梳了一個很高的髮髻，顯得特別妖嬈。詠梅本身就反對她父親這樁婚事，加上在相貌上又比較自卑，她長得像她爸，不怎麼好看，相比之下榴月太過出眾了。榴月當時沒說什麼，後來不知怎麼就掉起眼淚了。

我當時也在場，每年團年，老周都會訂一個二十人的大桌子，把全家人，七七八八的，都叫來。吃了飯還每人一個紅包。他喜歡那種場面。大家也樂得又吃又拿。

我看老周拍了拍榴月，沒說什麼。榴月也很快收聲了。她本來就是個好脾氣女孩兒。後來他就跑來跟我商量了。他說榴月聽說詠梅他們要出國旅遊，很羨慕，也想出去玩兒。他還說這些年確實憋屈了榴月，想滿足她一回。

他來找我商量，要我幫忙，讓我帶著兒子一起去，這樣在外人看來我們四個人就是兩對夫妻，顯得比較正常。他說妳來幫我打個掩護吧。只有妳能幫我。我實在是厭煩了人家總把榴月當我女兒，把我女兒當孫女。我

一面笑他竟想出這樣的主意，一面還是答應了。

從人的本性來講，每個人都是自我中心的。一天二十四小時至少二十小時會想到自己。只是有的人在為自己著想的同時，努力替他人著想，否則就於心不安；而有的人不但自己替自己著想，還要所有的人都替他著想，否則就怨氣沖天。這可能就是利他和利己的區別吧。

老周這個人屬於後者，比較替別人著想。我也可以算後者，所以肯定會幫他忙的，這麼多年了，他一直對我很關照，待我不薄。人應該懂得感恩，否則連動物都不如。生活需要一顆感恩的心來創造，也需要一顆感恩的心去滋養……再說這事我若不幫他，他還真找不到合適的人。

我當即說沒問題。不就是玩兒嗎，免費旅遊，還能幫上你，有什麼不好？而且我還鼓勵他說，你早就應該出去走走了，不要總忙生意，生意哪有個完？要學會享受生活，看看路邊的風景，聽聽自己的心聲。我們總在一個既定的軌道裡生活，讓慣性裹挾著走，久而久之，都忘記了生活本來的樣子。

好好，我說實在的。

我和他是二十年的朋友了，開始是他的下屬，在公司做辦公室主任，後來就成了朋友。我還幫他管過孩子。他經常說，妳就像我的姐姐。我兒子研究生畢業，也是他推薦進了一家投資公司的，還送了一個超大的就業紅包。他還說結婚的時候要送更大的。老實說，我真沒什麼可報答他的。他什麼都不需要，應有盡有。不止是物質上應有盡有，精神上也很強大，公司裡遇到任何麻煩，大家覺得只要告訴他就 OK。包括我個人有什麼困難，也常常是他幫我搞定的。我看書上說，有哮喘或者呼吸障礙性疾病的患者，心理容易脆弱。但他不一樣。我很佩服他。

不過我還是想告訴你們，在外人面前，在社會上，他始終是個強人，像廣告裡說的，一切盡在掌握。自己的公司越做越大，幾年前上市，穩穩地往前走。他在社會上的形象也很好，做慈善，參加公益，還是市裡的政協委員。在江湖上也講義氣，很有人緣。家裡的事，感覺他也都能擺平。擺平什麼？唉，就是那種清官難斷的家務事嘛。

但只有我知道，他經常疲憊不堪心力交瘁。雖然他娶了榴月，但榴月在他心裡始終是個孩子，不是妻子，他是榴月的人生導師，他在榴月面前從來不訴苦，不發牢騷，不示弱。他只有在我面前是最放鬆的，最不在意形象的。

我不會開導人，沒有學過心理學，大學裡是學企業管理的，但是我喜歡看雜書，心態也還算平和。他特別願意到我這兒來，隔個十天半月來一次吧，到我家把外套一脫，往沙發上一靠，就開始打瞌睡，好像全身都放鬆了，天塌地陷都不管了。我呢，就在一邊兒看書，等他醒了，給他做一碗他最喜歡的番茄雞蛋麵。他總是說我的番茄雞蛋麵比任何飯館的都好吃。吃了麵，有時候他什麼都不說就走了，有時候他會嘮叨一下最近的煩心事，我就是聽著，偶爾談點兒我的看法。說不定他一邊嘮叨一邊就理順自己思路了。

總之我那個家是他歇息的港灣。我也挺樂意為他提供這麼一個放鬆的場所。人生在世，沒有哪個人的生活是容易的，哪怕是所謂的強者，也需要理解和包容，需要體諒……

你覺得我們不止是姐弟關係？我覺得吧，這個事已經沒必要追究了。男人嘛，還是希望娶個年輕的，一來年輕的養眼；二來男人還是自私的，希望老了以後年輕妻子可以照顧自己，其實不然……

好好，我是想盡可能把我知道的事情告訴你們。

八年前榴月到公司來時，老周還讓我帶了一段時間。他這人就有這本事，做什麼事都給人感覺是正確的。因為他的關係，榴月也叫我方姐。我帶她熟悉城市生活，買衣服，打理頭髮，還教她穿著，還帶她去學了一段時間瑜伽。雖然他當時給她安的職位是我的助理，實際上我成了她的助理。他們成家後我又教她洗衣服，燙衣服，疊衣服，用吸塵器，整理房間，反正就是學習家政吧。就是沒學廚藝，老周一直有個固定廚師。

哦，又說跑了，不好意思。我接著前面說。

榴月來和我商量，多訂一個房間。晚上我帶小丫頭睡，兒子自己睡，他們倆一個房間。我覺得這方案很可行，同意了。反正就四個晚上，我管孩子沒問題。

但是真的一起出來了，還是覺得有點兒彆扭。兒子彆扭，榴月彆扭，我彆扭，他也彆扭，我看出來了，他情緒不高。我的彆扭可以忽略不計，這麼大年齡了，無所謂。本來我就是帶著一顆脫俗的心出門的，只想喝一杯塵世的茶。那兩個年輕人的彆扭，也很快就被荷爾蒙給溶解了，只有老周一直別著，而且越來越僵硬，尤其是下午兩個年輕人坐到了一起，聊天聊得很開心，他的臉色更不好看了，我完全能看出來。我想他的心情一定很複雜。

說起來，老周真是一個情種，我說這話沒有貶損他的意思，就是陳述一個事實。他的感情生活開始得很早，九歲時就喜歡上了他們班上一個女孩兒，天天在街角等女孩兒一起上學，考試得了一百分媽媽獎勵他兩毛錢買糖，他馬上分一半給那個女孩兒，只為了牽一下女孩兒的手。可是到五六年級，女孩兒進入尷尬期，成了黃毛丫頭一個，不好看了，他馬上就

冷落人家了。

後來下鄉當知青，他愛上了宣傳隊裡的「李鐵梅」，死追不放。他在外貌上一點優勢沒有，個子也不高，年輕的時候就不帥。但他很有才，能說會寫，情書尤其寫得好，在知青裡也算個小才子。李鐵梅就動心了。李玉和知道了倒是沒說什麼，李奶奶堅決不幹。我這話你們肯定聽不懂吧？五十歲以下的人都聽不懂。簡單的說，就是那個女孩兒的爸爸沒意見，女孩兒的奶奶不幹，奶奶嫌他就是個知青，前途未定。他們李家，好歹也個商賈之家。

但是周德倫是個不達目的不甘休的人，回城後接著追，最終和李鐵梅結婚了。為這個他很是風光了一陣。因為年輕的時候李鐵梅確實漂亮。我見過照片，真的是清純動人。後來呢，他下海掙錢，發達了，自己辦企業很成功，成了有錢人，就和李鐵梅離婚了。

其實離婚的時候他很糾結，畢竟他跟李鐵梅是患難夫妻，不想拋棄她。但是他當時管不住自己，跟公司的會計好上了，公司會計威脅他說，不娶她的話，就把他公司的事全部抖摟出去。他想來想去，覺得兩個女人比起來，還是李鐵梅好降服一些。他就和李鐵梅推心置腹的談了一次，時間長達五個小時。他說咱倆是自己人，好商量，我覺得眼下這個情況，無論對妳還是對我，都是離婚比較好。第一，妳這個人有潔癖，即使不離婚，妳以後也不會再碰我了，那不是守活寡？第二，離婚的話，妳可以拿走一半財產，我心理也平衡一些。妳現在剛四十，有這個經濟基礎完全可以再婚。何必跟我一起糟蹋了下半輩子呢？至於女兒，讓她跟妳，保證她的生活沒有太大變化。

李鐵梅覺得他說的句句在理，就答應了。周德倫就是個特別能說的

人，一套一套的，死人都能被他說活。一個人要是能說會道，成功的機率就很高，真的，好像是哪個哲學家說的，任何人只要具有辯才，能把他荒誕不經的假設說得天花亂墜，就一定能取勝。當然他也愛看書，聰明，什麼都懂點兒，下鄉前是石室中學的，挺會讀書。他說話算話，把李鐵梅母女倆完全安置好了才離婚的。

可是後來很不好，兩敗俱傷。李鐵梅雖然會唱《紅燈記》，卻是個很內向的人，離婚後一直鬱鬱寡歡，也沒再嫁。幾年後女兒考進大學去北京讀書，她孤孤單單的，心情更不好，五十多歲就去世了。周德倫說他這輩子最對不起的人就是她。但是他自己那幾年也很糟，娶了會計後一天安生日子沒過，成天吵架。會計倒是給他生了個兒子，但她就是個好吃懶做的女人，還花錢如流水。老周一直忍著她，等兒子一考進重點高中他就把她休了。這一次他完全掌握了主動權，因為會計早就不是會計了，早就是全職太太了。當然，他還是給了她房子和錢，把她安頓好。生命很貴，生活很累。

後來他有點兒懼怕婚姻了。曾經有幾年和一個女人同居，不願意結婚。那個女人很能幹，是公司裡負責市場銷售的。但是太強勢了，還總喜歡在外人面前指點他。他受不了，又分手了。分手後也把那女人安排得妥妥的。他就是這麼個人。

現在過年的時候，他除了把女兒女婿叫上，還會把會計和小兒子叫上，也把那個市場部經理叫上，把我叫上，好像他有三房四妾似的。榴月對此一點兒不吃醋。這個女孩兒就是這點好，也許人家是大智若愚吧，心裡明白她在老周心裡的地位，樂得做個賢慧的妻子。

所以我說，老周給人的感覺，就是能把一切搞定。這次出遊，他也是

很有把握的樣子。卻沒想到，出了問題。

　　我好後悔，我不該答應出來，不該答應幫他打掩護。如果我阻攔他，讓他老老實實在家，就不會出這個事。唉，風起於青蘋之末啊。誰能遇見會發生這樣的事？

　　其實下午在車上，我看兒子跟榴月談笑風生的，看老周老闆緊抿著嘴，法令紋一直拉到下巴尖，我就有點兒擔心，我還悄悄發了信息給兒子，委婉地提醒了一句：要照顧好你舅媽，你舅舅年紀大了。我想用舅媽和舅舅這兩個稱謂來提醒他，他和她不是平輩關係。兒子卻沒心沒肺地回了我一個 OK。後來他倆很晚才下山蹬車，我有意黑著臉訓斥了兒子，然後又故作輕鬆地跟老周說了句，真是孩子。

　　我是想讓老周不要太介意，年輕人貪玩兒嘛。

　　晚上到達賓館後，我就帶著小丫頭在我房間裡，給她洗澡，哄她睡覺。我那天也挺累的，畢竟坐了一天的車，也洗了躺在床上準備休息。可是電話忽然響了。大概十點多。十點多少？我沒看錶，應該是十點四十吧？。

　　我接起來，只聽到喘氣聲，我馬上明白是老周犯病了，連忙衝過去，就在隔壁房間，門沒關，我一推就開了，進去就看見他一個人倒在地下，榴月不在。老實說，如果我當時馬上能找到泛得林，是可以救他的，他揪著胸口，呼哧呼哧的。但是我找不到藥，我在床頭櫃和他衣服口袋裡都沒找到，以前他習慣在睡覺前放一支在床頭櫃上。我俯下身問他藥在哪兒？他就說了兩個字，榴月。我也不明白什麼意思，急得使勁兒喊榴月，過一會兒榴月跑進來了，手上拿著泛得林，撲上去對著他的嘴就揿，連續揿了好幾下，我一下子想起不能過量，過量很危險，但是已經晚了……到最後

也不曉得是藥噴得太晚，還是太多，反正，他就是過去了，眼睜睜地在我們面前斷了氣……

我不知道他們夫妻間到底發生了什麼，我不能亂猜測，但肯定是發生了什麼。我只能說我看到的。當時榴月確實不在老周身邊，她跑進來的時候穿著睡裙，很慌張……

我現在就是希望查清楚，他身邊為什麼沒有那個藥？就是那個可以救他命的泛得林，醫學名字叫硫酸沙丁胺醇噴劑。沙丁胺醇，沙子的沙，甲乙丙丁的丁，胺是月字旁一個安全的安，醇是醇厚的醇，左邊酉右邊享。他用這個藥二十多年了，不要說出來旅遊，就是出門散步都要帶著，他辦公室的抽屜裡也隨時放著，我家也有，總之他常去的地方都有。

他雖然心理強大，唯獨在呼吸這個事兒上很謹慎。有次他去參加一個重要會議，到了地點忽然發現褲兜裡沒有沙丁胺醇，立即連路都不敢走了，生怕步行導致呼吸急促，誘發呼吸道痙攣。就坐在大廳裡，讓服務員去街上藥店買，等服務員買到一瓶沙丁胺醇，他才坐電梯上樓開會。對這事兒那麼謹慎的人，怎麼會不帶藥？除非是有人把他的藥藏起來了。

我俯下身去的時候，他最後跟我說的就是「榴月」兩個字，我聽得很清楚，但我不明白是什麼意思？榴月怎麼了？

我不願意相信是榴月害他，榴月為什麼要害他？沒道理。凡事都有因果，老周走了對她有什麼好處？我知道老周早就留了遺囑，財產五個人平分，四個孩子再加上榴月。老周不走，錢財都是榴月的，所以榴月不可能謀財害命。

但是我還是覺得必須查清楚，且不說他大女兒要追究，我也想追究。不然老周死得太冤，我也跟著冤，畢竟是我陪他出來的。

好吧，我就說這麼多吧。我說的都是真實的。雖然我沒有撫摸《聖經》發誓，我也保證都是真實的。

妻子榴月

我對不起大叔……對不起……好，我盡量克制……

我一直叫他大叔，一開始這麼叫，後來就改不了口了。他說那就這麼叫吧。結婚以後，我在公共場合叫他德倫，在家還是叫大叔。大叔是我的恩人，是我們全家的恩人。他一直對我很好，我也想對他好，想報答他。其實我一直對他挺好的，可是我也不知道怎麼了，這次出來惹他生氣了……

都是我不好，吵著要出來旅遊，如果不出來就不會出事了。我後悔死了，真的後悔死了。是我害死了他，我對不起他……

……對不起，我太難受了。

那年我考上了省城的影視學院，我想當主持人。大家都說我聲音好聽，樣子也適合，是大眼睛，小瓜子臉，只要墊一下鼻子就可以了。雖然我成績不是太好，但那年還是上了二本的分數線。

上高中的時候，爸媽就給我辦了一張卡，每年往裡打一點錢，讓我上大學用。可是等到通知書來了，卡裡的錢還是不夠學費，只有兩千多一點。後來我手機上收到一條短信，說國家要資助貧困生，每個貧困生兩千。我太高興了，打電話過去問，對方說是真的，讓我到銀行的櫃員機去操作，我就按他說的操作，沒想到被騙了，不但一分沒得到，我卡裡的兩千也沒了，再打電話去，電話變成了空號。我當時太絕望了，真不想活

了，恨不能立即被車撞死。

　　還好遇到了姑媽，姑媽在縣城打工，把我拉到她家去了。姑媽家裡也困難，找不出那麼多錢給我。但是她說，她聽說可以找人資助上大學，畢業了再掙錢還。姑父說，他也看到報紙上登了這個新聞的，一對一資助寒門學子。他們就幫我打電話去報名，報社說太晚了，前面報的人都已經結對了。姑媽就把我受騙的事告訴了報社，報社那個人很同情，就說他再試試。沒想到過了兩天報社真的來電話了，說經過他們協調，有個公司老總表示他還可以資助，讓我趕快去成都面談。

　　我跟著姑媽到了成都，在報社見到了他們公司的辦公室主任，就是方姐。方姐說他們公司有專門的資助寒門學子的基金，每年都要資助幾個高考成績不錯但是家庭困難的學生，今年公司已經資助了五位。前兩天報社來電話詢問，說又有個報名的，是否還可以資助，還講了我的學費被騙的事。他們老闆就說，那就增加一個吧，於是派方姐來談，方姐說我運氣好。

　　方姐代表他們公司跟我簽了協議。協議的大概意思就是，公司給我每學年資助學費一萬，四年四萬。如果成績優異考研了，還會繼續資助。但如果掛科了不能按時畢業，就要償還所資助的款項，但不需要利息。

　　我太高興了，真像做夢一樣。一方面覺得解決了學費，一方面也覺得自己有了動力。我暗暗下決心一定要好好學習，一定要有出息，讓爸媽，讓奶奶放心。而且我還想過，一萬塊的學費我省著用，還可以給爸爸買點兒補品。我真的好激動，太激動了。

　　後來，方姐就帶我去公司見了周老闆。他看上去特別親切，像個大叔一樣，我脫口就喊了聲大叔，眼淚嘩啦啦地流下來了，怎麼都止不住。方

姐讓我叫他周總，他說不用不用，叫大叔挺好的。

在公司吃午飯的時候，他問我，妳的理想是什麼？我回答說，讀完大學，找一份工作，最好是當主持人。多掙錢，給爸爸看病，把奶奶從鄉下接出來，資助弟弟上大學。他點頭說，妳是個好孩子。然後又問，妳覺得要多少年能實現這個理想？我默默算了一下，大學四年是清楚的，但是工作多少年才能掙到錢我就不請了。於是我說，可能要十年吧，說不定還不止十年。

我忽然感覺很無望，眼淚又湧出來。他安慰了我幾句，說不要洩氣，只要努力總會有希望的。大概就是這個意思，然後我就回家了，我想在開學前去看看奶奶。

我從小就是奶奶帶大的，爸媽一直在外面打工，我和弟弟都是跟著奶奶長大的。上高中我爸媽才讓我到縣城住，也是住校，沒和他們在一起。我奶奶就一個人在家。本來爸媽收入還可以，但是兩年前爸爸病了，是尿毒症，花了好多錢也沒看好。所以等我考上大學的時候，家裡不但沒有錢，還欠了債。大叔如果不資助我，我只有放棄上大學，外出打工了。真的，我奶奶總說，我能遇到大叔，是前世修來的福分。奶奶燒香拜佛的時候，經常也給大叔拜。

本來我去看了奶奶，就準備開學的。可是開學前一個星期，方姐打電話給我，讓我去公司，說大叔要見我。我去了，大叔單獨請我吃飯，吃西餐，他還教我怎麼用刀叉。他說，上次妳跟我談了妳的理想，我很感動，一直記在心裡。現在我有個建議，可以幫助妳提前實現妳的理想。

我很驚訝，不知道是什麼建議。他說，妳就不要去讀大學了，妳那個專業，老實說，能學到什麼？就是畢業了也不一定能找到好工作，更不要

說當主持人了。不如直接到我們公司來吧，先做見習生，一個月五千，轉正了，就一個月一萬，怎麼樣？

我嚇了一跳，這樣的話，我一年可以掙十幾萬了。我爸媽兩個人加起來一年才掙十萬。

大叔看我不說話，又說，妳先嘗試一年，一邊工作，一邊學習，就在辦公室跟方姐做一些接待工作。妳想學普通話我找人教妳。妳想學形體我也可以給妳報學習班。另外我給妳開書單，每個月讀五到十本書。我敢肯定，四年下來妳會超過妳那些同學的。如果一年以後妳還是想上大學，那妳再去。

我內心非常糾結，放棄上大學可不是小事。我就跟家人商量，爸媽都覺得是天上掉餡餅兒了，奶奶也說我遇到貴人了，他們說我讀了大學出來也找不到那麼高工資的單位。是的，大叔說好多大學生想進他們公司都進不去。最後促使我下決心的，是大叔無意中的一句話，他說，到時候給妳單獨一間屋子。

一間屋子！我從小到大沒有過自己的房間，小時候跟奶奶弟弟擠在一間屋裡，高中住校和八個同學一間寢室。聽說上大學也是好多人一個房間。我好想有自己的房間啊。

就這樣，我放棄了上大學，進他們公司了。

進公司以後，大叔也沒給我安排什麼工作，只是讓方姐帶著我到處學習，參加這個班那個班，她還教我好多事情，包括家務事。但是每天必須讀兩個小時的書，上午一小時，下午一小時，都是大叔開的書單。他有空的時候，還親自給我講他的讀書體會，輔導我，我感覺他什麼都懂，特別有學問。那一年我感覺過得特別充實，也特別開心，天天學習，還可以掙錢。

一年後我滿二十歲了。生日的時候大叔又請我吃飯，他說這一年我表現很好，要獎勵我。可是我心情不好，因為父親沒有及時透析病情加重了。吃飯的時候大叔問我怎麼不開心？我鼻子一酸眼淚就下來了，我也不知道為什麼，在他面前很愛哭。

大叔聽我說了原委後沉默了很長時間，我心裡忐忑不安，心想他會不會批評我不夠堅強？因為他給我講過海倫‧凱勒的《假如給我三天光明》，叫我要向她學習。

他遞了一張紙巾讓我擦眼淚，過了一會兒說，我很同情妳的遭遇，可我現在也只能像對待公司員工那樣，給妳一點兒困難補貼。這個解決不了大問題。但是，他頓了一下說，如果妳成了我的家人，就不一樣了。我馬上可以幫妳父親做換腎手術。

成為家人是什麼意思？認我做乾女兒嗎？我無法相信。

大叔直接就說：妳願意嫁給我嗎？

我驚呆了。雖然大叔一直對我很好，我也從來沒往這方面想過。當然，我有時候也會想，他為什麼對我那麼好，我為什麼那麼好運氣。

大叔說，妳不用馬上回答，好好考慮一下。妳也可以選擇離開，去上大學，我依然會支付學費。妳也可以選擇留下，開始新生活。

我說，可不可以先去讀大學，然後再……再成家？

大叔說，你覺得妳父親還能等那麼久嗎？

我去跟方姐商量。方姐說，大叔離異五年了，本來打算再也不成家了，很多人給他介紹他都回絕了，其中也有年輕的。看來是妳讓他動心了。她又說跟了大叔，妳肯定一輩子衣食無憂。而且大叔還不是個粗俗的人。當然，他的缺點就是年齡大了些。妳自己權衡吧。

我想年齡不是大了些，是大很多很多啊，他比我父親都大十幾歲。可是。可是。我承認，這一年多在公司的日子，對我來說太誘惑了，我再也不想回到從前了。他給我的那麼多誘惑，足以抵消四十歲，應該說抵消了還有富餘。何況，父親他，在醫院等著救治。

　　兩天後我給大叔發了條短信，三個字：我願意。

　　大叔回了一個字，好。

　　結婚以後，大叔說到做到，花了幾十萬為我父親做了換腎手術。雖然我父親沒能徹底康復，但還是多活了七年，直到去年才去世。他也把我奶奶接來和我們同住了，奶奶後來不習慣又回鄉下去了，我現在每月給她寄錢。父親去世後，母親和我們住在一起，幫我帶孩子。大叔幾年前就給母親一次性繳納了三十年的社保，還投了醫保。這樣母親五十歲以後就可以領社保費了，她覺得很踏實。我弟弟前年也考上大學了，是大叔出的學費。大叔真的是改變了我們全家的命運。

　　我自己，也沒什麼可遺憾的，年齡差異大不算什麼，大叔對我特別好，比爸媽對我都好，只要我想要的他都給我。有時候我都沒想到他也會主動給我。雖然我沒去做主持人，還是按自己的願望去把鼻子墊高了，大家都說我更漂亮了。大叔經常說，妳可以盡情享受生活，這是上天賜給妳的。當然不光是物質上的，他也經常給我講書，增加我的知識面。第二年我們就有了一個兒子。他對兒子那種好，真是少見，那麼忙，只要回到家就會抱著兒子給他讀古詩，講童話。

　　如果要說不習慣的，就是他的規矩特別多，剛開始我經常忘，就會被他批評，吃飯，睡覺，走路，說話，都有規矩。比如刷牙，必須一天三次，豎著刷；比如吃飯各坐各的位置，不能亂坐；比如他去上班我要送到

門口，幫他遞上手提包；我外出回家要大聲打招呼：我回來了；出門要說我走了，晚上見。還有，睡覺前要默想三分鐘，今天做了什麼，明天要做什麼。還有，每週一要列長清單，本週必須完成的事情。去超市之前也要列清單。我的寫著一、二、三、四、五的清單抽屜裡有一大摞，他有時候會檢查。

剛開始彆扭，後來就習慣了。他吃飯很挑剔，每次我把飯菜擺好，他坐下來會先把所有飯菜看一遍，然後指出問題，比如搭配不當，或者買了過季的菜。其實菜不是我燒的，但他會批評我沒安排好。如果菜品都滿意他也會發現問題，比如湯勺沒拿，或者骨碟沒擺。總之他肯定能找出問題，他是個很挑剔的人。但吃完後他會說謝謝。

對了，連我的電腦手機下載哪些軟件，都要經他同意。他會時不時的檢查。我看的美劇韓劇，他也會檢查，雖然他沒時間看，但是他會去先去查內容簡介，有些他說不適合我看，我就不看。

讀書方面管得更緊，一直在監督我，他說不能因為我放棄上大學，就變成一個沒文化的人。結婚前是一個月五本，後來一個月兩本，有了孩子後一個月一本，到了月底必須講給他聽，如果沒讀完，或者讀了以後什麼都說不出來，就要被他批評。我不願意被他批評，我希望他對我滿意。所以我很認真，慢慢的也養成看書習慣了。

書的內容嗎？什麼都有，文史哲的比較多，但我更喜歡看文學方面的，傳記呀，散文呀，我都喜歡。另外經濟方面和心理學方面的也看，當然是比較淺顯的。我感覺這些年我還真的長了不少知識，有一次回縣城參加同學會，同學們都說我不一樣了。我要是不多讀書，跟大叔聊天就像傻子一樣。不過我還是趕不上他。

我真的很佩服大叔，他什麼都懂。有一次我們兒子在看《上下五千年》，他說這樣的書就不要看了。要證明文明的存在必須有三大不可缺少的要素，文字，城市，青銅器。現在對夏朝的考古過程中，這三樣絲毫未見，所以世界歷史學界不承認中國有夏朝的存在，只承認殷商的存在。如果從殷商算起，中國有明確的紀年史，到今天為止只有兩千五百八十六年。而古埃及文明，有明確的紀年史都在四千年以上，古埃及二十二個王朝結束時，中國才進入春秋戰國。你們看中國史從殷商開始就可以了。真是好厲害。

　　好，我接著說這次的事。

　　原本我和他感情很好的，結婚八年了我們沒吵過架。他樣樣都順著我，我沒理由吵架。再吵架就太不懂事了。但我就是覺得生活很沉悶，原來孩子小還好，顧不上瞎想。現在孩子讀書了上幼兒園了，我經常一個人在家。雖然可以去美容院，去游泳，去練瑜伽，去買東西，或者在網上看美劇看韓劇，但還是覺得悶。

　　從去年開始，我萌生了出門旅遊的念頭。古人說讀萬卷書行萬里路，這說明行走的重要性不亞於讀書。可能比讀書更重要。你看中國歷史上那些了不起的大家，都是到處走的。孔子，老子，孟子，還有李白，杜甫，蘇東坡，還有徐霞客，李時珍，都是一輩子在路上的。西方有個哲學家說過，你想擁有知識就需要產生觀念，你想產生觀念就需要獲得印象，而印象就來自於你的所見所聞所感，也就是說，必須親身經歷才行。

　　以前我也起過出去玩兒的念頭，他說沒時間我就算了，這次不知為什麼，起了念頭就壓不下去。我反覆跟他提，還把剛才的那段話也講給他聽了，他總是不吭聲。後來他說，妳實在想出去走，就跟方姐去旅遊一次

吧。我不幹，我要和他一起去，跟他一起才好玩兒。他什麼都懂，什麼都可以講給我聽。一家人在一起才有意思。我們結婚的時候就沒有蜜月旅行，我要他彌補我。

他說其實那些山水風光，電視片裡都有，甚至比遊客看到的還精采，因為人家拍攝者都是跟蹤拍攝了好幾年的。他給我看那些美國國家地理拍的紀錄片。的確很精采，但是我看了就更想出門了。我都那麼大了，馬上就三十歲了，連成都都沒離開過，連四川都沒離開過。我想去北京上海深圳杭州，我想去新疆西藏東北，我想去看海爬山，反正我想到更大的天地裡去看看。不然我總覺得人生不完整。

今年春節吃團年飯的時候，他的大女兒詠梅說，他們報了一個去日本的旅遊團，準備三月分去日本看櫻花。詠梅說的時候特別得意，我忽然難過地哭起來了。她平時喜歡刺兒我，我不在乎，可是聽到他們要去看櫻花，我好嫉妒。為什麼我不能像他們那樣想去哪兒就去哪兒？為什麼我只能在家裡待著？雖然我知道自己不該當著大家的面流眼淚，好像大叔對我不好似的，但我就是忍不住。大叔曾經跟我說，人要知足，人不可能什麼都得到。沒有誰的人生是圓滿的。可是我並沒有什麼都得到啊，我只是想出去玩兒一次。

那天晚上回家後，大叔終於跟我說，好吧，我帶妳出去玩兒一次。但是，他說，我有三個要求，第一，選一個短行程，三五天即可。第二，報一個小團，條件好點兒的；第三，讓方姐和我們一起去。

我太高興了。只要他同意，什麼條件我都答應。我想只要這次成功了，就可以有第二次第三次，去遠一點的地方，去國外。

我馬上上網找，找到了這個團。既然他說三五天，我就按最長的五天

報了一個團。兒子因為在讀書不能去，跟我媽在家。我們就帶著小女兒，加上方姐和他兒子。其實我明白他叫方姐的意思，就是想模糊一下大家視線，不要讓大家看出來我們是老夫少妻。我當然贊同，我也不想人家認為我傍大款。所以一上車，方姐就和大叔坐在了一起。

我原來就認識小健，就是方姐的兒子，但是不熟悉，就是吃團年飯的時候打過招呼。所以感覺和他坐一起不自在，就選了一個單座的位置坐下，他就坐在我後面了。我戴著耳機聽書，是大叔讓我聽的《錢文忠講佛》。小健一直在低頭玩兒手機。

吃午飯的時候，我忍不住瞥了一眼小健的手機，屏幕上花花綠綠的，還發出各種聲音。我很好奇，就問他是什麼，他說是手遊。我問什麼是手遊？他說就是手機上的遊戲，他玩兒的是最簡單的，「天天愛消除」。他就打給我看，我一下子被吸引住了。我從來沒玩兒過遊戲，大叔說玩兒遊戲是浪費生命。可是遊戲居然那麼好玩兒，太好玩了，那些小寵物真好看，一下消掉了好爽好爽。

小健說好玩兒的遊戲很多，這不算什麼。於是再上車，我就跟他跑到最後一排去坐了。他給我看了他手機上的各種遊戲。有些比較複雜，我就想玩兒那個「天天愛消除」。小健就說幫我下載。我猶豫了一下，就讓他下了。我想等旅遊回去就刪了，大叔不會知道的。小健教我怎麼玩兒，還幫我註冊了用戶名，我說叫紅石榴吧，他說太土，我說那叫五月石榴紅？我是農曆五月生的。小健還是說土，像大媽的網名，他想了一下，給我取了一個「豆豆超愛吃」。豆豆是我女兒的名字。哈，真好玩兒。過了一會兒他又給我看抖音。那些搞笑視頻真把我笑壞了，太好玩兒了。於是他又幫我下載了一個抖音，也註冊了用戶名，還是豆豆超愛吃。他說到了九寨溝我可以拍有意思的東西上傳到抖音上。我沒想到手機有這麼多好玩兒東

西，我只會用手機聽書，或者購物。

後來我們在車上一直在聊這些，沒說其他的。真的，就是在聊遊戲。他在教我，我在學。那時候我突然覺得自己太老土了，雖然和小健一樣都是九〇後，我們倆卻好像隔代似的。真的是舅媽和外甥。我一下感覺自己有點兒委屈。不過就一點點。

我們下山晚，就是因為想拍幾段有意思的視頻發到抖音，一直走，就走到人比較少的五彩池去了，在那兒拍了一段視頻發到了抖音上，是我的首發。呵呵。那天玩兒得特別開心，可是下山後我看大叔和方姐都很不高興，只好忍住。

吃晚飯的時候，我問大叔是不是有點兒累？他嗯了一聲，然後說，妳不能總讓方姐管孩子。我說知道了，我就把女兒抱過來餵飯。後來我看他跟那個老中醫說說笑笑的，放心了。我先吃完，就抱著女兒坐上車，又玩兒了一會兒。

晚上到了酒店，我本來已經進房間了，忽然想起我的背囊還在小健那兒，下車的時候是他幫我拿的。不知道為什麼，我不敢跟大叔說我要去小健房間拿東西，我感覺大叔不樂意我跟他在一起。我就撒了個謊，我從來沒對他撒過謊，這是第一次，沒想到就闖禍了。我跟說我要去買包衛生巾，感覺生理期要提前了。我當時想我快去快回，應該沒事的。

到了小健房間，我先問他那個遊戲的三十二關怎麼老是過不去？他就幫我通關，一通通了好幾關，最高分都上一百萬了，還得了好幾樣道具。我一開心就忘了時間，不知道為什麼跟小健在一起時間過得好快。結果大叔打電話問我怎麼還不回去，雖然語氣和平時一樣，但我聽得出他有點兒不高興了，我連忙跑回房間。

一進房間，我看見大叔穿著浴袍在看電視，他只說了句快去洗澡吧。我洗了澡出來他還是好好的，在看一個講歷史的紀錄片，他喜歡看紀錄片。我就上床和他一起看，但心裡還在想那個遊戲，很想再玩兒一會兒，又不敢。他問我剛才去哪兒了？我這才想起我既沒買衛生巾，也忘了把背囊拿回來，真是昏頭了。

　　我支支吾吾的，說商店關門了。他肯定知道我撒謊，他一眼就能看穿我。但他沒說什麼，忽然就開始，就開始……這個也要講嗎？

　　是，是。之後就出事了。

　　好吧。他就開始親吻我。我挺吃驚的，從三年前女兒出生後，我們就很少有夫妻生活了。偶爾有，他也大不如以前了。主要是，他很容易犯喘。我聽著難受，也害怕。那天他一抱住我，我就聽到他的呼吸聲裡有哮鳴音，我就說你今天有點兒累，能行嗎？他不吭聲。我雖然不太情願，還是順著他……我一直都順著他。

　　可是，他呼哧得屬害了，還咳嗽起來，好像要犯病的樣子。我說還是算了吧？他喘得更屬害了，呼嚕呼嚕的，但依然趴在我身上，很沉很沉，我就用力推他，然後爬到床頭櫃去摳那個藥，就是泛得林。我說不行不行，你發病了，得趕緊噴一下。他一下子就火了，突然起身朝我大吼：發病發病，妳不願意就算了，不要推到我身上！他從來沒對我發過火，我覺得很委屈，就頂了一句，我以前從來沒頂過他，我說我還不是為你好，這裡是山溝，萬一你哮喘……

　　他上前一把奪過我手裡的藥，狠狠地說了句死了拉倒！就把藥使勁兒往地下一摔。真的，就是那樣。我嚇壞了，撲過去撿那個藥，藥滾到電視櫃下面去了，我知道他不能沒那個藥。他過來拽我，我就往後頂了一下，

他一下就倒地了。我不是有意的。我撿起泛得林，發現他倒在地上臉色發青，嚇得連忙衝著他嘴巴撳，卻發現噴嘴被摔壞了，怎麼都撳不出來。

我一下子腦袋發蒙，忽然想起背囊裡還有一瓶備用的，連忙衝出去到小健的房間拿背囊，我真的是去找藥的，我使勁兒敲門，按門鈴，小健在沖澡，所以好一會兒才開。他一聽不好，拿起背囊和我一起跑回房間。

我們進房間時，大叔還倒在地下，臉色更青了，嘴巴緊閉，方姐在他旁邊，可能是大叔給她打電話了。方姐見到我就喊，泛得林，泛得林在哪兒？我什麼也顧不上說，打開藥掰開大叔的嘴就往裡噴，噴了幾下沒動靜，我又噴，還是沒動靜，又噴……

這個時候我聽到方姐說，不能再噴了不能再噴了！我也突然想起，大叔原來跟我說過，他心律不齊，噴泛得林不能超過七下。

後來，後來那個中醫來了，說他已經不行了……

都怪我，我好後悔。我一直都順著他的，從來不頂撞他。我也不知道為什麼那天晚上會那樣，著魔了，該死的遊戲，我不應該碰那個遊戲的，我不該跟小健一起玩兒……不，我就不該出來旅遊……我該老老實實待在家裡……我把一切都毀了……是第一顆紐扣就扣錯了……大叔說，第一顆扣子很重要。

現在怎麼辦，怎麼辦啊？我們的兒子女兒都還那麼小……我一個人真的不知道該怎麼養大他們……最重要的是，大叔對我那麼好，我原來說過要為他養老送終的，沒想到他這麼突然就走了……

方姐說他到最後都在喊我的名字，方姐還說她當時要是能找到藥就可以救他。可是，那個泛得林的噴嘴真的是摔壞的，不是我弄壞的，無論如何，我也不會故意害大叔啊！

我說的都是真的，不信你們問大叔……大叔要是還在就好了，他會證明我說的都是真的，他會相信我的……

死者周德倫

當人們對死者有愧時，總會說，啊，願他的在天之靈寬恕我們。或者，他的在天之靈會感到欣慰的。其實，所謂死者的在天之靈並不是死者的，都是生者的主觀臆想。

不過，我的在天之靈，聽到了你們各自對事件的描述。

好吧，我承認你們說的都是真實的，沒有人說謊。

不過，人們在講述某件事情的時候，雖然說的都是真實的，卻並不是全部的真實。而沒有說出的那部分真實，也許才是影響判斷的重要部分。所以，我得說出他們沒有說出的那部分真實，這樣你們才能做出準確的判斷。當然，你們聽不見，聽不見我也要說。我若不說，這個事件始終不是完整的。

為了有條理，我還是按一輩子的習慣，列個清單吧。來一個一二三四五，上山打老虎。呵呵。

一，關於婚姻。

我這輩子，一直活得順風順水，應該算是運氣大學的優等生。

作為一個生於二十世紀五十年代初的人，我小時候餓過肚子，長大了下過鄉，還在街道工廠幹過。應該說該吃的苦都吃了，但都沒白吃。這個很重要，有很多人吃苦都白吃了。比如小時候餓肚子，沒餓到皮包骨頭的地步，最嚴重的時候就是餓得睡不著；我下鄉的時間長度，也剛好是我能

夠忍耐的長度，四年，再待下去不知道會做什麼蠢事。進城後被安排在街道工廠，當了四年小工，就很幸運遇到了改革開放。我在第一波浪潮裡就暢遊起來，承包了工廠，挖到了第一桶金。然後在而立之年，娶到了我追了很久的美女，有了一個女兒。

這三個四年，讓我從十八歲進入到了而立之年。步伐很勻稱。

接下來，我的生意順風順水，很快成為先富起來的那部分。但是，步伐開始亂了，女兒上初中那年，我和老婆離了婚。老婆是我的知青戰友，而且是我追了很久才到手的。在我最初承包工廠的時候，沒有老婆作堅強後盾我根本幹不下了，她甚至從娘家借錢幫我，創業不順利那段時間，她每天背著孩子去工廠給我送飯。我們可謂是患難之妻。如果說老婆做錯了什麼，那就是完全沒了自己，把全部時間精力情感都花在了我和孩子身上。四十出頭就像個大媽了。但即使如此，離婚也是我的錯，是我沒良心。

我之所以那麼沒良心的離婚，是跟公司會計攪上了，這裡只能用「攪」這個字眼兒，有一次酒後我沒把握好自己，闖了禍，讓會計有了孩子，因此不得不娶她。會計比我小十幾歲，婚後半年就為我生了個兒子。我原本該暗暗高興的，因為我正想要兒子。可是髮妻的不幸成了我的心病。

我不願意稱她為前妻，我願意稱她為髮妻。我這輩子幫過很多人，很多人說我對他們有恩，但唯獨對不起髮妻。其實我是個心腸軟的男人。據說心腸軟的男人都好色。偏偏髮妻是那種不會撒潑哭鬧只會生悶氣的女人，眼淚和悲傷積攢在她體內，身體看著就垮了。雖然我在經濟上盡量補償她和女兒，差不多給了她一半財產，當然那也是她應得的，我們一起創

業起家的。但髮妻依然在我離婚後的第六個年頭罹患重病。那時女兒已經去北京讀大學了，她獨自在家。

我很愧疚，一趟趟地跑醫院。儘管她不願見我，女兒也不願見我，我還是大把花錢給她用最好的藥，請最好的專家。但是半年後，髮妻去世了。好在，因為我的誠意，女兒總算原諒了我。

這邊髮妻剛去世，那邊會計就後院起火。也許她不滿意我對髮妻太好，冷落了她，也許她原本就是水性楊花，她跟別人好上了。其實我早就不滿她了，好吃懶做，花錢如流水，如果她不亂來，我也就忍著養她一輩子了，為了兒子嘛。可是她居然還亂來，我就犯不著再忍了。兒子考上高中後，我斷然休了她。當然損失了不少錢財。

所以，我在運氣大學裡唯一掛科的，是婚姻。

二，關於方姐和老中醫。

第二次婚姻失敗後，我不想再結婚了，反正我已有一兒一女，也算齊全了。我是真的怕了，這婚姻太難弄。可我畢竟是個男人，所以身邊一直有女人。

其中的方姐應該是相處最好的，我和她在一起很輕鬆。其實，我得說實話，我和會計還沒離婚時就和方姐就在一起了，我們的關係最持久，因為維繫我們的不止是性，她應該算我的紅顏知己吧。

雖然方姐從沒開口跟我提過婚姻的事，但我是認真考慮過的，我默默地考慮，又默默地否決。她差不多和我同齡，有一個十多歲的兒子，我感覺和她結婚，會讓家庭情況變得更複雜。當然我還得再說一句實話，方姐不夠年輕，也是個重要原因。我總希望找一個年輕的，在我年邁時能在身邊照顧我，我不希望老了以後兩個老傢伙互相可憐，你耳聾我眼花。但

是，這些年我才想明白，我的想法是愚蠢的。

好在方姐這個人，是個性格特別好的女人，什麼都看得開，也真的像個姐，能包容我。我和她不再是情人關係後，她依然在公司裡工作，心平氣和的。我壓力大心情不好的時候，就喜歡去她那兒坐坐，她總是能讓我恢復平靜。有時候我也不喜歡她教導我，但這世上只有她可以教導我。

她這麼明事理，我只會對她更好。

這次出門旅遊，沒有她的支持我是不會出來的，她答應了，我心裡才踏實。雖然最終出了問題，但責任不在她，完全不在。

至於那位王老先生，他說的都對。他真的是個老江湖，如果我活著回到成都，也許真的會去他那裡開個藥方試試。當然，這要看我能不能忍受他的話癆，他的話實在是太多了。我們剛聊了半小時，他差不多就把自己的全部身世都告訴我了，順帶還灌輸了一大堆他的人生哲學。有一點我倒是很贊成，就是不要活到沒有尊嚴的程度，差不多了就自己了斷。

不過，說時容易做時難。

不知道為什麼，我會把我和榴月的婚姻告訴他。是不是人一離開自己熟悉的環境，就會和平日裡不一樣？變成另一個自己？打開盒子，把另一個自己放出來？不過當我看到他眼睛鼓圓了時，感覺自己能把這麼一個老江湖給驚到，還是有點兒小小的得意。

現在想來，我之所以會跟王老先生聊自己和榴月的婚姻，是不是潛意識裡已經有了一種隱隱的危機感？上路後，我眼看著榴月從拘謹到活泛再到開心，笑容都和在家裡不一樣了。照理說我應該感到高興才是，當然我也高興，可是擔憂多於高興。在那種心境下，我跟王老頭說榴月是我老婆，或許是一種宣示主權的意思吧？

可是，宣示了，依然沒有守住。

三，關於榴月。

我是在五十八歲那年，遇見榴月的。在此之前，我已經過了幾年老男人的獨居日子了，榴月結束了這一切。我曾經看到楊振寧博士說過一句話，他說翁帆是上天給他的最後的禮物，我當即心有戚戚焉，特別能體會他說的這句話，因為榴月也是上天給我禮物。我為此特別感謝老天爺。

榴月第一次打動我，並不是因為漂亮。而是她的眼神，那種怯生生的被傷害了的樣子，真讓我心疼不已。她告訴我她僅有的一點錢被騙走了，交不起學費；還告訴我因為父親生病，家裡欠了不少債；又告訴我她的理想是把奶奶接到城裡來過好日子。她說的這些加上她的眼淚，在那一刻徹底降服了我，我真希望馬上成為她的保護神，守護她一輩子。

我努力克制自己，才沒有當場把她摟進懷裡給她擦去眼淚。

當然，榴月還是好看的，尤其眼睛好看，烏黑清亮，很動人。我忽然覺得她和我的髮妻很像，髮妻年輕的時候也是那樣，大眼睛撲閃撲閃的，讓人忍不住想陷進去。

我想想自己經歷中的幾個女人，都有各種不如意，我忽然覺得，不如我自己培養一個妻子，培養一個我心目中完美的妻子，讓她陪我走完後半生。於是我把榴月放在身邊，讓她跟著我在公司學習，我還讓方姐帶她，點撥她，穿衣打扮，說話談吐。但是我一直沒有去碰她，對她就是長輩和老闆的態度，只是默默關心。

一年後她滿二十歲了，城裡的生活讓她出落得更美麗了，淳樸還在，但增加了優雅和書卷氣。於是我認真跟她談了一次，是去上大學，還是和我結婚？若結婚，就繼續過這樣的生活，並且實現她的理想，給父親看

病，接奶奶進城。若去上大學，那麼，就自己去闖吧。

我沒想到，她提出讀完大學再結婚。真是個單純的孩子，世上哪有十全十美的好事。她若去上大學，一定會在大學裡談戀愛，而且不止一次的談，等到畢業的時候，絕不可能還是今天這個讓我心動的女孩兒了。我不能冒這個險。人是經不住考驗的。但我只是問了一句，妳的父親能等那麼久嗎？這句話把她給問住了。

我不算趁人之危吧，我是讓她自己選擇的。我只是給了她一次選擇的機會。她沒怎麼猶豫，就選擇了後者。或許從另一個角度說，我應該算雪裡送炭。

我也認真地替她的將來考慮過。

我們差四十歲，我肯定不能陪她走完一生，除非有意外。那麼，如果我七十走，她才三十，完全可以再嫁，就算我八十走，她也才四十，再嫁也沒問題。至於兩個孩子，我都會安排好的。而我，因為有了她，餘生會多麼美妙。我奮鬥了幾十年，不就是想過一種美妙的生活嗎？

為了讓榴月按我的意願成長，我很是費了些心思，這樣說吧，我差不多成了榴月的人生編劇，她的每一個動作每一句臺詞都被我寫好了。我無法容忍她隨意改變臺詞或者增加戲份。每當她要爭辯時，我都會拿出強有力的話來說服他，讓她心服口服。說真的，我特別喜歡看她無比崇拜地看著我的樣子。

方姐說，我是個能掌控一切的人。其實這只是我的願望，我希望能掌控一切。從前面的幾十年看，應該是做到了。卻不料，大廈在一瞬間崩塌。

我以為我給了榴月整個世界，榴月卻說她的人生是不完整的。

我很失敗。

四，關於這次旅行。

榴月第一次跟我說想出門旅行時，我根本沒當回事。沒過腦子就否了她。後來她又說了兩次，我還是很輕鬆就否了她。我腦子裡有一大堆說辭，可以隨時打消她的各種念頭。

後來她居然搬出西方哲學家來說服我，我知道那話是休謨說的，關於你要產生知識就必須去親歷的那段話，那些書都是我讓她讀的，武裝了她。但是我還是可以反駁她，我說平常的生活也是一種親歷，只要妳善於體會，妳從買菜做飯購物打掃衛生中，也可以獲得知識。我知道我是強詞奪理，還是把她說啞了。

就這樣從春天到夏天，又到秋天，又到冬天。今年過年的時候，她居然在吃年夜飯的時候哭起來了，說自己結婚八年了沒出過門，蜜月旅行沒有，一家出行也沒有，就像籠中小鳥。

我最見不得她哭，她一定知道這一點。每當她眼淚汪汪時，我的角色就瞬間從丈夫轉換到了父親，我答應這個春天一定帶她出門玩兒一次，她怕我反悔，馬上就上網查旅遊團。我跟她說有三個條件，她說無論幾個條件都可以，只要我帶她出門。她就像為了得到一件玩具的孩子，願意寫很多作業。

我不願意和她一起出門，原因很簡單。我們畢竟差四十歲，巨大的差距讓我窘迫。雖然我說楊振寧娶小妻時說的話讓我心有戚戚焉，但我畢竟不是楊振寧，我是個凡人，沒那樣的氣魄。剛結婚時我還精神氣兒十足，隨便人家怎麼看我我都無所謂，有時還故意在人多的地方讓兒子叫我爸爸。現在年齡越來越大，不知怎麼回事，沒有那麼理直氣壯了。

那個老中醫說的對，讓一個人無法再驕傲的只有他的身體。我們的精神是靠肉體支撐著的，肉體鬆懈時，精神很難再飽滿。

我下決心出來旅遊，是想說話算話，結婚時我說過要給榴月全世界，怎麼可能連一個旅遊都不給她？可是一旦出門，一旦走出我自己營造的王國，我便忐忑不安，有了一種把控不住的恐慌。我意識到自己正在製造一個糟糕的結局。

尤其是下午，我看到榴月和小健坐到了一起，頭挨頭地竊竊私語時，真的心如刀絞。我從來沒有過這樣的體會，我一直以為心如刀絞都是女人家的感受，男人不該如此。但我的確心如刀絞。

他們坐在後面，我不便回頭去看。但是，那個詞叫什麼，如芒在背。雖然我知道他們兩個不會做什麼出格的事，且不說小健是我的晚輩，就是榴月，我對她還是有基本信任的。無論是在我跟前，還是不在我跟前，我相信他們不會出格，聊的無非是年輕人熱衷的話題。榴月從來沒和同齡人在一起玩兒過，突然和同齡人在一起的那種感覺，肯定讓她特別開心。我在忐忑不安的同時也感到內疚，我占有了榴月的青春歲月，也就包括占有了她與同齡人一起成長的機會。

於是我一再對自己說，你要為自己的選擇承擔後果。這個選擇包括當初娶她為妻和這次答應她出來。我努力淡定，作出若無其事的樣子。畢竟這一生我也經歷不少要死要活的事，都挺住了。

可我怎麼也沒想到我非但沒有控制住，反而還往最壞的結果上推了一把。你們肯定知道那個阿拉伯寓言吧，壓垮駱駝的，是最後一根稻草。那麼，壓垮我的最後一根稻草是什麼？

五，關於最後一根稻草。

似乎是王老中醫那句話。

下午到了川主寺，我就不想再動了，找了個茶鋪坐下。剛點上菸吸了一口，就看到我們車上另一個老男人走過來了，感覺比我還年長，一問果然比我年長七歲，是個老中醫。

我們倆就坐下來聊天，在煙霧繚繞中交換了彼此的經歷。原來他的老婆也比他小二十歲，但到了今天，他們的差異已不那麼明顯了。然後我們談到了生死，他跟我說，他已經做好了自行了斷的準備，好像是準備了某種毒藥。

我很受震動。雖然我也考慮過身後事，但我考慮最多的是財產分配問題，害怕引發家庭矛盾，我從來沒替自己想過，怎麼結束才不受罪。這麼一想我忽然有種擔憂，怕自己不得好死。他還開玩笑說英雄氣短，何況是老英雄。他說的時候可能沒想到，我就得了這麼個氣短的病啊。心情頓時鬱悶。

不，不是他的話，生死人人都要面對。應該是方姐的那句話。

當下午榴月和小健最後才從景區出來時，我真的是努力克制著怒火。我覺得榴月出格了，雖然我知道他們不會做什麼，但在我看來這就是出格：竟然和丈夫以外的男人單獨在一起那麼長時間，而且，那麼開心，我看到她的眼睛發亮，那種克制不住的快樂是我以前沒見到過的。

我用了很大的毅力，才做到一言不發。

偏偏這個時候方姐說了一句話，本來她說那句話是為了勸解我不要生氣的，她看出我在生氣。她笑著說了句，真是孩子。

這句話對我來說好比傷口撒鹽，孩子，他們是孩子，榴月是孩子。我的危機意識空前濃厚，好比在緊閉門窗的屋裡燒了火爐，一氧化碳讓我中

毒了。我甚至不知道該怎麼平復情緒。以前我鬱悶的時候，總是到方姐那兒去排遣，去吐槽，現在，最後一個出氣口也堵上了，因為方姐認為我沒必要生氣，他們在一起說說笑笑是很正常的，他們是孩子。

不，不，也不是方姐那句話。外人說什麼我都可以忽略，只要榴月依然在我身邊，依戀我，我就不在乎。

可是。

當我們回到房間，我心裡盤算著怎麼和榴月度過一個良宵，以彌合白天發生的縫隙時，榴月卻顯得心神不寧，藉口要買衛生巾跑了出去，而且一出去半天不回來。我知道她去找小健了，我忍無可忍叫她回來，她還是心神不寧，並且對我的要求很抗拒。她嘴上沒說什麼，身體的抗拒非常明顯。這讓我終於有了失控的感覺。

人一旦失去掌控，那種無助、憤怒、焦慮、抑鬱的情緒，就會迅速反過來掌控人。我被我的情緒掌控了。我開始感到氣短。

其實在榴月離開的時候，我已經預先噴過藥了，撳了兩下泛得林。但不知是藥沒憋住還是怎麼的，我再次感到憋氣，我很想拿過藥來再撳兩下。但我克制著沒那麼做，我知道我若在她面前噴藥，便會給她更多拒絕我的理由。我還是繼續親吻她，坦率地說，我並不是想要尋求快感，我只是想找回「她是我的」那種感覺，只有那樣我的呼吸才會順暢。可是，她竟然推開了我，從來沒有發生過的事，她竟然推開了我。

我終於控制不住憤怒了。王小波早說過，人的一切痛苦，本質上都是對自己無能的憤怒。的確如此，我無能，我憤怒，我朝她大吼。她忽然回嘴說，我還不是為你好，這裡是山溝，萬一你……

對，就是這句，這句話突破了我最後的防線。不，還不是這句話本

身，而是她說這句話的眼神。那眼神猶如千軍萬馬，突破了我的最後防線。我清楚地在那眼神裡看到了憐憫，輕蔑，和不耐煩，而在此之前，她看我的眼神永遠是敬畏，感恩和服從。

也許從今以後，她看我的眼神就是如此了，憐憫，輕蔑，不耐煩，而且隨著我的日益衰老日益加劇。難道我耗費心血財力這麼多年，就只能得到這麼一個結局嗎？我無法忍受。

我失控了。終於。

一瞬間，窒息感進入頻發狀態，我大口大口地又是毫無用處地喘息著，空氣並沒能送入我的肺部，我在瀕臨窒息中搶過她手中的泛得林猛然摔到地下，我用力將自己推向了最壞的結局。我倒地後，看到榴月拚命去撿，撿起來後朝我噴，但噴不出來，她迅即跑出房間。

我不知道她是去叫人還是去買藥，我只感到呼吸道痙攣已全面爆發，我努力掙扎著坐起來，撥通了方姐的電話。當方姐進來，滿屋子找藥時，我知道自己沒救了。那時，我真希望榴月在身邊，好歹，也算是為我送終了。

講述到此，不知你們是否已經明白？

壓垮我的最後一根稻草，應該是我自己。

調整呼吸

1

她一上來就說，我好心好意的。

她說的時候，嘴巴向前努起，有些委屈的樣子。

我好心好意地讓她加入我們，好心好意地想跟她溝通一下。我哪曉得會發生這樣的事。倒楣喲！

我感覺我必須和她溝通了，溝通是很重要的，你曉得嘛？有一篇文章專門談溝通，說的太好了，我還在朋友圈兒轉發了的，人與人之間……

別扯那些沒用的！身邊一老頭吼了她一句：直接說事！

她不滿地瞥他一眼：是員警讓我從頭說的嘛，你又不是員警……不行不行，我要調整下呼吸，心裡面太亂了，太亂了。

說罷她閉上眼，就好像身邊沒人，深吸一口氣，然後慢慢吐出，再吸一口，再吐出。如此五六次，終於睜開了眼睛。

好了，現在妳問嘛，員警美女。

語氣裡好像忽然有了底氣。

時間？大概就是下午兩點的樣子。我本來以為個把小時就可以了，但是很不順，談了半天都談不攏，我把啥子道理都給她講了，她都聽不進去，哪有那麼強的嘛！老輩子經常說，聽人勸得一半，她一點兒都不聽，四季豆油鹽不進。

我們？就是我們三個嘛，我和孫姐，還有李美。孫姐叫孫玉芳，比我大一歲。李美叫李豔萍，比我小幾歲。在我們菩提館，比我大的我都叫姐，比我小的我都叫美女，跟過去在單位上喊小張小李是一回事。

好長時間？可能有兩三個小時吧。反正一直在談，就是談不攏，跟她溝通實在是困難，後面就吵起來了。其實我不想跟她吵，我們晚上還有重要的事情。我只是想說服她。哪曉得我說什麼她頂什麼，還不耐煩地站起來要走，我只好把她按住。

我承認，大家情緒都有點兒激動。主要是她嘲笑我們，說我們腦子進水了，盲目崇拜。簡直是太過分了，明明是她不對！孫姐和李美很生氣，我也很生氣。她一個人肯定吵不過我們三個嘛，到最後氣得話都講不出來了，臉發白，還冒冷汗。太小氣了。我喊她調整呼吸，她也不理我，氣成那個樣子。

說到這兒女人竟然笑起來了，好像贏了什麼似的。這讓坐在她對面的郭曉萱覺得不可思議。畢竟，發生了這樣不幸的事。

女人叫牟芙蓉，六十歲，真看不出她有六十了。說話的時候，腰背筆直，頭髮一絲不亂地盤在腦後。衣著整齊乾淨，雖然質地一般，卻很時尚，立著的領子還鑲了一道亮邊兒。立領下掛著一串珍珠項鍊，看那麼大顆粒，應該是人工的。唯一能顯出她年齡的，就是右臉頰靠耳朵的地方，有一塊斑，俗稱老年斑。拇指指甲蓋那麼大一塊兒。

當然，她擦了粉。這個一眼就能看出，還抹了口紅，擦了胭脂。額下的眉毛漆黑堅挺，一看跟眼睛鼻子就不是原配。

整個談話過程中，她就那麼一直筆直地坐著，神情淡定。兩隻手掌上下疊握著，放在腿上，郭曉萱總覺得她那不是隨便握的，是經過訓練後的

樣子。好像是坐在舞臺上表演。

相比,她身邊的老頭就老相多了,佝僂著背,一臉倦容。

她翻來覆去說的最多的一句話就是,我完全是好心,我好心好意的想幫她,好心好意地喊她來溝通。哪曉得⋯⋯

老頭又一次訓斥道,妳啥子好心好意?純屬多管閒事。妳又不是她媽,管那麼寬!自己家裡的事不管!

郭曉萱制止了老頭的牢騷,讓女人繼續說。她想聽。不僅僅是為了要弄清情況,還有幾分好奇。這個女人,尊重一點兒說,這個阿姨,真是稀罕,是她從沒見過的稀罕人物。她和自己的母親年齡接近,卻像是待在兩個不同的世界裡。

本來郭曉萱有些懊惱,她晚上八點才回家,奔波了一整天,真的是累愁了。她打算早點兒燙個腳上床,看個韓劇放鬆一下。可是剛擦了腳,就接到所長電話,說他們所轄的萬福社區有人報警,某住戶在家裡發現一具屍體。所長說他已經派簡向東和田野過去了,叫她也過去協助一下。她無奈,只好重新穿上襪子裹上羽絨衣趕過來。

到了後得知,這家就老兩口,下午老兩口都不在家。男主人打麻將去了,女主人參加文娛活動去了。晚上九點多,男主人先回家,進門就豁然看見客廳的沙發上躺著個女人,不認識,喊也喊不答應。好像不對勁兒。男人就一邊打 120,一邊給老伴兒打電話。老伴兒電話一時沒打通,120倒是很快來了,一看,說女人已經去世了,並且有可能去世兩三個小時了。你們還是直接聯繫殯儀館吧。120 丟下這句話就走了。這下男人緊張了,就給派出所打了電話。

等簡向東他們到達時,女主人已經回來了,就是這個牟芙蓉。她一回

來就說，死者是自己的朋友，而且是自己今天下午叫到家裡來的。

倒楣喲，我走的時候她還好好的，就是說頭暈，想躺一會兒。咋個就死了呢？我以為她躺一會兒就會回家，我還叫她走的時候把門碰上呢。咋個就死了呢？

她說頭暈，你們怎麼不陪她，或者送她回家？簡向東問。

哎呀，我們有急事的嘛，時間搞不贏了。任何事情都有輕重緩急的嘛。我哪曉得她會死呢，還死在我家裡頭。

牟芙蓉一副責怪死者的神情。

簡向東感到事情蹊蹺，雖然醫生初步診斷，死者死於突發性心肌梗死。可是，這個牟芙蓉，怎麼會讓一個身體不舒服的朋友躺在自己家裡，自己外出呢？

簡向東就讓郭曉萱帶女人回派出所去了解情況，錄個口供。自己和田野留下來等法醫鑑定，並聯繫死者家屬。

簡向東囑咐郭曉萱：問詳細點兒，看看是怎麼回事。

郭曉萱點頭，略有些興奮。分到派出所兩年，她還是第一次遇到這樣的案子。考慮到牟芙蓉上了年紀，郭曉萱讓她老伴兒陪著她一起去所裡。老頭兒滿臉怒容，一直恨著老婆，一看那恨意就是儲存了很久的，還帶著好幾年的利息。

郭曉萱對牟芙蓉說，妳接著說，為什麼把她叫到妳家來？

哎呀，我都說了好幾遍了，就是為了溝通。溝通在人與人之間就像血永那麼重要。

血永？郭曉萱略略頓了一下，反應過來，她大概是說的血脈。

說實話，我忍了她好幾天了，實在忍不下了。她剛參加我們兩次活動就起么蛾子，說這門兒那門兒的閒話。今天中午吃了飯，我和孫姐，還有李美，就決定要和她溝通一下，不能再讓她這樣下去了。

我曉得我一個人說不過她，她文化高，我就叫了她們兩個一起談。

哪曉得……

2

唐佳開門進屋，屋裡漆黑。她拉亮客廳的燈，叫了一聲媽，沒人答應。屋裡安靜得過分，是那種安靜了很久，塵埃都一一落定的感覺。她又叫了一聲媽，這次音量提高了一些。還是沒人應。

她依次走到臥室廚房廁所看了個遍，的確沒人。臥室裡整整齊齊，床上的被子像賓館那樣平鋪著；睡衣疊好放在枕頭上，沒有絲毫入寢的意思。廚房乾乾淨淨的，洗碗池裡一個髒碗也沒有，筷子筒裡的筷子，照例朝一個方向斜著。看感覺，晚飯就沒在家吃。廁所地面清爽，馬桶蓋蓋著，沒有任何不好聞的氣味兒。

至少房間顯示出的氣息是，沒有外來闖入者。

唐佳稍稍放了點兒心。來之前她曾擔心母親一個人倒在屋子裡。去年體檢，發現母親有冠心病。她也怕母親洗澡的時候，發生煤氣中毒什麼的。總之獨居老人可能發生的事她都想到了。當然，母親不能算老人，剛退休一年，五十六歲而已。

看來母親是出門去了，屋裡沒一點兒人氣。拖鞋也端端正正地擺在門口，鞋尖衝牆。

可她上哪兒去了，這麼晚還不回來？平時她去朋友家作客，再晚都要回來的。她說在別人家睡不著。前些年工作的時候，不得已出差，她會帶上枕頭，哪怕枕頭占了她小半個箱子，她說那樣好歹能找到一點家的感覺。不然無法入睡。

母親是個過分有條理，過分愛乾淨的人。

唐佳掏出手機，再次撥打母親的電話，她真希望鈴聲從某個房間響起。但是沒有，電話依然是通的，屋子卻聽不到一點點聲音。這個號碼，她今天已經打了七八遍了。每次都通，每次都一直響到斷。你所撥打的用戶暫時無法接聽您的電話，請稍後再撥。

目前從來沒發生過這種情況，偶爾沒有接，很快就會打回來的。一種不好的預感在她心裡冒出。她發了條信息過去：媽，求妳趕緊給我回個話，急死我了。

本來唐佳大白天是不會聯繫母親的，她們母女通常都是晚上睡覺前聯絡一下，互相問問情況。但是今天下午，單位上一個同事說晚上要請大家吃火鍋，過生日。這個同事跟她關係不錯，她想去。於是她給母親發了條短信：媽，下午幫我接下叮噹可以嗎？我們單位有飯局。母親沒回。她就打過去，電話通了，卻沒人接。

唐佳估計母親是在參加什麼活動。母親有個習慣，每次開會或者參加活動，總是把手機設置成靜音。她認為當眾手機響鈴很沒教養。也許母親今天有活動。

她想了一下，又發了一條，算了，我還是讓叮噹他爸去接吧。妳安心參加活動。於是她轉而給丈夫打了個電話，把任務交給了不太情願的丈夫。

飯局結束，她連忙趕回家收拾殘局，把兒子弄睡覺。等消停下來，才忽然想起母親一直沒回她話，這不像母親的做派。母親看到未接電話，怎麼也會給她打一個的。於是她再次打過去，母親還是沒接。怎麼回事？再有活動，也不可能持續到晚上啊。再說這麼長時間，母親就不看看手機嗎？

　　母親家裡早已取消了座機，手機是母親唯一的通訊工具。手機聯繫不上，她就不知道該怎麼聯繫了。

　　挨到晚上九點多還是打不通電話，唐佳有點兒不放心了，就索性打了個車趕到母親家。她甚至想好了，見到母親就要說，不要老把手機搞成靜音，讓人著急。

　　可沒想到，家裡沒人。

　　唐佳糾結了一會兒，給父親打了個電話，支吾半天說，我媽她，有沒有和你聯繫？父親很不滿地說，妳哪根神經搭錯了？妳媽恨不能把我吃了，怎麼會和我聯繫？唐佳說，我不知道她上哪兒去了，從下午開始就聯繫不上她了。父親說，這才不到半天，那麼緊張幹嘛。唐佳說，可是很奇怪，她手機通了一直不接，我都打了七八次了。我跑到家裡來，也沒人，感覺不對勁兒。

　　父親略微停頓了一下說，妳去看看她櫃子裡的枕頭在不在？就是大立櫃靠裡面那扇門，妳媽有時候發神經，會突然去別處住的。

　　唐佳一邊拿著電話，一邊打開櫃子，一眼看到了那個小枕頭。包在一個透明塑料袋裡。她說，枕頭在。旅行箱呢？父親又說，床下的旅行箱在不在？唐佳彎下腰看了一眼說，箱子也在。父親說，那我就不曉得了。嗨，不會有事兒的。她又不是青春美少女。

爸！唐佳生氣地叫了一聲。

父親連忙說，反正她沒聯繫過我，從去年她把我攆出來就再沒聯繫過了，我打電話她都不接。她退休的事兒我都是聽妳說的。妳媽就是強，好歹讓我解釋一下嘛，連個解釋的機會都不給我。

唐佳心裡恨恨地想，誰讓你五十多了還在外面瞎搞？

她不滿地掛了父親的電話，又打給丈夫，丈夫手機占線，打了兩次他才接。幹嘛呢？大晚上還跟誰煲電話？唐佳有些不滿。丈夫敷衍說，單位上的事。怎麼樣，妳媽在家嗎？唐佳顧不上追究，急急地說，家裡也沒人，電話還是不接。會不會也是單位有飯局？太吵了聽不見電話？丈夫分析。我媽都退休了，參加什麼單位飯局啊。再說，有飯局也不可能那麼晚吧？

會不會突發奇想，參加什麼旅行團了？丈夫又提供一思路，完全不對症，也是，他和唐佳母親，更是隔著幾層。

唐佳說，不可能。就是參加，也該告訴我一聲啊。沒必要不接電話嘛。

丈夫說，那倒是。噢，肯定是手機掉了！

唐佳說，哎，這倒有可能……可是，也不對啊，她知道我每天晚上會跟她聯繫的，如果手機丟了，她該找個朋友電話的告訴我一聲嘛。我媽不是那種大咧咧的人。

丈夫說，手機一丟，六神無主，忘了唄。

唐佳還是覺得不可能。她了解母親，母親是個非常有條理的人，到退休，都沒有發生過丟三落四的事。父親有外遇被她撞上那天，她都還是做好飯，吃完飯洗了碗，把桌子抹得明晃晃的，才坐下來和父親談話。

3

問詢已進行了半個小時，還沒什麼實質性進展。

雖然牟芙蓉很健談，不需要引導就滔滔不絕。可是經常跑題，郭曉萱不得不打斷她，一次次把她叫回來。

妳說走的時候，她還是好好的？

是啊，我還給她倒了杯水，是蜂糖水哦。我不曉得她有心臟病，剛才那個醫生說是心肌梗死，這種病我聽說過，死得飛快。

死因還沒最後確定。郭曉萱嚴肅地說：妳們爭吵很激烈？只是吵，有沒有……

妳的意思是說打她嗎？沒有打。絕對沒打。我就是推了一下她的肩，孫姐戳了一下她腦門兒。那個李美嘛，比了一下搧耳光的動作，也沒搧。這根本不算什麼嘛。我們上課的時候，青師經常這樣對我們的，推兩下拍兩下都是經常的事，有時候青師還踢我們呢。是真踢哦，她火起來，一腳就踢過來了。

說到這兒，牟芙蓉竟然笑起來，是一種甜蜜的笑，彷彿訴說某種幸福：青師真的要打我們，妳信不信？

青師是哪個？青師就是我們老師嘛。大名賴青青，年輕的時候是雜技團演員，得過好多獎呢。我們都喊她青師，多親切的。

噢，先說明哈，這件事和青師無關，青師完全不曉得。

牟芙蓉再次漾開笑容，彷彿剛才那一笑，波紋太強，一時散不開，必須再推送一次。

青師真的要打我們，我挨過幾回。太好笑了，剛開始的時候，她喊我

做塌腰，我整死塌不下去，只曉得把屁股撅起來，她衝過來就踢了一腳，踢到我屁股上，還好我站得穩哦。

牟芙蓉呵呵地笑出了聲。

我們那兒老一點兒的學員，沒有哪個沒挨過打。為什麼打？肯定是著急嘛，嫌我們動作不到位嘛。

生氣？才不生氣呢，她是為我們好，真心為我們好。不管以前是做什麼的，不管是公務員還是老闆，在青師面前都是學生，打了都不會生氣，都認。

這件事她上課的時候跟我們溝通過的，她說如果她不嚴格，就是害我們。我們完全理解，現在哪裡有那麼負責的老師哦。我好感動哦。我讀書的時候，老師張都不張我一眼……

那麼，病故的那位應女士，跟妳說的青師是什麼關係？郭曉萱又一次把她拽回來。

妳說應美哇？肯定也是師生關係嘛。

應美？她不是叫應學梅嗎？

我剛才跟妳說了呀，比我小的學員我都叫美女。應學梅還是比我小幾歲的，我就叫她應美。應美也是學生，我們都是學生，青師是我們的老師。我們都是菩提館的學員。只不過應美是剛加入的，我介紹她加入的。

我和她是咋個認識的？早就認識了，我們是初中同學。國慶日同學聚會，她主動過來和我打招呼，說她也退了。難怪，她原來多驕傲的，根本不參加我們班聚會。

為啥子驕傲？成績好嘛，加上她媽媽就是我們學校的老師。我們那個時候因為文革耽誤了課，學校就把好幾個年級的學生夥到一起上課。我們

班有大有小。她是最小的一個。但是她太會讀書了，成績好得很。後來就考起了大學，畢業又當了幹部。清高得很。

現在退了休，大家都一樣了。晚年生活還不見得有我好呢。真是像我們青師說的，活下去就是勝利，你只要一直往前走，就有可能超過那些原來比你走得快的人。真是這樣呢。當年那麼驕傲的學霸，那天多謙虛地聽我擺龍門陣。你簡直想不到。

一旁的老頭似乎已忍無可忍了，掏出一包菸向郭曉萱示意了一下，走出去。

牟芙蓉毫不受影響，再次挺了挺脊背：她誇我氣色好，顯年輕。我就告訴她我是練瑜伽練的，原先也是黃皮寡瘦的，從開始練瑜伽就改變了，現在我的水平都達到專業水平了。她開始還不信，我就馬上站起來給她比了兩個動作。

牟芙蓉站了起來，似乎想當場表演，被郭曉萱止住了。她坐下，掏出手機來，翻開照片給郭曉萱看。

我那天就是給她看了我練瑜伽的照片，我說剛開始的時候，我彎腰都摸不到腳背，現在我隨便彎腰都可以摸到腳背了。瑜伽的二十個基本體式我都可以做了，我還可以做兩個高難度體式，上輪式和下輪式。這個在我們菩提館只有五個人可以做。

郭曉萱看到照片上，這個女人真的可以把腿搬起來靠在臉頰上，還可以把身體朝後彎成一張弓，還可以把兩隻手在背後合十。她吃驚地瞪大了眼睛。莫說六十歲，她二十多歲也做不到的。

牟芙蓉非常驕傲地說，她當時看到照片就目瞪口呆了，就像妳這樣，眼睛鼓起多大。

郭曉萱連忙收回目光。

她問我練了好久，我說練了九年。她簡直不相信。她說九年前你也五十了呀。我說是哦，我們菩提館一多半學員都是五十多的，還有六十多的。我們青師說，任何時候開始都不晚，就怕你不開始。我們菩提瑜伽館不但練瑜伽，還排練舞蹈——但是我們跟那些跳廣場舞的大媽完全不同哦，我們很專業的。每天忙得要命，簡直不得空。

她聽了我講這些，不是一般的崇拜，看她的眼睛我就曉得。

唉，我就是不該問她想不想參加，主要是當時太興奮了，沒忍住。其實我們館早就滿員了，除非有人退出才能進新人。但是我看她那麼崇拜地看著我，就主動說，來嘛來嘛，和我們一起練。

她還是有點兒銀（矜）持的，她說等我哪天有空去看看吧。

郭曉萱聽見銀持想笑，又忍住了。

有什麼好銀（矜）持的，不就是一個科長嗎？她越銀（矜）持，我就越想把她拉進來。唉，就是從這兒開始扯拐的。我不該帶她去看。簡直不該。那天她一看到青師就大驚小怪的……太過分了。

4

唐佳在自己的手機通訊錄裡翻了半天，也沒找出一個母親的朋友。丈夫剛才建議她聯繫一下母親的閨蜜，她才發現她根本找不到母親的「閨蜜」，一個也找不到。她知道母親有幾個要好的姐妹，有兩次在家裡遇見，還叫過阿姨，但她沒有她們的聯繫方式。誰會想到去要父母朋友的聯繫方式呢？

唐佳很後悔，那個時候為什麼不記兩個阿姨的電話呢？

　　說來，她都不知道母親的生活是什麼樣的。雖然每天晚上通電話，但從來都只有幾句。吃飯沒有？早點兒休息。偶爾都懶得打電話，發個微信，今天還好嘛。母親就說，還好。或者母親說，降溫了哦，不要感冒。她就回一個知道了，妳也要注意保暖。

　　剛才她一邊跟丈夫通電話一邊在屋裡來回走，這才發現客廳有變化，長飯桌被移到了靠窗的地方，上面鋪著宣紙擺著筆墨，看來母親在練習寫毛筆字了。然後又看到涼臺的晾衣架上，掛著青花布的衣褲。她從沒見母親穿過花衣服，而且連褲子都是花的。讓她很是好奇。看來母親有新的愛好了。

　　自打自己結婚後，她就沒和母親好好交流過。各忙各的。父親發生外遇後，唐佳覺得，母親怎麼也會跟她哭訴一次，就做好了準備，到母親家來住了一晚上。哪知母親依舊很淡定，說其實她早有感覺了，只是不想去探究真相。順其自然吧。唐佳說，這種事怎麼能順其自然？妳應該敲打一下他。母親說，敲打一下，他只會藏得更深。唐佳說，那妳怎麼察覺的？母親說，嗨，老夫妻了，說話一個尾音不對都能露陷兒，何況……我發現他在偷偷吃壯陽藥。母親說到這兒居然噗嗤一下笑了起來。那個晚上，母親還是跟她聊了好一會兒，談了自己對婚姻的感受。母親說，夫妻之間，裝糊塗很重要。我本來一直想裝的，但是運氣不好，撞上了，再裝就是恥辱了。

　　母親退休後，唯一的支撐沒了，眼看著精神氣兒散掉。唐佳就動員母親去參加社區活動，或者上個老年大學，或者約上以前的女友去旅遊。母親都以各種理由拒絕了。唐佳真是不明白，她看到人家那些母親，要麼在

家晒孫子晒飯菜展示天倫之樂，要麼穿得花紅柳綠的在風景區自拍，自己母親卻是兩樣都不參與。

母親說，唱歌跳舞我都不會，看書寫字我自己可以在家做，至於旅遊，一定得找到稱心的同伴才行。

母親過於清高，大學畢業，事業上並不順利，始終是個小科員。但還是這個瞧不起那個看不上，即使退休了，也放不下身段。就連網上的朋友圈兒母親都不參與，只是偶爾為女兒的發的照片點個讚，自己從來不發。唯一的社交，就是偶爾跟大學裡的兩個女生一起喝茶。有兩次唐佳有事找母親，她說她在外面跟同學喝茶。

可是，唐佳也不知道那兩個同學的電話。

實在無奈，唐佳只好打給母親原來單位上的一位女同事，那個女同事的電話唐佳是有的。

對不起呀黃老師，這麼晚打擾妳。那個，我媽媽她，今天有跟妳聯繫嗎？

黃老師叫黃槐，曾和唐佳母親一個辦公室。黃槐說，應老師嗎？沒有呀。我最近一次遇見她，還是中秋節的時候，她來領月餅，在單位門口碰到的。我們搞活動請她來她也不來。

黃槐說話依舊是慢條斯理的，和母親有幾分相像。

唐佳遲疑了一下說，黃老師，妳知不知道我媽好朋友的電話？黃槐說，不知道呢。唐佳又問，那妳知道她最近參加什麼社團了嗎？問完覺得不好意思，自己都不知道，怎麼指望單位的同事知道？黃槐果然說，沒聽說。可能不會吧？她不喜歡那些。原來一說起老年大學什麼的她就撇嘴。唐佳想，沒錯，母親是那樣的。

黃槐問，怎麼了，妳跟應老師聯繫不上了嗎？

黃槐一直叫母親應老師，即使母親當科長的時候。如今還是這麼叫，這讓唐佳有幾分親切。她和母親差十二歲，和自己差十三歲，所以都以老師相稱。

唐佳說，就是。她今天下午一直不接電話，我覺得奇怪，就到她家裡來了，家裡也沒人。這麼晚了，平時這個點兒，她早就回來了。她不喜歡晚上出門的。

黃槐說，哦，那是有點兒奇怪。

是啊，我打了好多次了，響斷了都沒人接。她不會生我的氣吧？

黃槐說，不會不會，應老師不是那樣的人。我上次給她電話她當時沒接，後就回過來了，還跟我道歉呢。應老師特別有教養。

黃槐一邊說，一邊拿起手機撥通了唐佳母親的電話，的確是，響斷了都沒人接。

您撥打的電話無人接聽，請稍後再撥。

唐佳也聽見了這個聲音，越發焦急起來，這樣的情況從來沒發生過。我老公說可能是手機丟了，手機丟了也應該回家呀。都這麼晚了她能跑哪兒去了嘛。我看了家裡，箱子什麼都在，不像出遠門。我感覺有點兒不對勁兒。

黃槐也急了：那是不是應該報警？

唐佳忽然就帶了一絲哭腔：我都不知道該上哪兒去報警。

黃槐說，要報警的話，應該到應老師戶籍所在地的派出所。不過，我聽說起碼要四十八小時。除非是小孩兒走失。

唐佳說，那怎麼辦啊，我就這麼乾等著到四十八小時嗎？為什麼非要等四十八小時？

黃槐說，我也不知道，大概失蹤的人很多吧。我覺得應老師不會有事的，她那麼平和的一個人。這樣，我現在過來陪妳一起想辦法。

唐佳軟弱地說，好的，謝謝黃老師。

5

牟芙蓉終於有些累了，提出要上廁所。

郭曉萱注意到，她底下穿的居然是毛褲，跟上面的旗袍完全是兩個世界，用她的話說，完全不能溝通。大概再想時尚，也架不住老關節出毛病拖後腿。

從廁所回來後，她的精神氣兒好像泄掉了一些，沒那麼振作了。她坐下，又開始閉上眼睛，吸氣，吐氣，如此三次。然後睜開眼對郭曉萱說，我們青師說，調整呼吸很重要，不然心就亂了，心亂了魂就沒了。我現在遇到啥子事，都要先調整呼吸。

郭曉萱拿紙杯給她倒了杯水，她喝了幾口，然後很仔細擦了嘴角，拉了拉衣服的下擺，坐正，仍然把兩手疊好，放在腿上。

她注意到了郭曉萱的目光，又說，我們青師說，任何時候，人都要坐有坐相，站有站相。尤其是女人，一輩子就是活個樣子，活個形象，妳要讓別人看到妳最好的樣子，妳才會好上加好……

比如妳，員警美女，肩胛骨就沒打開，本來那麼漂亮，一含胸就掉分了，曉得不？

話鋒突然轉向自己，郭曉萱有些尷尬，她下意識地挺了挺背，甚至暗地裡想，自己要不要也抽空去練練瑜伽？

　　看來青師是妳們的偶像嘍？她訕訕道。

　　肯定嘛。我們青師任何時候出現在我們面前，都是女神范兒。你根本看不出她六十歲了，真的，比我還顯年輕，從後面看像二十多歲。我這件衣服，就是比著我們青師的款式做的，太有範兒了。青師那天穿起走進菩提館，我們簡直驚呆了，就跟林青霞張曼玉一樣。青師手之巧，她身上的衣服都是她自己做的。我們的瑜伽服也是她設計的，跟其他瑜伽館的不一樣，其他瑜伽館就是土白布，我們是青花……

　　應美那天一報到，青師也給了她一套青花瑜伽服。她也是，不但不感恩，還恩將仇報。本來我們菩提館都滿員了，青師看在我的面子上破例收了她。她倒好，才去兩次就生是非……

　　我好心好意跟她說，穿上這身青花，走路的步子一定不能太大，也不要哈哈大笑。她居然說，不就是裝淑女嗎？這咋個是裝呢？是修養嘛，唉，簡直是沒法跟她溝通。

　　溝通個屁！妳就是多管閒事！老頭抽完菸進門，又是一聲吼：啥子家務都不做，一天就在外面驚風火扯地亂整。

　　我咋個是管閒事呢？畢竟是我把她介紹進來的，看到她不對就應該管。她反駁老頭，神情很堅定。

　　她那樣做很不好！對青師不好，對我們整個團體都不好。我們這個團體像個大家庭一樣，那麼和諧，友愛，不珍惜怎麼行？我們每個人都有責任愛護它保護它，我們又不是跳廣場舞的大媽。

　　再說了，她那樣做，連帶把我的名譽也搞壞了，本來我在群裡頭還是

多有威信的。青師經常叫我做師範。真的，她太不應該了。我必須告訴她，她那樣是不對的。我如果不說，她自己簡直意識不到。她能加入我們，是她的福分⋯⋯

老頭又吼了起來：到現在還在說這些沒用的妳個老太婆！一天到晚神顛顛的，做些莫名其妙的事！我早跟妳說過要出事！這下好，人死在妳家裡！看妳咋個交待！

牟芙蓉神色突然黯淡，那兩條本來正上揚的眉毛，突然就耷拉下來。紋過的眉毛如黑劍一樣，毫無緩衝地刺向兩頰。

但很快，她又振作起來：我又沒做什麼違法的事，我就是好心好意介紹她加入我們。我看她退休了，很無聊，天天在家窩著，臉都是卡白卡白的。她比我小幾歲，看起比我還顯老，我走出去，沒有哪個看得出我要六十歲了，是不是嘛員警同志？

郭曉萱差點兒點頭。

昨天我婉轉地說了她幾句，要她尊重青師，她多尖刻地給我頂回來，說我盲目崇拜，沒有原則⋯⋯啥子原則不原則的，她就是喜歡居高臨下。都退休了，還端起幹啥子？我們學員裡還有個局長呢，都不像她那麼端起。

我只好約了孫姐和李美一起來幫助她。她也是，那麼小氣，吵不贏我們臉就氣得發白。還是大學生哦⋯⋯

郭曉萱不想再聽她嘮叨了，開始總結性地幫她梳理：

是不是這樣，下午妳把她叫到妳家，和她談話，談話過程中妳們發生了爭吵，大家情緒都比較激動，然後她感覺身體不舒服，妳就讓她在妳們家躺著，妳們就走了，是這樣嗎？

是的就是這樣。她點點頭，忽然嘆了口氣。臉上的粉有些撐不住了，沒有彈性的黃皮膚顯露出來。真相畢露。

我好心好意地喊她來談，哪曉得根本談不攏。我不知道她有心臟病，要是知道我都不會叫她練瑜伽。瑜伽不適合心臟不好的人。我真是太倒楣了，本來是好心好意的。我們正在批評教育她，不是，我們正在溝通，她突然說頭暈得很，不想說話。我估計她是不想聽我們說了，裝病。

我想既然說不通，就不能讓她參加晚上的活動，免得她在會場亂說。我就喊她在我們家休息，我真的是好心好意的。

妳們沒給醫生或者她家裡人打個電話？

搞不贏了，我們五點半要趕到酒店做準備。慌慌張張的。

妳的意思是，妳們把她一個人丟在妳家裡了？

她頓了一下說：我哪想到會那麼嚴重？頭暈嘛，我也經常頭暈，喝點蜂蜜水就好了。我想她休息一會兒就可以回家了嘛，我跟她說，妳走的時候把門關好……

於是妳們走之後，她就心臟病發作，去世了。郭曉萱的聲音和表情，都變得嚴肅起來。

牟芙蓉聽到這話，把本來已經坐得很端正的身子，再次調整了一下，挺了挺脊背，雖然面容上已經顯出疲倦和衰老。但看得出她在努力撐著：

我還不是後悔得要命。要怪就怪我當時太心急了，生怕影響到晚上。孫姐和李美兩個也覺得是不應該影響晚上，我們就先去酒店了。路上好堵，還好我們沒遲到，晚上的活動很成功，老頭打電話的時候我們剛剛結束。我那個獨舞還被青師表揚了的。

牟芙蓉說到這裡，兩隻手下意識地比出了蘭花指。

6

值夜班的年輕員警，像是剛畢業的大學生，一張臉尚無刻下歲月的痕跡。他一邊在電腦前坐下一邊問，失蹤的是老年人嗎？

唐佳連忙說，不是老年人。

員警說，多大年齡？

唐佳說，五十多。

員警瞪了她一眼：五十多還不是老年人？喊！

唐佳愣了，她從來不覺得自己媽媽是老年人，頂多是中年人。她苦笑著看了眼黃槐，心想，自己這個三十多的人，在這個年輕員警的眼裡一定是中年人了。

什麼時間失蹤的？

唐佳說，嗯，今天下午就聯繫不上了。打電話一直不接，剛才，就是剛才我們來的路上又打，還是不接。太奇怪了。

員警說，打電話沒接很正常嘛，我也經常顧不上接電話。

唐佳說，但是對我媽媽來說是不正常的，她從來不會這樣。

員警的眼神完全是不以為然，似乎是說，憑什麼妳媽媽不接電話就是不正常？但他說的是，下午到現在，也還不到十個小時嘛。

唐佳連忙說，我知道要四十八小時，我就是覺得太反常了。我怕她出意外，她一個人單身生活⋯⋯萬一⋯⋯

員警擺擺手，沒事沒事，妳既然來報警了我們肯定會接的，肯定要登記的。

員警依次問了姓名，年齡，地址，身分證號，以及失聯的時間，地點，還有她媽媽的電話號碼。然後依次錄入電腦中的一張表格上。

唐佳看到那張表叫「失蹤人員登記表」，還有編號，心裡稍稍安心一點。

智力健全吧？我的意思是，有沒有老年痴呆症狀之類，走出去記不到路了？很多來我們這兒報失蹤的都是這種情況。

唐佳連連搖頭，沒有沒有。她腦子很清楚。關鍵是她以前沒出現過這種情況。

黃槐也在一旁證明：她剛退休一年多。退休前是我們的科長。就是因為她平時做事很有條理，一點兒不糊塗，我們才會著急。

年輕員警登記完了，按了個保存。好了，先這樣，我們這裡有情況的話，會馬上聯繫妳們。

唐佳說，你們不馬上採取措施嗎？

員警說，採取什麼措施？現在就組織警力滿大街去找嗎？

唐佳忽然按捺不住地喊了起來，如果是你媽媽找不到了，你會這樣嗎？

眼淚一下就出來了。黃槐連忙摟住她的肩膀。

員警愣了一下，然後態度很好地說，我理解妳的心情大姐。但是，妳知不知道，每天都有很多人來報告失蹤，其中大部分兩三天後就找到了。尤其是老年人，一時找不到家了，這種情況很多。我們不可能每個都立案。除非妳有證據證明對方可能存在人身安全危險，或者說對方可能會受到侵害……刑事立案是非常複雜的事情，立了就不能撤，而且需要拿出大量的警力。如果妳不能提供足夠的涉案理由，公安機關缺乏立案的依據，

是不會立案的，報案後只會給予公民必要的協助。

唐佳感覺他在背書。但還是起到了作用，她平息下來。

黃槐替唐佳回答說，好的，我們知道了。

員警索性轉向黃槐：放心，我會把剛才登記的信息發布到我們的平臺上，讓其他派出所一起關注的，一旦有消息，我一定及時聯繫妳。我建議妳們自己也通過網絡平臺發布一下消息，發動親友找。可能效果更好一些。有線索的話也及時告知我們。

黃槐連連點頭。

兩人從派出所出來，互相道別。黃槐安慰唐佳，也許明天就會有消息的。唐佳忍著眼淚謝謝黃槐，陪自己那麼久。然後各自上車，打算離開。

唐佳剛剛發動汽車，電話就響了，她忙不迭掏出電話，真希望是母親的。真希望母親說，不好意思啊，我電話關了靜音，一直沒聽到。

可是是丈夫。

丈夫說，那個，剛才員警來電話，說他們在一個人家裡，發現了媽媽……

在哪兒？誰家？

嗯，他們說，媽媽她，心臟病發作，已經不行了……

7

郭曉萱接到田野打來的電話，說法醫已經確定應學梅是死於是心肌梗塞，沒有其他外力因素。

我們已經聯繫到了死者家屬。你們走了後，在她家沙發下面發現了死

者的手機，手機是靜音，一閃一閃的，已有十幾個未接電話了。估計她是想打電話求救，掉到了地下。

還有，那個牟芙蓉離開的時候，的確是給應學梅倒了一杯蜂糖水。這點可以證明當時她們沒有惡意，是沒料到會發生不測。雖然她的舉動有點兒不可思議。

妳問完了，就讓他們回家吧。

郭曉萱說，好。

牟芙蓉似乎猜到了電話的內容，她盯著郭曉萱的臉問，搞清楚了哇？我可以回家了哇？

郭曉萱點點頭。

她馬上站了起來，勝利似的跟老頭說，我就說不怪我嘛，是她自己身體出問題了嘛。其實也沒什麼，一下就走了痛快，不受罪。我還希望我以後像她這樣呢。

老頭依舊是怒氣沖沖的樣子，完全不搭理她，轉身出了門。

郭曉萱說，那個，我想再問妳兩個問題可以嗎？

牟芙蓉說，問嘛。

郭曉萱說，妳一直說死者說了不該說的話，她到底說了什麼？

牟芙蓉的怒氣又上來了：嗨！她一來就說她認識青師，認識就認識嘛，又說青師年輕的時候……做過那些事，被單位除名了。

什麼事？

算了，我不能講，不能傳播。我才不信青師會做那樣的事，我們都不信，她肯定是聽到謠傳了。青師怎麼可能像她說的那樣嘛。

再說了，不管你從哪兒聽到的，都不應該亂說。謠言止於智者。員警美女，妳說是不是？

郭曉萱說：還有個問題，晚上妳們到底有什麼事，那麼著急？

牟芙蓉頓時雲開霧散，兩根漆黑的眉毛挑了上去：哎呀，今天是青師生日啊，六十大壽！我們早就計劃好了，半年前就計劃好了，今天晚上要為青師慶生。

我們都不說她六十，我們在蛋糕給她插十六根蠟燭，祝她永遠像少女一樣美麗。

我們排練了好幾個節目，我有兩個舞蹈，其中一個還是獨舞，把瑜伽動作都用上了，還有蓮花手倒立哦。

我們為這次生日晚會準備了很長時間，我還專門訂了一套紗裙，效果之好，不擺了。我們肯定不能因為她影響了呀。

還好晚會非常成功。青師說，她感到非常幸福。今天是她最幸福的一天。我們也感到非常幸福，今天是個開心的日子。

郭曉萱覺得後背發涼，這個女人，揣著的那顆心，如同她那條能豎起來貼臉頰的腿一樣不可思議。

她站起身，示意她可以走了。

牟芙蓉挺著背，深吸一口氣，吐出，然後走出門。

推開門的一瞬，她又回過頭來說：員警美女，記到哈，把肩胛骨打開，像我這樣，不要含胸。

曹德萬出門去找愛情

1

魏昊宇被派去採訪曹德萬的時候，有點兒不情願，一個老頭做好人好事能有什麼寫頭？他正在埋頭做自己的公眾號，短文加漫畫，從昨天折騰到現在還沒搞定。他的公眾號開了一個月了，已經吸粉兩千多，讓他很是興奮。這一篇他打算圖文並茂的聊聊最近的熱點「佛系」。一聽到好人好事，立馬感覺退回到古代去了。但他沒有理由拒絕主任，報社工作是他的飯碗。主任見他不起勁兒，強調說：「那老頭兒八十了，都住養老院了，還下河救人，絕對有亮點。」「嗯嗯。」魏昊宇應付道。主任又說：「最近咱社會版挨了批，必須來一個滿滿正能量的文章挽回一下。你是快手，趕緊去採訪，最好明天能交稿。」

魏昊宇只好動身。起身時忽然想到爺爺，爺爺也提出過去養老院的事，奶奶去世後他感覺很孤單，又不願意和他們一起住。這次就算幫爺爺考察一下吧。當然，細想一下，一個養老院的八十歲的老頭下河救人，也還是有看點的。雖然現在上八十的不稀罕了，但能下河救人非同一般。要是爺爺的話，能打 110 就不錯了。

魏昊宇背上他那個髒呼呼的背囊出門，又抓了頂帽子戴上。頭髮幾天沒洗了，亂蓬蓬的。每天過著不分晝夜的日子，哪有時間打理自己。他從手機上查了一下養老院位址，在市郊一個鎮上，有十幾公里路。魏昊宇開動了自己的馬自達，上車後摁下藍牙，開始往老頭所在的養老院打電話。

養老院的院長叫趙志雲，居然是個女的，聽聲音五十來歲。聽說魏昊宇要採訪曹德萬，不是很熱情。怎麼回事？一般單位領導都求著記者去採訪呢。魏昊宇連忙說：「我們晚報早就想寫寫咱們養老院了，聽說咱們一直是先進單位，現在出了這樣一位老英雄，更說明咱養老院具有良好的精神狀態。」

魏昊宇從後視鏡裡看到自己臉都笑爛了。當了三年記者，他已經練出來了。既然要寫，就得迅速進入狀態。

趙院長的語氣馬上熱情起來：「那是，我們康怡養老院一直都很有活力，大部分老人都每天鍛鍊身體，參加各種文體活動，加上我們的伙食開得好，葷素搭配得當，每天還配有水果和酸奶，保障了營養均衡，所以老人們……」

魏昊宇故作驚訝地打斷了她：「真的嗎？每天都有水果酸奶？比我吃的還好嘛。那曹德萬肯定胃口很好吧，不然八十了還能下河救人？」

趙院長糾正說，是八十四歲，今年三月滿的。他這人天天走路，身體好，河邊長大的，會水。」

魏昊宇暗暗驚嘆，八十四歲？比爺爺還大七歲。魏昊宇繼續問：「他救了人回來沒聲張吧？是怎麼被你們知道的？」

趙院長哼了一聲：「他還能不聲張？滿院子嚷嚷，生怕人家不知道。」

魏昊宇笑了：「那妳猛烈表揚他了？」

「我們哪能他說什麼都信呀？」趙院長撇嘴的樣子浮現在魏昊宇眼前：「他還說溫家寶接見過他呢。他說溫總理老遠就伸手過來說，老曹啊，好久不見，真想你啊。」

魏昊宇笑出了聲：「他喜歡吹牛？」

趙院長說：「吹牛吹馬吹騾子，沒個正經。人家要他拿跟溫家寶的合影照片出來看，他說那是夢裡的事情，沒照片。所以我怕他又說是在夢裡救人。」

　　「後來呢？」魏昊宇有些著急，千萬別是假新聞。

　　趙院長說：「後來是被救的小孩兒家長來了，我們才信的。那小孩兒的爺爺奶奶專門來感謝他，送了兩大包奶粉和兩大包麥片。曹德萬說他不要東西，『我啥營養也不缺，你們自己拿回去吃，你們給我做面錦旗就可以了。』孩子的爺爺奶奶就真去做了一面錦旗，上面寫著『老英雄見義勇為』。他還是不滿意，說幹嘛要加個老？英雄見義勇為就可以了嘛。」

　　魏昊宇哈哈哈的大笑起來，說這個老頭太有意思了。

　　趙院長說，你應該叫曹爺爺。

　　對對。曹爺爺真有意思。「不過他一個人跑河邊去幹嘛？」

　　「他每天都要出門，到處跑。從公交車站到養老院要從河邊過。」

　　「每天出門到處跑？為了鍛鍊身體？」

　　趙院長忽然不耐煩地說：「我還有事，你來了自己慢慢了解吧。」

　　魏昊宇說：「好的好的，謝謝您。我現在馬上過來，請您轉告曹爺爺，我要採訪他，好好為他寫一篇報導，登在咱們晚報上。」

　　魏昊宇掛了電話。主任肯定想不到，他讓自己採訪的英雄，是個神叨叨的老頭。每天出門到處跑，還吹噓自己跟溫家寶合影，難不成有點兒老年痴呆了？阿茲海默症？不會的，如果是，趙院長肯定不會讓他待在養老院。阿茲海默症可不是單純犯糊塗，那是大病，需要住院治療的。再說，真的是老年痴呆跑出去就找不回來了。他們報社經常接到求救電話，說家裡老人走丟了。

他肯定不是有病，無非就是個喜歡搞笑的老頭。魏昊宇猜測，應該是個性格活躍，身體健康，喜歡說笑的「陽光老人」，見義勇為救了個孩子。魏浩宇想，等會兒見了面，再補充點兒當時救人的細節，再吹捧兩句養老院，就 OK 了。保證老闆滿意。

2

如果沒有導航軟件，魏昊宇無論如何也不可能在一片莊稼地裡找到養老院。這也太偏僻了。既沒有公共汽車，也沒有地鐵，更不可能打到計程車。養老院的老人靠什麼交通工具呢出門？難道有班車？或者，他們根本不出門？

幸好牆頭上立著很大的招牌，康怡養老院，每個字兩米見方，讓他確定到達目的地了。不可否認，空氣很好，還能聽見嘰嘰喳喳的鳥叫。田野裡是秋天的景象，立著疲憊不堪的玉米稈。路兩邊的樹葉也黃了，像老人白了頭髮。也許，養老就是要在這種偏僻安靜的地方。

養老院的大門關著，左側開了一扇小門。魏昊宇敲門，一個穿迷彩服的老頭探頭出來問，找哪個？魏昊宇說，曹德萬。他馬上關門說，他不在。魏昊宇頂住門不讓他關，解釋說：「我跟趙院長聯繫過，她同意我來的。」迷彩服遲疑了一下，不情願地打開門讓魏昊宇進去。

魏昊宇原以為，他來採訪會受到養老院的熱情歡迎，不料是這般情景。院長不熱情，守門的也不熱情。他問迷彩服，曹德萬不知道我要來採訪嗎？迷彩服哼了一聲：「一大早就出去了，夾起那個錦旗，不得了了。」魏昊宇暗自思忖，難不成這個曹德萬人緣不好？

魏昊宇從沒到過養老院，腦海裡養老院場景，就是電影《桃姐》裡的

樣子，擁擠，逼仄，壓抑，亂麻麻，毫無生機。但這家養老院竟然是一個很大的四合院，東南西北各一排房子，南邊是三層樓，其他三邊是兩層樓，整齊劃一。房頂上架著太陽能熱水器，院子中間種著菜，辣椒，茄子，還有支著竹竿的豆角。也種了些月季和菊花。有幾分田園風光。

進門的牆上，畫著兩張大表格，一張寫著本週伙食計畫表，另一張寫著康怡園財務收支情況。菜地裡有兩個正在摘辣椒的婆婆，停下動作向魏昊宇行注目禮，眼神很專注，一點笑容也沒有。過道上有兩個老頭在晒太陽，一個嘴角淌著口水，頭止不住地點，或許應該叫顫動，另一個用拐杖敲著地，嘴裡嘟嘟曩曩的，像是唱歌，又像是自說自話。魏昊宇忽然覺得進入到另一個世界了。院子裡雖然也有陽光照耀，卻是冷冷的。趕緊完成了任務走人吧，他想。

他問帶路的迷彩服，人都不在嗎？

迷彩服說，在呀。都在自己房間裡。

他轉頭掃視路過的房間，果然，每個房間都有人，悄無聲息的，彷彿在閉門思過。要說佛系，這裡才是佛系。轉彎時，一個瘦小的婆婆從房間裡走了出來，背上拱起很高一坨，令她整個身軀都歪斜了。她用助步器慢慢挪動著步子，可能感覺到身後有人，便站下來讓魏昊宇他們繞過去。

迷彩服很和藹地跟她打招呼說：「孫婆婆，沒看電視呀？」

婆婆沒吭聲，繼續慢慢挪動。

魏昊宇心裡莫名淒涼。還是不能讓爺爺進養老院，爺爺肯定不適應，爺爺喜歡熱鬧，兒孫繞膝，滿屋笑聲。

走到樓跟前，終於看到一塊「文體活動室」的牌子，有幾個人在打麻將，有幾個人在下象棋，都是些老頭兒。另外一間大些的屋子，有不少老

人在看電視，這裡婆婆居多。但是看神情，很難說她們是在看電視，也許只是在電視機前發呆而已。有兩個像是工作人員的女人，推著一小車飲料，在給他們分發。

他們來到二樓院長辦公室，門開著，但院長不在。

她肯定沒走遠，你坐這兒等吧。迷彩服丟下魏昊宇要走。

魏昊宇連忙問，你是工作人員吧？

迷彩服不快地說：「肯定嘛，我才滿六十，不可能來養老嘛。」

「你都六十啦？真看不出來，我以為你五十多。」

迷彩服的表情晴朗了一些。看來男人女人都吃這一套。魏昊宇想，反正閒著，不如借機了解點兒情況。他問，「那個曹德萬都八十多了，還天天跑出去，你們不擔心他安全嗎？」

「擔心有啥子用？你又不能把他鎖到房間裡。」迷彩服的不滿越發明顯了：「他要發神經，你有啥子法？」

「不過這次他救了人，也算是為你們養老院爭了光吧？」

迷彩服又哼哼兩聲，好像鼻子裡被許多不滿給塞住了：「曉得是不是真的哦，我們又沒看到，都是他自己在吹。他每天不吹個牛就過不得。吹牛大王。」

魏昊宇試探著問，「他在你們這兒人緣不好？」

迷彩服突然一聲吼：「啥子人緣不好？根本就是神經病！」

魏昊宇嚇一跳。迷彩服自己也被嚇倒了，怔了一下，然後轉身往門口走，腳沒出門又轉回身來：「不是我一個人說他，都在說他。不信你去問問，問問群眾的意見。」

魏昊宇討好說：「守大門就是辛苦哈。這個，你們院每天幾點開幾點關，有規定嗎？」他想起了自己讀大學時宿舍管得可是嚴，想早出去想晚回來，都不可以。

迷彩服平和了一些說：「當然有規定，早上七點開門，晚上九點關門。但是他老人家牛逼，可以不遵守規定，非要六點出去，有時候五點五十就來敲門了，你說他是不是神經病嘛？」

「為什麼呢？他為什麼要那麼早出門呢？」魏昊宇真的很好奇。

迷彩服說：「原先我們院裡的車早上七點進城買菜，他就搭那個車進城。後來蔬菜和副食都有人送了，院裡的車就一週進一次城。但是他還是要每天出門。出門就出門嘛，非得天不亮就走。又不上是班，還非要趕第一趟公交！他凶，凶得很哦。院長都管不到他。」

「凶」在當地的土語裡就是霸道不講理的意思。一個來養老的老頭能凶到哪裡去？魏昊宇不解。更不解的是，曹德萬每天一大早出門去幹嘛？還非要趕第一趟公交？院長為什麼管不到他？

太討厭了。迷彩服繼續吐槽：「特別是這半年，每天天不亮就讓我給他開門，搞得我六點不到就得起床，我要是不開門他就喊，就會吵到其他老人，我只好起來。他讓我給他配把鑰匙他自己開。那咋個可能呢！鑰匙怎麼能隨便配呢？他又不是院長！」

迷彩服的不滿情緒止不住往外湧：「天天跑出去找女人，還說是找愛情！肉麻到家了！他個爆煙子老頭，還找愛情？找個鏟鏟！」

鏟鏟也是當地土話，意思等同於屁。至於爆煙子老頭，就只能意會了。魏昊宇忍不住哈哈大笑，真沒想到這個老頭居然說是去找愛情，太喜劇了！剛進院子時的壓抑情緒瞬間散開。

　　這時，門口圍上來幾個人，顯然是打麻將下棋的聽到動靜上來看熱鬧了。從精神狀態看，他們大概屬於養老院的年輕階層。其中一個還穿了件皮夾克，一開口，顯出幾分幹部氣質：「記者同志，你莫怪他生氣，那個曹德萬確實讓人頭痛。八十多歲的人了，一天到晚還想入非非的，不切實際，群眾都有看法。」

　　有個矮個子老頭說：「人家想找對象，也沒錯嘛。」

　　皮夾克說：「要找也得有個章法嘛，哪有這樣到處跑的？搞得十里八鄉都把他當瘋子。老實說，最開始我們大家還是支持他的，我還幫他介紹了一個。但是中間出了點兒誤會，他反倒怪起我來了。好心不得好報。」

　　「你那個誤會大喲。」矮個子老頭話裡有話，老頭們都跟著笑了。皮夾克也笑了，有種陰謀得逞的壞笑：「是嘛，他都結了兩道婚了還不知足，還要來第三道。我們這些人一輩子就一個婆娘，還不是認了。」

　　皮夾克語氣裡滿是羨慕嫉妒恨。

　　矮個子老頭對魏浩宇說：「其實他人不壞，就是個寶器。原來在單位上就有點兒愛搞笑。另一個說，他腦殼進水了。還有個說，我倒是羨慕他喲，想做啥子就做啥子。」皮夾克總結性地說：「我看他主要是沒收心。他比我還大六歲，我早就收刀檢卦了，他還在雄起。」

　　哈哈，老頭們大笑。不過魏昊宇感覺他們並沒有惡意，只是笑話他，尋尋開心而已。

　　接下來，幾個老人像舉行小品大賽似的，每個人都爭著講曹德萬的段子。魏昊宇在群口相聲中搞清了大致情況。

3

曹德萬退休前是縣城某街道幹部（享受正科級待遇），老頭們都強調了括弧裡的內容。再往前，他參過軍，剿過匪，六十年代初從部隊轉業下來，就一直在街道上工作。文化不高，人老實，到六十歲退休時，也就是個街道綜治辦（社會治安綜合治理辦公室）副主任，「因為資格老，混了個正科」。退休後的前十幾年日子還算安定，老伴在家做飯帶孫子，他每天跑公園看人家下棋聽人家唱戲，總之參加群眾文體活動，自得其樂。

關於「已經結了兩道婚」是這樣的：參軍前他奉父母之命娶了一個女人，但很快參軍走了。部隊剿匪時誤傳他犧牲了，妻子便改了嫁。其實犧牲的是他戰友，與他就名字一字之差，叫曹德福。曹德萬轉業後受部隊委託，去看望曹德福的遺孀。臨走時領導跟他說，曹德福烈士有個遺腹子，娘倆現在生活困難，你最好能幫助她們。領導的意思曹德萬聽明白了，但沒有答應。去了之後，他看到那女人獨自拖著一個孩子，的確很可憐，他心一軟，就把娘倆帶回了家。之後他們又有了一兒一女。但這女人脾氣很暴，「長聞河東獅子吼」，導致曹德萬在家大氣不敢出。有時候很晚了都在單位加班，不願意回家。

但不管怎麼說，他們還是一起過了四五十年。五年前，衝他吼了一輩子的老伴去世了。曹德萬忽然不知道日子怎麼過了，他沒有生活能力——不是說要人穿衣餵飯，而是燒飯洗衣服打掃衛生一概不會。他那位吼獅老伴一直把他照顧得很好。兒女們便先後接他去住，他在大兒子家住了一週受不了了，又在小女兒家住了半個月也受不了了。還有個大女兒不是親生的，他沒去嘗試。

如此，兒女們就動員他上養老院。起初他堅決不答應。他原來工作時

去養老院慰問過，感覺淒涼。何況，他也捨不得自己那個家，他怕自己一走，孩子們來占他的房。

有一天他實在無奈了，自己跑到康怡養老院視察了一番，沒想到現在的養老院和從前不一樣了，可以一個人住一個房間，房間裡有衛生間，有空調，院子裡有菜地，還有文化活動室，吃飯都是現成的，三菜一湯。關鍵是，他還遇到好幾個街道上的老哥們，叫他去一起打牌。他終於同意了。

住進來之前，曹德萬先把兒子媳婦女兒女婿叫到一起開了個會，宣布說：「我去住養老院，是不想給你們添麻煩。現在你們都成家了，有伴兒了，過得安穩，我放心。但我也想有個伴兒，所以我去養老院不是去等死，是想重新找個伴兒，重新成個家。所以，房子我還得留著，你們都不要打我房子的主意。」

兒女們愕然。

他接著說：「這個事，我原先是跟你們老媽說過的，她是同意了的。她曉得我需要人照顧，她完全曉得。」

小女兒拿眼瞪他，那雙大眼睛讓他想起老伴，他心裡有些發怵。難道河東獅吼還有接班的？小女兒果然吼起來：「你多大了？你都八十了！跑養老院去找對象，羞死先人了！你不怕丟人我們還怕呢！」

曹德萬鼓足勇氣說：「八十怎麼了？八十就不是人了嗎？八十就要混吃等死了嗎？哪條法律規定的八十不能找對象？哪個老祖宗說八十找對象丟人？再說我還沒滿，我七十九！」

小女兒沒想到懦弱的老爸會懟她，一時說不出話來。兒子則用鼻子哼了兩哼：「房子？哪個想要你的房子。有本事你就守著房子別走，人在陣

地在嘛。」其實兒子的兒子已經二十了，的確在打老爹房子的主意，所以心裡更是氣。還是大女兒溫和些，大女兒從中勸解道：「好的好的，爸你想怎麼樣都行。你去找就是了，找到再說嘛。我們不反對。」

曹德萬語氣溫和但態度堅決地說：「你們可以反對，你們有反對的權利。但是等我找到了，你們就得接受。我的人生我做主。」

開完家庭會議，他又到康怡養老院找院長談，明確表達了他的願望，或者說條件：「我身體很好，能吃能睡，腿腳俐落，現在還不到八十（七十九）。一個月有三千三百多塊退休費，這樣的條件肯定可以再找個女人成家的，一旦找到了我就離開養老院。所以，希望你們支持我，為我提供方便。」

言下之意，不能限制他的自由。

趙院長的回答跟他女兒一樣：「好的老曹，你想怎樣都行，以後的事，等你找到了再說嘛。」

但轉眼四年多了，快五年了，曹德萬還處在尋找的過程中。他每天天不亮就出門，穿戴整齊，背一個黑色挎包，步履堅定地走出大院，天擦黑時，再一身疲憊地回來。

有一回險些成功，女方都同意了。女方其實就是養老院的一個工作人員，五十七八歲的樣子，是院裡聘來做飯的。但當曹德萬和女方拿著戶口本去辦證時，被女兒在民政局攔下（據說有人悄悄通知了他女兒）。女兒說了一條他無法反對的理由：登記前必須讓女方去做個體檢，萬一有潛在重症，到時候誰照顧誰啊？曹德萬只好讓女方去體檢。沒想到女人還真查出了肝病（也有說是假的），不但沒結成婚，院裡還把她辭退了。

還有一回更悲催，有人給他介紹了一個守寡的女人，六十多歲，挺好

看的。但是等他找到人家家裡去的時候，差點兒被寡婦的相好揍一頓。

但無論遇到怎樣的挫折，都阻擋不了曹德萬找對象的步伐。他依然每天一早出門，每天晚上回來匯報戰況。天長日久，已經成為養老院的一道風景或曰「每日一歌」。

現在，他的兒女們也不再管他了，除了逢年過節來看看他，其他時候都隨便他折騰。反正戶口本已經鎖在趙院長的辦公室了，他不可能自己偷偷結婚。

4

一個胖胖的女人突然走進屋裡，嚷嚷說：「搞啥子名堂，都在我辦公室打堆堆？搞得我一屋子菸味兒？」

老頭們畢恭畢敬地閃開。皮夾克連連擺手道：「沒吸菸，我們沒有哪個吸了菸的。」

胖女人推開窗戶說：「你們一個個早就成煙囪了，自帶菸臭。」

魏昊宇趕緊打招呼說：「您是趙院長吧？」

女人點頭，「你就是那個打電話的魏記者？」

魏昊宇點頭，掏出名片遞給她，和她握手。

趙院長的模樣著實出乎魏昊宇的預料。他想像中的養老院的院長，應該跟居委會大媽那樣，樸樸實實，慈祥和藹。她卻很時尚，很有範兒。頭髮是美髮店做過的，頭頂隆起，用髮膠固定著，腦後挽了個髻，插著一根亮閃閃的簪子。胖胖的腰身攏著一條裙子，裙子外套了件長過臀部的開衫。細看還擦了口紅。比自己母親還講究。

老頭們訕訕散開後，迷彩服拿紙杯給魏昊宇倒了杯水也走開了。趙院長讓他坐，笑說：「你肯定已經聽了一大堆曹德萬的事了吧？」

魏昊宇也笑，然後很職業的表述說：「我還是希望聽趙院長全面介紹一下情況。」

趙院長拿起桌上的玻璃杯喝了幾大口，杯子呈暗紅色，好像有枸杞大棗，還有些不可名狀的東西。趙院長到底多大呢？聽聲音四五十歲，見到人似乎不止。魏昊宇暗自思忖，肯定比老媽大。如果她六十了，不退休嗎？

趙院長清了清嗓子說：「我們這個養老院本來是私營的，最早就是我和老公兩個人辦的，照顧周邊的七八個孤寡老人。後來因為辦得好，來找我們的人越來越多，政府就找到我們，希望我們擴大範圍。由他們投資，蓋了這院房子，另外每年還給補貼。所以現在是半公半私了。幾年前我老公去世了，他們又給我派了個助手。目前我們有一百七十一位休養員，二十五個工作人員。已經連續三年被省裡評為先進養老院了。明年可能還要擴大服務範圍。」

魏昊宇注意到她說的是服務範圍，而不是經營範圍，便問，「老人入院的費用高嗎？」

趙院長說，很便宜。「能自理的老人每月繳八百元，伙食費這些都是政府補貼的。不能自理的兩千元。其實養老院一點兒不賺錢，但是辦了十多年了，我捨不得放手。這些老傢伙雖然麻煩，我和他們還是很有感情的。人都是要老的嘛，我也算是為自己積德。」

魏昊宇不停地點頭，還拿出本子做出專注記錄的樣子，其實腦子裡還轉著剛才幾個老頭說的事。他很想直奔主題問曹德萬，但還是忍住了，先

聽趙院長介紹了「全面工作」再說。

曹德萬這個老同志呢，是很有特點的。

趙院長終於講到了曹德萬，還用了同志兩個字，顯出領導口吻：「雖然其他工作人員和休養員對他有點兒不滿，說他每天早出晚歸的，讓人操心。但我還是支持他的。一個呢，我當初是答應了他的，二個呢，我不想我們這個養老院死氣沉沉的。有那麼一個神經兮兮的人，還可以增加活力，你說是不是嘛。人活著還是要有希望的嘛。」

魏昊宇連忙點頭：「是的，您說的非常好，希望很重要。」

趙院長又說：「再說了，曹德萬說的也沒錯，憑什麼八十歲就不能有追求了？想找對象也是合情合理的嘛。現在年輕人動不動就看不起老年人，歧視老年人，很不好。」

趙院長忽然不滿起來：「我那天去城裡辦事，在街邊店看中一件大衣，想買。小姑娘在旁邊說，這可是義大利名牌。我還認識幾個名牌的，我就說，我以前沒見過這個牌子嘛。她馬上說這個牌子有官網的，妳可以上網去搜。哦，妳不會上網，就讓妳兒女幫妳嘛。給我氣的，轉身就走。」

魏昊宇說：「靠！趙院長哪可能不會上網。」

趙院長說：「是嘛，雖然我六十了，文化也不高，但我十幾年前就會上網了，我的 QQ 還是九位數呢。我在淘寶都是鑽石買家了。未必在她眼裡，老年人生來就是老年人？」

魏昊宇心裡動了一下，還真是呢。中國有網絡也二十來年了。第一批學上網的人都在老去。母親上網就很溜，手機上軟件一大堆。於是他附和說：「就是，妳會上網的時候她還不知在哪兒呢。」

趙院長笑了，被他哄高興了。她問，「你還沒結婚吧？」魏昊宇說是。

她又問，「有對象了嗎？」魏昊宇搖頭。一談到這個話題魏昊宇就不想張口，他想，千萬別說她認識一個很好的女孩兒。趙院長繼續問：「你爹媽肯定很急吧？」魏昊宇笑道：「別提了。我明明二十七，我媽一口一個『你都快三十了』，生怕我壓力還不夠大似的。」

趙院長也笑，「可以理解，我也是當媽的。你看，你這個年齡的人單身，不光你爹媽急，旁邊的人也急。但是老年人單身就沒人急了，誰都覺得正常。其實老年人更怕孤單。」

魏昊宇想到了爺爺，點頭道：「您說的特別對。那個，我很想知道，為什麼這麼幾年了，曹爺爺都沒找到合適的對象呢？我爺爺七十七，我奶奶走後還有人主動來給他提親呢，對方還不到六十。曹爺爺也就大幾歲嘛。」

趙院長抱著保溫杯沉吟著，似乎沒想好答案。

魏昊宇提示說：「剛才那幾個爺爺說，有一個差點兒就成了，是有人打電話告訴了他女兒，他女兒跑來阻止才沒成功的。」

趙院長把保溫杯一頓，義正辭嚴的說：「就是我給他女兒打的電話。」

魏昊宇有些意外，尷尬地笑了一下。

趙院長說，這麼大的事，我必須讓他兒女知道，不然以後有什麼麻煩我負不起責。她頓了一下又說：「你不曉得，老年人的婚姻是很容易出麻煩的。我們這兒有個老頭，自己找了個女人，把婚結了，哪曉得那女人根本不是想跟他過日子，就是看中了他的錢。每個星期來一回，來一回就拿一回錢。把老頭剝削得夠嗆，離又離不脫。」

原來如此。老江湖依然險惡。

所以，我支持他找，但不支持他結婚。趙院長毫不掩飾自己的態度：

「反正他也找不到，他要求太高。這都好幾年了，就讓他當個遊戲耍吧。不過，這些事你不要寫到文章裡哦。」

當然不寫當然不寫。魏昊宇點頭。心想，也沒法寫呀，我們可是黨報。除非 —— 發到我個人公眾號裡，想到這兒心裡一動。

趙院長說了「不要寫到文章裡」之後，就放開說了：「曹德萬天天說要找女人，院裡這些老頭閒得無聊，就捉弄他，給他亂介紹，還找他要介紹費。都是些七老八十的人了，我也不好批評他們，就讓他們有點兒樂子吧。有一回那個穿皮夾克的張老頭給他介紹了一個寡婦，他興沖沖地跑去見，沒想到人家寡婦早有相好的了，她男人差點兒把他給揍一頓。曹德萬生氣了，現在拒絕任何人介紹，就是自己去找。原來是隔天出去一次，生氣以後每天出去，天不亮就出去。自己走到公交車站，再坐車進城，再從城裡去其他鎮上。他孩子也不管了，女兒還好一點，春節把他接去團個年，給他買新衣服。兒子就知道揩油水，有事根本找不到人。」

不知怎麼，魏昊宇對這個沒見過面的老爺爺，生出了幾分同情。但他畢竟是來寫英雄事蹟的，還是得奔著領導囑託去。他換了話題說：「趙院長，您還是給我講講曹爺爺救人的事吧。我們領導很重視這個事。要我盡快寫，盡快見報。」

趙院長說，具體情況我也不太清楚，我都是聽他回來說的。你還是直接問他比較好。猶豫了一下她又說：「說老實話，這件事，我是不想給外面人說的，我怕他牛吹大了，不好收場，沒想到他自己打了你們報社的熱線電話。」

他還會打熱線？魏昊宇驚訝。

趙院長說：「打，經常打！有一回在路上撿了個手機，找到失主了，

也打熱線，希望有記者來採訪他。還有一次在車上給孕婦讓座，也打熱線。原先一直沒人理他，這一回估計是事情整大了，剛才又有家報社說要來採訪。唉，這個老頭太讓我操心了。」

趙院長的表情有點兒愛恨交加的樣子。魏昊宇慶幸自己來得早，他催促趙院長再給曹德萬打個電話，讓他趕緊回來。趙院長說已經給他發過短信了。因為耳朵背，曹德萬在外面聽不見電話，但隔一陣會看看短信。

估計午飯前他能回來。趙院長看了看錶，起身結束採訪。走到門口她忽然說：「你剛才問他為什麼老找不到，那是因為他要求太高。」

要求太高？他想找年輕漂亮的？魏浩宇笑。

趙院長說：「那倒不是。他要求必須有愛情，你說高不高？」

高。當然高。魏浩宇笑得更厲害了。

5

曹德萬說：「你想要過上幸福生活，你就得不停地找找找找找找找找找下去。」

他說了多少個「找」魏昊宇沒數，反正感覺他是說到接不上氣才停的。見魏昊宇表情詫異，他說：「我不是結巴，真的就是需要不停地找找找找找找下去。」魏昊宇連忙表示贊同，怕他喘不上氣來。他感覺曹德萬原本沒打算說那麼多個找的，是煞不住車了才如此。

臨近午飯的點兒，曹德萬終於回來了，趙院長掐得很準。讓魏昊宇驚訝的是他那一身打扮：橘紅色的像消防車一樣的抓絨夾克，大紅色的棒球帽，底下是牛仔褲加白色運動鞋。與周遭環境格格不入，當然，也和他那

張臉格格不入。

其實他樣子很普通，個子中等，面色黧黑。白喳喳的頭髮從帽沿下鋪出來。帽子上印著「風帆旅遊」四個字，估計是某次參加旅行團帶回來的。帽頂已經泛白了，而且灰撲撲的，一看就是每日跟著他風裡來雨裡去的。如果不是他那個消防車顏色的抓絨衣，那麼，混在院子裡那堆老頭中，完全分辨不出了。在他斜背的黑挎包裡，果然插著一卷紅色錦旗，用那些老頭的話說，拿出去顯擺了。

曹德萬見到魏昊宇很興奮，笑容滿面地握著魏昊宇的手說：「記者你終於來了！太好了！我一直在等你。你不曉得，昨天晚上我夢見一個記者來採訪我了，都有白頭髮了，沒想到你這麼年輕。」

果然是相聲風格。魏昊宇笑，不過一點兒也不反感。

這時，幾個老頭圍上來跟他打招呼：「老曹，今天戰況如何？」

曹德萬回答說：「還可以還可以，晚上再擺。」

擺，就是擺龍門陣的意思。魏昊宇聽趙院長說過，每天晚上聽曹德萬擺龍門陣，是老頭們最喜歡的娛樂活動。當個遊戲耍。這是趙院長的態度。

那個皮夾克也湊過來，瞇著眼笑道：「哎呀老曹，這回你成英雄了，女人可以隨便找了，自古美女愛英雄嘛。」

曹德萬不看他，大聲跟另外幾個老頭說：「今天我見到一位很合適的女同志，我們聊得很好，晚上給你們細擺。如果我跟她不合適，還可以給你們喲。」

也許是因為記者在，老頭們都很客氣：「好喲，祝賀你喲老曹。」

走出食堂後他跟魏昊宇說，剛才那個人很陰險。他指的是皮夾克。魏

昊宇擔心被皮夾克聽見，不料他又補了一句：「是笑面虎。」

曹德萬好像不會小聲說話，每句話都很大聲。顯然是聽力有問題。也是，都活到八十四了，哪可能所有零件是好的呢？但他走路很穩當，甚至可以用輕快這個詞。魏昊宇和他並排走，絲毫感覺不到身邊是個八十多歲的老人。是每天出門練出來的，還是原本就腿腳俐落所以才每天出門？這中間的因果很難猜出。也許互為因果吧。

魏昊宇說：「聽院長介紹，您每天都出門？」

曹德萬就說了那一串「找找找」：「你想要過上幸福生活，你就得不停地找找找找找找找找找找下去。」

魏昊宇問，為什麼要一直找找找？

曹德萬說：「不找怎麼行？毛主席說，掃帚不到，灰塵不會自己跑掉。你不找，愛情不會上門。院子裡那些老傢伙一天到黑看我的笑話，他們願意混吃等死，啥子都不做，我不願意。我就是要找自己的幸福。」

魏昊宇笑說：「他們是羨慕你要結三道婚。」

曹德萬嚴肅的說：「我前頭雖然結了兩道婚，但那兩個女人都不是我自己找的，沒有愛情。現在我就想自己找一個，按我心頭的想法找一個，不然這輩子白活了。」

此時他們已經坐在曹德萬的寢室裡了。只有一把椅子，魏昊宇就坐在了一根小凳子上，仰視著他。

曹德萬脫下帽子，人頓時老了幾歲，腦袋前半部一根頭髮也沒有，退居到中軸線兩邊的也是白髮。兩鬢還布滿星星點點的老年斑。鼻子很大，左側有個瘊子。如果要畫他的漫畫，重點應該是鼻子。魏昊宇覺得同是七八十歲的老頭，他跟爺爺完全不一樣。爺爺彷彿看透一切似的雲淡風

輕，他卻還處在燥熱中。不過，也很難說爺爺心裡怎麼想的，魏浩宇想，說不定爺爺也藏著自己的祕密。他從來沒跟爺爺坐下來聊過，就是坐下來也總是爺爺在問他，工作怎麼樣，女朋友怎麼樣。下次試試看，反過來問問爺爺，你想不想再找個伴兒？

魏昊宇習慣性地琢磨著眼前這張臉龐，忽然發現曹德萬正專注地盯著他，他感覺到了他眼神的重量，決定轉移話題，不再談找對象的事。畢竟他是來採訪英雄的。

「曹爺爺，您很了不起，八十多歲了還能見義勇為下河救人。我們報社領導很重視，要我好好寫寫你。」

他當然不敢說，他們懷疑你不是真的救了人，強調說：「你跟我詳細講講當時的經過好不好？比如，你看到那孩子的時候，他已經沉到水裡了嗎？你下去的時候脫衣服了嗎？你花了多長時間救他上來的？你嗆水沒有？孩子嗆水沒有？」

這一連串問題似乎把曹德萬給悶住了。他死死盯著魏昊宇，好像答案在他臉上。這反倒讓魏昊宇不自在了。是自己冒犯了他？還是他心裡真有貓膩？魏昊宇移開視線，盯著曹德萬鼻子上那顆痦子耐心等著，心裡有點兒小小的不安。

但很快，曹德萬就開口了，他大聲武氣地說：「你問的那些問題都不存在！事情的經過是這樣的，我前天，不對，是上前天，回來的時候路過河邊，聽到一個娃娃在哭。我就跑過去看，一個七八歲的娃娃，兩隻腳陷到河邊的泥巴裡出不來了。我就跑過去拉他，還是很危險的哦，我的兩隻腳全部踩到水裡才拉到他的手，費了好大的勁兒才把他拉上來。要不是我力氣大，我們兩個都下去了，那個河還是有幾米深嘞。我把他拉上來以

後，才有人跑來幫忙，送娃娃回家。你說我算不算見義勇為？」

魏昊宇用力點頭，「算，當然算！」

曹德萬心滿意足地說：「就是嘛，張老頭他們說我的衣服沒溼，沒有下水。搞笑得很，他們又沒看見，只曉得挑我漏眼（找荏）。人家爺爺奶奶都感激得不得了，不是我，他們孫娃子就沒了。說老實話，我再晚去幾分鐘，娃娃就滑下去了。」

魏昊宇完全明白了，但他還是繼續追問：「那個娃娃跑到河邊去幹嘛？不會是游泳吧？」曹德萬說：「起先我問他，他啥子都不說，就曉得哭。後來他爺爺奶奶跑來感謝我，我才曉得他是下去逮蝌蚪了，說是課文上學了蝌蚪。好危險嘛。這條河每年都淹死人的。」

魏昊宇由衷讚嘆說：「曹爺爺，您真的很了不起。那麼大年紀了，這種時候還不顧一切跑去救人。您當時心裡是咋個想的？」

曹德萬說：「啥子都沒想，就想趕快把娃娃拉上來，不要滑到河裡去。」他摸摸鼻子，忽然笑起來：「當然，娃娃拉上來之後，我心頭還是有點兒高興的，我想這下終於可以給報社打熱線電話了。」

魏昊宇笑說：「曹爺爺你真的很想上報紙嗎？」

他擺擺手，「不是不是。我這個事情寫不寫都沒關係，舉手之勞，登不登報沒關係的。我盼你們記者來，是有另外一件事想請你們幫忙。」

魏昊宇疑惑：「什麼事？」

「很重要的一件事。我的兒女都不肯幫我，我自己又做不好。我就想有記者來採訪我的話，我就請記者幫忙。」

魏昊宇連忙表態：「你說吧曹爺爺，我一定幫你。」

曹德萬這才取下身上的挎包，那是一個黑色的公事包形狀的皮包，四邊角已經磨損了，但表皮很亮，人油蹭出來的光亮。他把錦旗放在一邊，從裡面拿出一個筆記本，又拿出一張地圖。

他把地圖攤開讓魏昊宇看：「你看嘛，畫了紅旗的，就是我去過的地方。現在還有幾個鎮沒去過。我原來計劃的是，今年之內把沒去到過的幾個鎮都去一下。」他又翻開筆記本，上面密密麻麻寫著日期，名字，位址，電話。他指點著說：「見過的我都記在上面了。我還編了號的，到今天為止，已經見了兩百一十五個了。」

魏昊宇說：「曹爺爺，您這樣找不行，還是要有個具體目標才行。」

曹德萬笑了，很有些得意的樣子：「當然有具體目標，沒有目標咋個打仗？我告訴你，我做夢夢到過那個女人的。她的樣子我記得很清楚，短頭髮，大眼睛，個子不高，穿了件紅色燈草絨，說話細聲細氣的，一身乾乾淨淨的。她說跟我在一起很開心，願意跟我……」

魏昊宇問，「你找到她了？」

「找到了！我悄悄給你說嘛，就是原來給我們做飯的陳姐。她的樣子就和我夢到過的那個女人一樣一樣的。我們擺談得相當好。後來那些人看到我要和她結婚了，就來搞破壞，把她給辭退了。我不甘心，就去找她。到處找，跑了好多地方。今年春天的時候，終於把她給找到了，她在白家鎮一家餐館打工，還是單身。」

魏昊宇說：「所以你就每天去她飯館吃飯？」

曹德萬說：「對頭。我希望她每天早上第一個見到的人是我，我要陪她說話，讓她高興。我每天趕第一班車進城，再轉車去白家鎮，她一開門就能看到我。我在她那兒吃早餐，陪她洗菜洗碗，再吃個午飯，然後才慢

慢回來。現在我們相處很好。只不過我一提結婚她就搖頭，可能是傷了心了……這件事你千萬不要告訴別人哈，趙院長也不要說，要替我保密。」

魏昊宇說：「好的，我不說。」

曹德萬說：「她為啥子不答應我呢？我每天都在想這個問題，腦袋都想痛了，最後我終於想到了原因。」

「什麼原因？」魏昊宇急切地朝前探身，完全入戲了。

「是因為我從來沒給她寫過情書。」

曹德萬臉雖然沒紅，語氣已經紅到發軟了。魏昊宇無論如何沒想到他會說出這個原因。他忍住笑，附和說：「有可能。」

曹德萬從他那個密密麻麻的筆記本裡找出一頁紙，遞給魏昊宇：「你看嘛，我寫了一封，但是沒敢給她。因為我不曉得這個算不算情書？我這輩子沒寫過情書。那天看電視，電視上有個人說，情書最能打動女人。我想你們年輕人肯定懂得起，你幫我看看嘛。」

魏昊宇把那張紙接過來，上面歪歪扭扭卻認認真真的寫著：

陳姐同志妳好。我今年雖然八十四了，但身體健康，不抽菸，不喝酒，講衛生，脾氣好，尊重女人。有房子和工資。我想和妳一起生活，我會天天讓妳開心的。此致，敬禮。

曹德萬

曹德萬眼巴巴地盯著魏昊宇：「行不行？算不算情書？要是不算，你能不能幫我寫一封？我認字不多。」

不知怎麼，魏昊宇有點兒鼻子發酸。他說：「算，當然算。我覺得你寫得特別好。要是改的，就改一下開頭，不要寫陳姐同志……」

正在這時，有人砰砰砰的敲門。魏浩宇還來不及去開門，門就被推開了，一個四十來歲的女人站在門口。

「爸！」女人叫了一聲。

曹德萬起身說：「妳咋個跑來了？」

「他們說你下河去救人？你瘋了？你真的以為你二三十歲啊！你不要命啦？」女人滿臉驚慌，看得出她是真的嚇到了。魏浩宇感覺她是曹德萬的小女兒。

曹德萬重新坐回到椅子上，慢悠悠的說：「不要驚慌，有好大個事嘛。我現在不是好好的嘛。」

女人說：「我求你了爸，安生一點兒，不要每天再跑出去了。你都八十四了。人家說七十三八十四……」

曹德萬大喝一聲：「打住！我最煩聽這個！八十四咋個了？八十四咋個了？八十四就不活了嗎？我才不信這個邪！」

女人傻了，片刻，她把手裡的一兜東西往地下一頓，氣哼哼地說：「你凶，你不得了了，天王老子都惹不起你！我再也不管你了！」

曹德萬說：「妳不管就對了，好好過自己的日子去。我嘛，就是要出門找找找！」然後他指了指魏昊宇：這位是黨報派來的記者，他都支持我。對不對，魏記者？」

魏昊宇連忙從小凳子上站起來說：「是的，曹爺爺，我支持你。」

魏昊宇覺得自己是由衷的。

在那瞬間他想好了，這一期公眾號不寫佛系了，就寫曹德萬出門去找愛情。

滷水點豆腐

1

上午快要下班的時候，李悅蘇被處長叫去辦公室，她頓時忐忑不安起來，這種忐忑她已經很熟悉了。一進去，吳處就讓她關上門，然後單刀直入地問：「上面發的那個精神文明獎金妳領回來了吧？」

悅蘇說：「領回來了，十萬整。」

她聲音很低，好像聲音大了賊就會聽見。

吳處的聲音倒很大：「這樣，妳去拿五萬出來，妳兩萬我三萬。」

悅蘇目瞪口呆，心想這是開玩笑吧？是考驗我的吧？五萬？升級也升得太快了！悅蘇忙說，不可以的，那是專款。

吳處皺眉道，這個鬼精神文明工程把咱們累得夠嗆，最該獎勵的是咱們，去，拿過來。

悅蘇看出他是認真的，不是在逗她或考驗她，他鼻翼兩側的法令紋都扯到下巴了，讓他的臉成了猴臉。

看到李悅蘇發呆，吳處把眼睛瞪圓了：「難道我說的不對嗎？那些獲獎單位都是我報上去的，我不報，他們一毛錢也沒有！我不找他們要錢就算夠對得起他們了。」

悅蘇還是發呆，呆若木雞。吳處不耐煩地揮手催促道：「去去，拿五萬過來，剩下的五萬給他們分分就可以了。」

悅蘇垂死掙扎道：「可是通知上已經寫明了，這次獎金是一個單位兩

萬，少了一半怎麼發呀。」

　　吳處有點兒生氣了，從辦公桌後面走過來，氣惱地說：「怎麼叫妳做點兒事那麼難？妳是處長還是我是處長？不會動動腦子嗎？」

　　悅蘇幾乎聞到了他的口臭，不知昨晚又上哪兒去吃喝了，搞得消化不良。她轉身，氣沖沖地回到自己辦公室，取了錢，又氣沖沖地返回吳處辦公室，把裝了五萬元的信封用力甩在他桌子上：「喏，五萬都在這兒，我不要。」

　　說罷她轉身就走。心想，我不拿，就不信他敢拿。

　　說來吳處已經不是第一次做這種事了。雖然處裡的小金庫由悅蘇管著，但她的所謂管，就是丫鬟拿鑰匙的那種性質，毫無監管權力。她接手小金庫這半年，吳處每次出差都要從她這裡拿個三五千，從來不還。機票和住宿費可都已經報銷過了。有一次他甚至很無恥地跟悅蘇說：「我老娘馬上要過生日了，我想買個像樣點兒的禮物，妳那兒還有多少現金？全給我吧。」悅蘇抵抗了幾天沒抵抗住，還是拿了五千給他。隔三差五給他往飯卡裡打錢，就更是小菜一碟了。

　　在那一刻她頓悟，前任林大姐為什麼堅決不管小金庫了。

　　去年悅蘇被評為優秀公務員，部裡發了一千元獎金。她拿到手還沒捂熱，就被吳處狠狠訓了一通，說什麼「妳的票根本不高，妳的優秀公務員是我給妳爭取的。妳怎麼能就這麼領了？應該放到處裡的小金庫！」悅蘇知道，一旦放進小金庫，就成他的了。悅蘇百思不得其解的是，他一個月薪水也有兩萬多，為什麼連一千也不放過？

　　最過分的是，上個月上級給他們處發了一筆獎金，由於新的財務制度嚴格，不能提現發給大家，只能買禮品。悅蘇去請示他買什麼，他說打到

他公務卡上就行了。悅蘇還以為他去買呢，結果再也沒有下文了，全成他的了，一萬五！

悅蘇每次遇到這樣的事，就覺得生無可戀，暗無天日。她像一隻掉進蛛網的小蟲，無望地掙扎。可是不但沒掙扎出來，還把自己搞得胳膊腿都快要斷了。她天天盼著他調走，甚至暗暗咒他得絕症。

上週處裡開會，她終於鼓起勇氣提出，可否另找人管小金庫，她的理由是自己要生孩子了。吳處一口否決，說每個單位都是女同志管財務，女同志仔細。其實還不是因為她年輕，好使喚。

怎麼辦啊？這是五萬啊。悅蘇愁眉苦臉地走出吳處辦公室。

在衛生間，她碰到了林大姐，忍不住叫喚說：「林大姐，我真不該接妳的班啊。」林大姐心領神會地笑，說：「真不好意思，讓妳受罪了」她繼續嬌嗔說：「好煩啊。」林大姐沒再說什麼，甩甩手上的水離開了衛生間。悅蘇快快洗了手，也隨後走出。她想，如果這會兒遇見柳色新，他一定會說，純真的心靈又被殘害了嗎？

林大姐和柳色新，算是悅蘇在單位上能說上話的人了。尤其是柳色新，應該算她的男閨蜜了。

悅蘇剛分到局裡，就發現同事裡竟有柳色新這樣的人，驚喜不已。柳色新不過比悅蘇早分來幾年，卻像個老先生。興趣愛好特別廣泛，詩歌繪畫禪茶，樣樣通。聊起天來又有趣又有知識，特別好聽。他最熱衷的是茶文化。不僅對各種茶瞭若指掌，還對茶道與佛學，茶藝與詩歌都很有研究。他讀過的那些書悅蘇都沒有聽說過，什麼《宣和北苑貢茶錄》、《東溪試茶錄》、《續茶經》、《煎茶水記》等等，真不知他從哪兒翻出來的老古董。聊起茶，他可以從種茶、採茶開始，說到製茶、選茶、煮茶、品茶，

再說到茶器、茶道，無窮無盡。至於中國的茶聖陸羽，和日本那位第一次將茶文化介紹到西方的作家岡倉天心，在他嘴裡就跟老友似的熟稔。這兩年，他已經發表了好幾篇關於茶文化的文章了。悅蘇很奇怪這樣一個人，怎麼會在政府機關工作，他應該在大學裡或者研究所待著才是。但悅蘇很慶幸他出現在他們局裡，讓她有了透氣的地方，不然她得憋悶死。

更重要的是，柳色新雖然是個小科員，卻在吳處面前不卑不亢。既不怕他，也不懟他，就當他不存在。其實吳處也曾欺負過柳色新。有一回柳色新寫了一篇〈智能化辦公更應該提高人文素養〉的文章，獲得了市政府舉辦的徵文獎，獎金三千元。吳處竟然讓李悅蘇只給他一千，扣下兩千。他說柳色新寫這篇論文時他提供過很多信息，那兩千應該給他。見過臉皮厚的，沒見過這麼厚的！悅蘇氣得夠嗆，讓柳色新去找他理論。柳色新笑笑說：「沒事兒，我多兩千少兩千無所謂，不要讓妳為難就好。」

每每悅蘇對吳處咬牙切齒時，他就會開導她說：「任何一個單位都會有這樣的人，沒有吳處就會有張處，有這樣的人才生態平衡，全是妳我這樣的人不行。水至清則無魚嘛。」有時候悅蘇覺得他過分「佛性」了，她才不信一個單位必須要有吳處這樣的人來平衡。難道一鍋湯非得有顆老鼠屎才算湯嗎？柳色新聽到她這話舉起兩手說：「我投降，我說不過妳。」

悅蘇的腳不由自主地就走到了柳色新辦公室。門開著，裡面傳來柳色新打電話的聲音，好像是在聯繫植樹節活動。她頓了一下，轉身回自己辦公室了。

2

午飯時，悅蘇如願見到了他，暗自愉悅。

柳色新還是一如既往地穿著他的中式衣服，踏著他的布鞋，留著他的鬍子，不像三十歲的青年，像年花甲的人。他拿著飯盤慢悠悠地走向食堂最角落的桌子。悅蘇心裡一動，那是他們的桌子。

曾經有段時間，每天午飯是悅蘇最開心的時光。他們會很默契地走到角落那個位置坐下，邊吃邊聊。有時候她還會跟他去辦公室喝茶。柳色新在辦公室備了一套茶具。最讓悅蘇覺得新奇的是，喝茶前他會先在辦公桌上鋪上一塊茶巾，才拿出壺和杯子泡茶。他說儀式感是茶文化的重要部分。他泡一壺正山小種，或者一款鳳凰單叢，或者福鼎白茶，一邊喝一邊給悅蘇講解。茶文化是最能體現東方文明的，或者體現亞洲文化的。他很驕傲地跟悅蘇介紹，就好像茶是他發明的。其他很多方面，亞洲文化總被西方文化歧視，獨有茶文化，在幾百年前就體現出了東方文明的優雅品格，讓西方人驚訝。

慢慢的，悅蘇也逐漸愛上了茶。在此之前，她只喝咖啡。

她不否認那個時期，自己對柳色新已經很有好感了，甚至有點兒動心了，她總想見到他，見到他總開心。以至於和男友約會時，都有點兒心不在焉了，甚至有點兒小不耐煩了。而柳色新也明顯地喜歡上了她，他看到她時，眼裡的笑意總讓人想起春天的柳樹，葉片透明，樹幹飽滿，快樂地搖曳著。

可是悅蘇當時已經有男友了，這男友還是父親通過 AI 軟件篩選出來的，對得可謂嚴絲合縫。父親雖然是個作家，卻是個人工智能愛好者，凡

事都盡可能依靠人工智能。他將女兒的各種信息，生辰八字，身高體重，血型屬相星座，籍貫出生地，對顏色的喜好，對食物的喜好，對數字的喜好，甚至對手遊的喜好，還有吃飯的速度，入睡的姿勢，當然還有學歷學位，以及父母兄妹的狀況，林林總總，一百多條信息，全部輸入，才找到了這位叫袁謀人的男友。悅蘇起初有些抗拒，好像命運被計算機給安排了。但被迫去見了一面後，還真是對上眼了，袁謀人的條件無可挑剔，還不滿意就不是正常人了。於是兩人一拍即合，很快確定了關係。

袁謀人比她大四歲，博士畢業，在一家人工智能公司搞軟件開發。聰明能幹，長得又高又帥。父親是軟件工程師，母親是畫家，還有個姐姐，繼承了母親，也是畫家，但她不是傳統意義上的畫家，是數字畫家。家庭組合完美，而且都是高收入高智商高顏值。可以說，條件好到爆。

要說不如意，就是一點，袁謀人埋頭專業，對專業以外的東西興趣不大，所以和悅蘇的共同話題比較少，只有聊到人工智能，他會滔滔不絕。他的口頭禪是「根據數據顯示」或者，「根據演算法來看」。而數據和演算法之外，他總是嗤之以鼻，謂之非科學。悅蘇經常開玩笑地叫他計算機。

不過，悅蘇在被柳色新狠狠吸引了一段時間後，還是回到袁謀人身邊了，其間的情感的轉移和復原，完全是在無聲無息中發生的。並不是傳統的專一觀念束縛著她，而是，一段時間後，不知怎麼，她竟對柳色新漸漸失去了最初的熱情，聽他聊天沒那麼起勁兒了，看到他的中式裝扮也有點兒彆扭了。感覺之下，還是袁謀人更順眼，更吸引她。於是她從喝茶，又回到了喝咖啡，覺得還是咖啡來得快，更提神。

悅蘇跟閨蜜（真正的女閨蜜）說起此間的感受時，閨蜜說，古人早就說了，樂莫樂兮新相知。新相知最能讓人的多巴胺上升，一旦變成舊的了

就不再能產生多巴胺了。悅蘇卻覺得不完全如此，要說舊人，袁謀人才是舊人，可她怎麼又重新對他有了熱情呢？或者說，她再看到袁謀人時，忽然感覺還是他（比柳色新）更吸引自己呢？他的西裝比柳色新的中式衣服更顯得精神呢。

也許根據數據顯示，她只能是他的妻子。或者根據演算法，他是她最完美的丈夫。

還是相信科學吧，她暗自思忖，默默地向計算機投降了。之後不久，她就嫁了，再之後，懷上了孩子。一切都成定局。柳色新很失落，一度午飯時間不再去飯堂。

但也只是一度，他很快恢復了常態，畢竟，他是一個凡事都看得通透的人。如此，柳色新依然是悅蘇在單位上唯一能說心裡話的人。他見到她，依然是一棵春天裡的柳樹。而悅蘇每遇處長作惡，仍會找他吐槽。尤其是懷孕後，悅蘇跟他交往少了很多顧忌，那隆起的腹部好像盔甲，可以抵禦住來自他人的猜疑和來自自己的心虛。

悅蘇打好飯，走過去，很默契地在柳色新對面坐下。柳色新一看到她，眼裡春風拂過，笑道：「袋鼠媽媽妳好！」

悅蘇也笑，她不反對他給自己取的這個綽號，從鏡子裡看，自己真的像個袋鼠。

柳色新說：「怎麼，純真的心靈又被殘害了？」

果然，他完全知道她找他要說什麼，他熟悉她每一個表情。

悅蘇克制著憤怒，把剛才的事情告訴了柳色新：「反正我堅決不要，我不想再妥協了，以前他拿個三千五千我都忍了，這次數額太大，五萬元，這可不是小數目，我妥協了等於是幫他。助紂為虐。」

悅蘇有些激動，用筷子戳著飯。

柳色新暗示她聲音小一點兒，壓低聲音說：「這傢伙的確過分，現在殘害的不是妳一個，是兩個，還有個更幼小的心靈呢。」悅蘇說：「就是，我們母子同受汙染。」柳色新說：「我估計他不會就此甘休的。」悅蘇說：「我就不信他一個人敢把五萬元都吞了。我不拿他肯定不敢拿。」柳色新說：「我看難說。他這個人，在錢財面前已經毫無廉恥了，不定會怎樣呢。」悅蘇說：「他不怕我揭發？」柳色新說：「我看他是吃準了妳。」

兩個人低聲絮叨著。悅蘇一時間愁上眉梢。

柳色新忽然笑起來說：「妳也不用那麼愁，好像世界末日似的。沒什麼大不了的，到時候兵來將擋，水來土掩。」

悅蘇苦笑說：「還有嗎？」

柳色新說：「當然還有，船逢橋頭自然直，車到山前必有路。」

悅蘇繼續說：「還有呢？」

柳色新說：「滷水點豆腐，一物降一物。」

悅蘇吃吃地笑起來：「還有嗎？」

柳色新拿筷子一敲飯盤，說：「天王蓋地虎，寶塔鎮河妖！」

悅蘇終於哈哈大笑起來，愁容一掃而光。

悅蘇最喜歡聽柳色新說這些俗語俚語老話了，也不知他腦子裡怎麼裝了那麼多。現在也只有在他這裡可以聽到這些老話了。其他時候，她聽到的都是千篇一律的印刷體。領導報告裡充斥著幾個要幾個不要，或者幾個堅決幾個必須；丈夫這個電腦則動輒說，「根據數據顯示」、「這顯然不符合程序」、「計算機演算法比你更了解自己」。

只有在柳色新這裡，她能聞到從前的人間煙火味兒，聽到人話。或

者，她還能感覺到自己是個小女人。

悅蘇暫時忘掉了煩惱。

3

下午上班，悅蘇剛進辦公室，吳處就來了，一看辦公室只有她一個人，就把厚厚的信封往她抽屜裡一放，壓低聲音說：「這個妳必須拿著，這叫風險共擔。還有，不許跟任何人說，包括妳老公。一個下屬要懂得保守領導的祕密。」

一個貪錢的人，還能把話說得如此冠冕堂皇，也是夠奇葩。悅蘇都已經無法憤怒了，她發了會兒呆，就拿著手機跑到樓梯拐角處，去給柳色新打電話。

她聲音發顫的說：「你還猜對了，他真的沒甘休，剛才真的拿了兩萬元給我，放我抽屜裡就走了，我怎麼辦呀？」

柳色新說：「雖然我平時總勸妳忍，這事兒我還是支持妳堅決不妥協。妳還是去還他。保險起見，用手機錄個音，把話說得明確一點，這樣的話，萬一以後出事了，好歹有個證據，證明自己的清白。」

悅蘇想，對的，要留個證據。錄音不如錄像，她有個高清數碼微型攝像機，是袁謀人給她買的，還沒用過。

她回到辦公室，從隨身包裡拿出來，那東西只有胡豆那麼大，因為是女式的，做的像一朵胸花。她把它別在胸前，去吳處辦公室。走進辦公室，悅蘇喊了一聲「吳處」，抬手很自然地摸了下衣領，錄像開始了，於是把信封往桌子上一放，字正腔圓的說：

「吳處，這個錢，我不能拿。」

吳處臉色鐵青，眼神凶巴巴地說：「妳怎麼這樣，屁大點兒事都不敢擔當？白讓我信任妳了！」

悅蘇不語。

他緩和了語氣說：「其實我這也是為妳好，妳不是馬上要生產了嗎，孩子生下來花費很大的，就妳那點兒工資哪裡夠。」

悅蘇說：「無論如何，我都不能拿這個錢。這個是上級撥發的專款。是給下面那些單位搞精神文明建設的。」

吳處說：「妳還真是天真，妳以為他們拿去會幹好事嗎？還不是私下分了。他們得了榮譽就可以了，我們得點辛苦錢正該。」

悅蘇真是反感到家了，他一口一個「辛苦」，其實他什麼事兒也沒做，最辛苦的是林大姐和柳色新，他倆一趟趟往基層跑，有時週末都在下面待著。悅蘇不想再跟他理論了，拍了拍信封說：「這是你剛才給我的兩萬，我放這兒了。然後轉身出門。」

走出門後她如釋重負。心想，我不拿，他肯定不敢拿。過兩天就會退回來的。這次無論如何不能讓他得逞。她給柳色新發了個短信：「已退還。後面還帶了兩個舉著胳膊的表情符號。」

不料只過了一個小時，吳處就叫悅蘇去他辦公室了，悅蘇不確定他到底會怎麼做，還是戴著「胸花」去了。進去後她有意說：「吳處，你找我？」吳處很輕鬆地把信封扔給她，看厚度裡面沒有兩萬，他說：「既然妳堅持不要，我也不勉強妳。那我就留四萬吧，我最近開銷大。妳把剩下的六萬發下去，就發給前三名好了。」

悅蘇怎麼也沒想到他會這樣處理，不但不退，還多要一萬！這種無恥

讓她腦子一時轉不過彎來，她呆了一會兒，傻乎乎地說：「那另外兩家怎麼辦？財務上要有他們的簽字才行。」

他瞪了一眼道：「妳替他們簽個字不就行了？這麼點兒小事還得我教妳？真是笨！」

悅蘇急得要哭了，她說：「我不能這麼做，這是違反財經紀律的。」

吳處說：「怕什麼？有我在，責任我來擔。」

悅蘇說：「你還是別讓我管帳了，讓其他人管吧。」

吳處拉下臉說：「難道處裡的工作要妳來替我安排嗎？去，按我說的做。有什麼事我擔責任。」

你擔個屁！悅蘇退出吳處辦公室，心裡毛焦火辣的，恨不能立即拿著視頻去紀委舉報。

可是，如果去舉報，紀委下來查，估計吳處不是免職就是開除公職。他倒楣都罷了，活該，問題是自己會被牽連的。肯定得調查半天，說不定還會被他反咬一口，畢竟他每次拿錢都是從她這兒拿的，都是她替他簽字掩飾。自己馬上就要做母親了，無論如何，不能攤上這樣的事啊。

怎麼辦怎麼辦？只能回家找丈夫想辦法了。

4

晚上回到家，一早設置好的米飯已經燜好了，湯也煲好了。她打開地寶清掃房間，再從冰箱裡拿出兩個半成品菜來加工。忽然想起今天是週三，又趕緊按下了澆花按鈕。炒好菜擺上桌，就急切地盼著袁謀人趕緊回來。

　　袁謀人偏偏晚回，七點才進門。悅蘇來不及埋怨他，就迫不及待的把今天發生的事情全部告訴了袁謀人，還給他看了自己的錄像。錄像很清晰，只是有部分削掉了吳處的腦門。

　　袁謀人一邊洗手，一邊連連搖頭：「說這人太無恥了，貪婪的增長速度已經超過咱們的 GDP 了。這都已經進入智能時代了，他那個貪的本性還停留在工業時期，不，是農耕時期。」

　　悅蘇說：「我感覺他比原來還貪，膽子越來越大，臉皮越來越厚，真是無恥，真是有病！」

　　袁謀人說：「說到底，這男人是太無能。有那些時間，完全可以去掙大錢嘛。根據數據顯示，越是在蠅頭小利上下功夫的人越發不了財。我看，他的整個大腦都需要更新，不止是觀念，整個中央處理系統都需要更新，再不更新他就要被淘汰了。我們最近研究發現……」

　　悅蘇打斷丈夫：「你就別說那些沒用的了，趕緊想想辦法吧。我真的不知道怎麼辦了，妥協也不對，揭發也不敢。我可不想在生孩子之前發生什麼倒楣的事。」

　　袁謀人的發揮被打斷，不快的說：「我又不是紀委的，我能怎麼辦？」

　　悅蘇說：「你們研究的那些數字藥品，就沒有治貪的？」

　　袁謀人說，我們研究的那些產品都是為人類謀福的，比如治療抑鬱症，治療強迫症，治療帕金森，治療心臟病，以及其他神經系統的疾病。哪有為這種目的研究產品的？除非紀委要求我們立項。呵呵。」

　　兩個人在飯桌前坐下。丈夫說：「今天小傢伙怎麼樣？」

　　悅蘇說：「沒什麼感覺，也不踢我了。」

　　袁謀人說：「正常的，小傢伙開始全面生長，臉上長出眉眼了，手指

都長出指甲蓋了。」

悅蘇笑了下說：「就好像你親眼看到了似的。」

袁謀人說：「哪裡需要肉眼看，數據會說話。等下週我給妳戴個芯片項鍊，這樣我可以用手機 APP 隨時監控妳子宮裡的情況。放心吧。我們的寶寶肯定是高智商高顏值的，而且非常健康。」

這個悅蘇也不懷疑。他們的一切，都是根據科學數據設定的。懷孕前，袁謀人特意採集了他們兩人的各種數據進行了一番推算，不但推算了日期，還推算了地點。最後在海邊和森林兩者中，選擇了負氧離子充沛的森林。於是專門飛到西雙版納度假一週，在那裡孕育了寶寶。有身孕後，吃什麼喝什麼，乃至睡覺的方式，走路的步數，晒太陽的時間，都被袁謀人一一規定。最重要的是，袁謀人還通過改變卵細胞的方式，縮短了她的孕期，將九個月縮短到七個月，大大減少了她的負擔。如此，他們的寶寶將在五月出生。

雖然很先進很科學，悅蘇卻感覺自己像個被設定了各種程序的孕育機器，被袁謀人這部計算機操控著。不是那麼愉悅。

悅蘇還是發愁。她說：「我看書上說，二十四週胎兒的聽力已經形成了，要是吳處的問題不解決，我成天和他吵架，成天不愉快，讓小傢伙聽到了怎麼辦？」

袁謀人說：「聽到他也不會明白，他的大腦思維還沒開始運轉，聽到的只是聲波。」

悅蘇說：「但是不愉快的情緒會影響他成長的。哎，計算機，上次我們局那個張主任，就是服用了你們的數字膠囊徹底改變的。我們局的人都說他像換了一個人。你就不能在吳處身上再發揮一次數字藥品的作用？」

袁謀人說：「張主任那是身體有病，影響到了情緒，情緒又反過來影響了身體。找出病因就可以調理。你們吳處似乎不是這個情況。」

悅蘇說：「心理問題你不是也解決過嗎？你姪兒手機上癮，不是你幫他戒掉的嗎？」

袁謀人驕傲的說：「那，我解決的問題多了。我還幫我同學修復了和他妻子的關係呢，還協助戒毒所治好了幾個癮君子呢。」

悅蘇說：「你好好考慮下嘛，說不定那些藥對吳處也會有效。我感覺他不光是心理有問題，身體也有病，真的，一種貪婪病，一看到錢就跟蒼蠅見到屎一樣，控制不住想往上撲。你們那兒應該研發出一種醫治貪婪的藥，太需要這種藥了。我敢肯定，一旦研製出來，各級政府訂單不斷。」

袁謀人言之鑿鑿地說：「只要我們想搞，肯定能搞出來。現在嘛，只能靠制度了。」

悅蘇說：「照理說我們機關的財務制度算嚴格了，報銷個機票還要登機牌，發票都要寫明所購物品清單。可是我們處裡的那點兒錢還是他說了算呐，雖然貪不到大錢，但一年到頭加起來也有十來萬了。最主要的是，我每天和這麼個賊兮兮的人在一起，好煩好煩。我總覺得除了制度限制，也應該增強人對物欲的克制力。」

袁謀人說：「就目前我們公司比較成功的數字膠囊來看，是通過放射信息，或者植入芯片，來調整和改變大腦內原先的神經系統，以改變原有喜好。是不是可以改變對某種物品的喜好，還有待研究。」

悅蘇說：「最好能讓他討厭錢，看到錢就厭煩。」

袁謀人哼的一聲笑了，又是那種聽到孩子說蠢話的表情。然後他抱起電腦，坐到了沙發上。

悅蘇說：「我話還沒說完，你怎麼就不理人了？」

袁謀人頭也不抬的說：「我這不是查資料嗎？現在智能產品日新月異，甚至分分鐘有變化，我看看今天國外的進展情況，說不定能找到幫妳治療王貪官的路子。」

悅蘇只好去廚房給老公沖泡苦杏仁茶。

袁謀人有個癖好，只要動腦子，就得喝苦杏仁茶（而不是抽菸喝咖啡或者綠茶）。當然，如果做愛，他會來一杯紅酒。兩者絕對不能搞混。有一天晚上次悅蘇在床上等他，他去洗澡卻久不出現，悅蘇忍不住去找，發現老兄竟然坐在書桌前搞起研究來了。原來他洗完澡，順手喝了下午沒喝完的苦杏仁茶，完全忘了在床上等他的嬌妻，打開電腦就工作。袁謀人對此的解釋是，我大腦皮層裡的眶額皮質和海馬比較特殊，跟嗅覺投射只有兩個突觸的距離，一般人是三個突觸。

悅蘇哭笑不得，「你能不能說人話？」

袁謀人說：「就是說我的嗅覺過於敏感，直接影響到大腦神經的指揮系統。」

悅蘇嘲諷說：「看來你已經具有神人特質了？」

袁謀人說：「妳不信嗎？我可以明確指出，妳今天中午又喝茶了。」

悅蘇愣了，什麼也沒說，轉身去開洗碗機。

5

袁謀人是國內最大的 AI 數字藥品公司的軟件工程師。他的導師非常牛，是中國數字藥物領域的大咖，目前他們研發出的幾種數字藥物，已經

臨床試驗成功了。比如幫助睡眠的，比如控制血壓的，比如改善精神狀態。目前他們還在研製改變人情感的，比如增強對異性的吸引力，或者，減弱厭惡情緒。

所謂數字藥物，不是傳統意義上的藥物，也就是說，不再是化學成分組成的了，而是在藥片裡包裹各種感受器（傳感器），當患者吞下含有芯片的藥物後，裡面的感受器會隨藥片進入體內並啟動，一方面向患者大腦發送信息，另一方面向外界感應設備發送信息。比如對失眠患者來說，吞下安眠膠囊，其中的感應器可以將中樞神經中興奮神經阻斷，導入安眠信息，患者很快便可以入睡，醫生也可以觀察到他的睡眠狀況，適時調整。

悅蘇他們局裡的張主任，是個成功案例。張主任本是個很正直的人，就是脾氣暴躁得嚇人。有一次他通知悅蘇去領辦公用品，悅蘇因為有事耽誤，晚到了半小時，他就衝悅蘇大吼大叫，青筋暴漲，嚇得她腿直哆嗦，眼淚忍不住就下來了。事後張主任跟她道歉，說不是有意的，血壓有點兒高，控制不住自己。

悅蘇把此事告訴了丈夫，袁謀人就建議他去他們公司看看。他們的 AI 數字公司不僅僅是研究單位，也是一家醫院，智能醫療院。

張主任去後，丈夫給他做了全面檢查，發現他由於長期失眠，導致血壓高，血壓高又導致情緒易激動，情緒激動增加了血液流速，更容易失眠，於是進入了惡性循環。丈夫便推薦他服用他們公司最新推出的安寧一號。張主任半信半疑，畢竟數字藥物還屬於新生事物。但他已經被失眠症折磨得痛不欲生，願意試試。沒想到服用半月後，效果非常明顯。原先每晚要服用四到五顆安定才能入睡，後來減到兩顆，再後來減到半顆，再後來就取消了。隨之，血壓也降下來了。整個人的狀態都不一樣了，單位上

的人說他像換了一個人，笑容比外婆還慈祥。現在他很信服數字藥物，一再向局領導建議，把袁謀人他們的數字藥品公司，增加為他們局的醫療對口單位。

張主任的案例，讓悅蘇對丈夫很是膜拜：「計算機，你還真是有點兒神呢。」袁謀人卻用稀鬆平常的口吻說：「這不算什麼。我們最近有好幾項重大突破，用 3D 打印機列印的腎臟已經進入臨床試驗了。最新研製的心臟起搏器，已經可以通過 Wi-Fi 控制了。」

悅蘇說，這個聽上去有點兒嚇人，會不會產生謀殺啊？袁謀人說：「妳偵探小說看多了吧。那儀器不是人在控制，是演算法在控制。也就是說是機器人在控制。機器人通過網絡隨時監測患者的心臟，發現異常即可進行及時調整，大大減少猝死的發生。」悅蘇說：「那誰來控制計算機？還不是人。」袁謀人說：「妳放心，我們有嚴格程序，是互相制約的。」悅蘇說：「滷水點豆腐，一物降一物嗎？」袁謀人又從鼻腔裡出氣了：「我跟妳談科學，妳扯什麼滷水豆腐。」

悅蘇走進臥室，見丈夫正在看投影電影，不是故事片，是紀錄片。丈夫只喜歡看紀錄片。他們的臥室根據袁謀人設計，像酒店的標間一樣兩張床。當然兩張床都很大，可以隨時同床。懷孕期間，丈夫很克制，一次也沒有上過她的床。悅蘇上了丈夫的床，靠在他身邊和他一起看紀錄片，是一部美國國家地理的《旅行到宇宙邊緣》。

悅蘇看了一會兒就走神了，她說：「我真希望你們研究出一個儀器，可以通過 Wi-Fi 來控制吳處的貪念，只要他拿一錢，身體馬上出現不適反應。比如說，馬上就嘔吐，或者頭痛欲裂，像戴了緊箍咒。」

袁謀人撫摸著悅蘇的頭髮說：「妳可真能瞎想。我看，只要往他體內

注射一點兒妳的潔癖就可以了。」

悅蘇說：「我有潔癖嗎？」

袁謀人說：「重度。」

悅蘇說：「不會吧？人家說潔癖是強迫症。我可沒有。」

袁謀人說：「妳是精神潔癖。不是成天洗手那麼簡單，要是那種我早給妳治了。當初為了跟上妳的節奏，談好這個戀愛，我也是像對待科研項目一樣啊，還採取了有效的方法呢。」

悅蘇笑說：「什麼方法？是不是仔細研讀了『把妹』寶典？」

袁謀人說：「我才不會讀那種小兒科的東西。我要採用的肯定是科學方法。問世間情為何物，不過是三種激素。苯基乙胺，多巴胺，還有內啡肽。懂點兒科學，妳就知道愛情是可以掌握的，既不神祕，也不玄妙，不過就是大腦中一些列的化學反應。」

悅蘇很是掃興，什麼美好的事情到他嘴裡都成數據了。真的是名副其實的電腦。但她還是追問他：「你到底採取了什麼方法？我怎麼一點兒不知道。」

袁謀人突然打住話頭，說：「十點了，妳該睡了。」

悅蘇回到自己床上，關燈躺下，心裡卻很是疑惑。黑暗中她努力回想那段時間，就是從認識到結婚那段時間，袁謀人有沒有給她吃過什麼藥？好像沒有，只是懷孕前補過維生素和鈣片。但是他曾經說過，「妳這個人還是喜歡憑感覺來判斷對錯，當今已是智能時代了，太落伍，應該憑數據和演算法來判斷才不會出錯。計算機比人的判斷更準確。」

面對這樣一臺計算機，悅蘇只能聽從。所以他們的婚期，孕期，都是按他的演算法確定的。認識半年後結婚，袁謀人說那是最佳時期，超過一

年就不好了。婚後第二個月就懷孕，也是他定的。所以推算下來，嬰兒會在五月出生。

「咱們家需要一個金牛座。」袁謀人很篤定地說。

只有一點悅蘇做了反抗，就是他提出悅蘇生產後就不要再上班了，悅蘇果斷地說了NO。

6

這天袁謀人下班回家，進門就跟妻子說，告訴妳個好消息：「關於你們吳貪官的事，我跟導師匯報了，導師同意把他作為我們的研究課題。這樣的話，就可以讓他嘗試我們現有的產品了。」

「真的嗎，太好了！」悅蘇很是興奮。

袁謀人說：「其實我們現有的幾個產品，都可能適合他，都可以讓他試試。問題是怎麼才能讓他接受治療？我還沒想好。他不像你們張主任，個人有求醫願望。」

悅蘇一時也想不出。

袁謀人說：「要不這樣，讓我見見他，先近距離感覺一下他，同時也讓他了解一下我的工作，了解一下我們公司。如果他願意，就先做個全面檢查，比如基因檢測，腦電波檢測。」

悅蘇說：「好啊，明天你假裝去單位找我，我就帶你去見他。」

袁謀人說：「那不合適，太突兀。這樣，妳來安排個地方，我們一起請他吃飯。」

悅蘇眼睛瞪大了，請他吃飯？你搞錯沒有？

袁謀人說：「妳這個人就是死板。有些事需要變通才行。妳不是想甩掉小金庫嗎？請他吃飯，氣氛好了就可以提出來。我呢，也好近距離感受一下他。一舉兩得。」

悅蘇覺得有理，答應了。

悅蘇找到吳處，編了個理由，說丈夫想謝謝他在她懷孕期間對她的照顧，請他吃個便飯。吳處一口答應，心安理得地赴宴了。

吃飯過程中，袁謀人一直主動和吳處聊天，悅蘇在一旁默默作陪。一頓飯還沒吃完，悅蘇發現老公的眼睛已經亮了，是捕捉到獵物的那種光，他罕見地拍起吳處的馬屁來。

袁謀人說：「吳處，我發現您真是一位難得的人才，尤其從我們智能研究的角度看，是非常珍貴的，今天見到您真是我的榮幸。」

吳處眉開眼笑，順杆子就上：「人才也沒用嘍，咱沒有靠山，在處長位置上已經六年了，成骨灰級處長了。再是人才也老掉了。」

袁謀人說：「您不老，肯定還有機會改變。真的。」

這回輪到吳處眼睛發亮了，連連給袁謀人敬酒。

袁謀人又說：「我能感覺到您一點兒沒有失去對生活的熱情，您的追求欲望依然像一個年輕人。」

吳處被表揚的有點兒不知所措了，擺擺手說，哪裡哪裡。

悅蘇瞟了丈夫一眼，她聽出來了，他顯然是話裡有話。問題是，你跟這樣的人話裡有話，沒用啊，他理解不了。

袁謀人還在拍：「我感覺，按您現在大腦和心臟活力指數看，您一定會長壽的。你們家一定有長壽基因吧。」

吳處說：「這個，我還不清楚，我爺爺奶奶都去世了，那時候在農村條件差，七十多歲吧。但我父母都健在，快要八十了。兩個人身體都很好。三年前我就把他們接到城裡來了，和我住一個社區，這樣比較放心。」

袁謀人說：「我可以幫你查一下基因。我們公司基因檢測項目是最熱門的，雖然做一次得三萬多，每天還是有近百人來掛號。因為做一次需要半個月，現在的號都排到下半年了。不過我可以把你作為研究對象，這樣就可以提前做，並且免費。」

吳處一聽到「免費」二字，眼裡頓時盈滿笑意，彷彿三萬已經進了口袋，連忙舉杯敬酒，謝謝謝謝。

袁謀人只是抿了一點，介紹說：「了解自己的基因，知道自己身體的薄弱環節是什麼，就可以進行針對性的改善。目前已經有很多人參加了這個項目，而且都是些成功人士，他們做了改善之後，人一下充滿活力，年輕很多。」

吳處說：「真的嗎？高科技這麼厲害啊。佩服佩服。」

袁謀人說：「這不算什麼，是很普通的項目。我們還可以做腦部掃描，檢測腦電波，還可以用傳感器檢測你的神經系統，說不定還可以發現你未被開發的才華呢。或者說，你希望開發某種才華，也可以通過植入電極把它啟動。」

吳處越聽越興奮：「科學家，認識你太榮幸了。來，我再敬你一杯！」

悅蘇感覺時候已到，連忙接過話頭說：「吳處，你看我這身孕，馬上就六個月了，最近也在他們公司做了個檢查，血糖和血壓都偏低，醫生建議我多休息。你看，我能不能？」

吳處手一揮，說：「我知道，我有數。但是妳如果現在就休息，產後就不能休半年了。妳再堅持個把月，產後就愉快了嘛。」

悅蘇說：「我不是那個意思，我可以一直上班到臨產。我的意思是，能否給我減少一點工作量，把管帳的事交給處裡其他人？」

吳處頓時語塞，過了一會兒說，我考慮一下吧。他轉頭對袁謀人說：「其實我讓她管帳是信任她，不是為了給她增加工作量。」

袁謀人忙附和：「那是肯定的，哪個單位都是領導信得過的人管帳。只不過她這個人數學差，雖然你們的錢不多，但她每次回家算來算去的，搞得心理壓力很大，對胎兒健康不利。」

吳處說：「是這樣啊。好吧，下週我就考慮換人的事。」

悅蘇高興壞了，也主動給他敬了一杯酒。雙方頻頻舉杯，宴會圓滿成功。

7

回家路上，袁謀人設置好汽車的路線，讓車子進入自動程序，自己立即打開了電腦，說是有新想法需要馬上整理。

悅蘇忍不住說：「喂，你今天一個勁兒拍，是不是有點兒過？」

袁謀人說：「妳難道沒聽出來我話裡有話嗎？」

悅蘇說：「我當然聽出來了。但他可是當真話聽的。你說他能活一百歲，這種人活一百歲不是害死人嗎？那麼大個老鼠，把我們單位都要吃空了。」

袁謀人說：「我說那些話是有目的的，我是在埋伏筆。妳看我不是已

經成功地讓他答應檢測基因了嗎？既然要把他作為研究對象，就先得給他做各項檢查。做了檢查，我才有理由讓他接受治療。」

悅蘇恍然大悟。

袁謀人又說：「我感覺你們這個吳處，大腦神經迴路已經發生變化了，跟癮君子一樣被腐蝕了，一提到錢就進入興奮狀態，那個興奮還不是一般的興奮，是亢奮。而且他對錢的喜愛很單純，不是為了拿錢去享福。妳看他穿的衣服，全是大路貨，沒一個品牌。戴的眼鏡也很普通。今天請他吃飯的餐廳也就是中等，他卻讚不絕口，顯然很少到高檔餐廳吃飯。而且吃飯的速度像原始人一樣，完全沒有韻律。如此，估計他家裡也沒什麼像樣的家具。錢都被他存起來了。」

悅蘇撇嘴道：「我就說他有病嘛。」

袁謀人說：「是有點兒病態，或者說變態。如果用海爾病態人格量表給他做一個測試，至少有部分已經變態了。但心理變態問題仍出在大腦裡，所以除了基因檢測外，我很想給他做個腦部掃描，看看他的大腦圖譜如何，腦電波是不是有異常，很可能已是邊緣型變態了。」

悅蘇說：「是不是跟吸毒的一樣？」

袁謀人說：「有相似之處。我們的人腦含了上億個神經細胞，信息就靠這些神經細胞傳遞。其中多巴胺是負責傳遞快樂信息的神經遞質，比如看到美女，美食，或者美景，感官接收後，多巴胺就會傳遞給大腦，我們就會感到快樂。而癮君子的神經細胞已經被改變，他們的多巴胺幾乎被毒品替代。如果大腦裡有個計數器，多巴胺每傳遞一次就加一，計數器超過一定數值後電腦就有快感。這個數值也叫閾值。而吸毒的人一吸毒，瞬間可以產生成千上萬個快樂信息，大腦計數器蹭蹭蹭的往上漲，閾值就被拉

高，多巴胺就派不上用場了，或者說廢了。所以癮君子只能通過吸毒獲取快樂。他越吸得多閾值就越高，癮越大，越是無法控制⋯⋯」

悅蘇說：「你還是直接說吳處吧。」

袁謀人說：「你們吳處，是只要拿到錢，大腦裡就瞬間產生成千上萬個快樂信息，計數器蹭蹭蹭往上漲，特別快樂。隨著拿的次數增多，他的閾值也被拉得很高。所以，一旦知道有錢而不能把錢搞到手，他不但無法快樂，還痛不欲生。我估計當處長這六年，他的多巴胺基本被擱置不用，廢了，除了錢其他任何事情都無法讓他高興。妳不是說他對工作完全沒興趣，甚至對女人也沒興趣嗎？」

悅蘇頻頻點頭。「是的，他的工作全靠我們撐著，他就是一天到晚琢磨怎麼把公家的錢裝進自己包包裡。」

袁謀人說：「我原先只是猜測，今天近距離觀察感受之後，確定了我的猜測。他還真的是一個特殊人才，作為研究對象真是難得的標本。迄今為止，他還沒有被 AI 做過任何開發，真是原生態。」

悅蘇說：「這種人才，好可怕。」

袁謀人說：「但他還是有優點的，妳沒發現嗎？」

悅蘇說：「沒發現。什麼優點？」

袁謀人說：「他很孝順。對父母好。只要還有這條優點就有救，說明他還不是反社會人格。我在想，目前有三種方式可以嘗試，一個是數字藥品，但這個，目前還沒有針對性特別強的。另外兩個，一個是注射外源基因，一個是在腦部植入電極，這兩種方式也許更可行，用新的基因編碼改變他的變異基因，也就是改變他腦神經對外部事物的感應，從而控制他神經細胞的活動，改變他的習性。」

悅蘇迫不及待地撲到丈夫身上：「那你趕緊搞呀，計算機。」

袁謀人說：「妳太天真了，高科技的東西，從想法到成果，還有十萬八千里呢。先測測他的基因再說下一步吧，或者再給他做個腦部掃描，看看腦電波情況。」

悅蘇說：「那你就抓緊時間。這樣，以後我去醫院做產前檢查我都自己去，不讓你陪了，節省你的時間。」

袁謀人說：「妳以為是你們機關寫材料啊？加個班就行了。這個不行，我還得跟導師好好溝通琢磨，把我們倆腦洞一起打開，共同冥想。能不能找到解決方法，還不好說。」

一談到自己專業，袁謀人就無比驕傲。悅蘇沒辦法，只好讓他驕傲。誰讓自己迫切需要他的說明呢。

「當然我已經有一個初步想法了。」袁謀人說：「我打算先讓他注射一下我們那個新產品，就是往大腦裡注入一種生化物質，改變他的興趣點。如果效果不好，再採用其他方式。」

悅蘇說：「往腦袋裡打針呀？」

袁謀人說：「嗯。說起來，這個原理還來自對蝗蟲的研究。蝗蟲曾經很猖獗，視為蝗災。科學家經反覆研究發現，蝗蟲群聚成災，是源於牠們體內的多巴胺發生了改變。改變之前牠們是散居的沒什麼禍害的綠色蚱蜢；因多巴胺改變而喜好群居，一旦群居即變為土褐色，個頭也增大並且樣子猙獰，一起向某一方向跳躍遷飛，飛過之處將良田禍害殆盡，可以吃光幾千畝莊稼。科學家就琢磨著，如果能將低量轉基因多巴胺植入到有群居傾向的蝗蟲體內，牠們就不會群聚，不會個頭增大樣子猙獰了，不會集體躍遷，也就不會發生蝗災了。」

「科學家真了不起。」悅蘇發出了由衷的感嘆。

袁謀人接著說:「由此我們想到,人的基因也是可以被改變的。於是就開發了一種可以影響苯基乙胺和多巴胺的針劑,目前臨床效果不錯,但還沒有拿到批文。我感覺你們吳處的情況很適合。可以讓他作為志願者先試試。」

「是試驗?」悅蘇有些意外,「我以為已經是成品了。」

袁謀人說:「這也就是走個程序,肯定可以通過的。」

「會有副作用嗎?」悅蘇又問。

袁謀人說:「這個,還沒有數據表明。但是我分析,可能會減弱患者對生活的熱情,就是說,可能會情緒低落。」

8

週一上班時,悅蘇按吳處應諾的,把處裡的全部錢都取出來,再把帳本拿上,一起去辦公室交給他。

吳處很認真地點了錢,最後又從中間數了兩千元遞給她,笑咪咪地說,拿去吧,這個是我的一點心意。

這分明是公家的錢,他居然好意思說是他的一點心意。噁心死了。悅蘇心裡猛烈吐槽,連連擺手說,不用了不用了。

吳處眼睛一瞪:「妳不要做起那付清廉的樣子好不好?我這不是給妳的,是給科學家後代的。這樣,就算是處裡給妳表示的心意吧。我想大家都會同意的。」

悅蘇只好接過來,但心裡很是膩歪,一回辦公室,就用個信封裝了起

來，不想再碰。不過，能把管錢這個事甩掉，她心裡輕鬆多了。至於生了孩子之後的事，到時候再說。

中午從飯堂出來，悅蘇遇到柳色新正往樓下走，懷裡抱著他那個竹藤編的筐，裡面有茶壺和杯子，是他的喝茶家什。

悅蘇說：「又去院子裡喝茶嗎？」

柳色新點頭道：「今天太陽這麼好，不晒對不起天。走嘛，一起去。」

以往，悅蘇會馬上答應的，但此刻卻有些猶疑。她想起袁謀人昨天話裡有話的說，妳最近的激素水平好像偏高，瞳孔也有變化，不太像孕婦啊。雖然她生氣地懟了回去，但還是有些心虛。

柳色新說：「袋鼠媽媽現在需要多晒太陽哦。」

悅蘇說：「嗯，醫生也這麼說，說我每天至少應該有一小時日照。但天天坐辦公室，哪可能？只好每天晚上用紫外線燈補照一小時。」

其實這話是袁謀人說的，她下意識地把他說成了醫生。

柳色新說：「什麼燈也比不上大自然的太陽。」

悅蘇點頭稱是，便跟著柳色新一起下樓了。樓後的小花園有張石桌，他們常在那兒喝茶。柳色新在桌子上鋪好茶巾，擺好杯子和壺，又跑去拿了個保溫瓶，順帶還拿了疊報紙給悅蘇墊在石凳上，這才開始泡茶儀式。

「我有好茶，是明前龍井。」柳色新美滋滋地說：「昨天我一個好朋友分給我一兩，搞得我今天一上午心裡都癢癢的。這麼好的茶，必須有同道分享，不然太可惜。」

陽光甚好，悅蘇馬上感到臉頰溫熱，內心明亮。碧綠的茶葉在玻璃壺裡一片一片地舒展開來，香氣剎那間飄入鼻孔。真是愉悅至極！她感覺自

己答應下來坐坐還是對的，這樣的感覺太難得了。難怪柳色新常說，人的體驗是最珍貴的，而不是資料。

她一邊慢慢地喝，一邊把他們夫妻請吳處吃飯，動員他做檢測基因，哄他開心，請求不讓她再管小金庫的事，一一告訴了柳色新。

「昨天吳處已經去電腦他們公司採集了基因樣本，過兩週就能出結果了。」悅蘇跟柳色新提起丈夫時，總是用計算機指代。「我好期待啊，我還從來沒那麼強烈地關注過計算機的工作呢。」

柳色新聽得饒有興趣，尤其是關於基因檢測、腦部掃描之類。他雖然興趣廣泛，倒是第一次接觸到人工智能，生物科學以及腦神經這類話題。或者說，終於有一個話題，是他插不上話的了。

悅蘇說：「現在就等著他基因結果出來了，這樣的話，計算機就可以根據他的情況給他治療，完全有可能把他那種貪欲，那種跟吸毒一樣的貪癮徹底地去掉。」

柳色新說：「有那麼簡單嗎？」

悅蘇說：「嗯，計算機說他們公司現有的幾個產品都可以讓他試試，一個是服用數字藥品，一個是植入電極，還有一個是注射外源基因。目的都是改變他的腦神經對外部事物的感應，控制他神經細胞的活動，從而改變他的習性或喜好。當然也可能會有副作用。電腦說可能會讓患者的生活熱情減退。但是吳處那種人的生活熱情不就是貪婪嗎？減退了正好。」

柳色新說：「真不愧是計算機夫人，說起來也一套一套的，把我都聽傻了。難怪人家說，智能時代除了像妳老公那樣的神人，就是像我這樣的無用人。」

悅蘇說：「別笑話我了，你要是無用，我直接就是廢物了。我完全是

因為太煩吳處才關心這個事兒的。現在的關鍵是，通過基因檢測和腦電波圖，找到他的變異基因。接下來就好辦了。」

柳色新說：「是嗎？我怎麼覺得，關鍵不是找到他的變異基因，關鍵是他本人是否願意改變。」

悅蘇愣了一會兒說：「這個，他應該願意吧？為他好啊。」

柳色新說：「難說。你們把他作為研究課題，他本人知道嗎？」

悅蘇說：「應該是提過，沒有正式說。我想是好事嘛，不僅為他好，也是為單位好，為國家好。」

柳色新說：「即使是為他好，即使是好事，也應該讓他知情。妳不覺得嗎？不管這事兒多麼科學，多麼正義，也得遵循起碼的倫理道德，尊重本人的意願，要不，就是倒退了。」

悅蘇一時發呆，起碼呆了十幾秒。那一刻她感到羞愧，柳色新說的極是，不管多麼好的事，也必須遵循起碼的倫理道德，自己怎麼變成這樣了？以居高臨下的姿態對待他人？或者說，為達到目的就不擇手段？早年受的人文教育上哪兒去了，唉，羞愧。

忽而她臉一下紅了，很不好意思地說：「你幹嘛那樣看我，我是不是很傻？」

柳色新說：「不是不是。妳發呆的樣子，尤其是那個眼神，就像個小學生被老師難住了，有點兒緊張，有點兒害怕，還有點兒羞怯，同時又顯得很無辜，像個小動物似的，很可愛。」

悅蘇的臉更紅了，搪塞說：「哪裡，我一下覺得好羞愧。」

已經很久很久沒人說她可愛了，也是很久很久沒人欣賞她了。每每她被什麼事難住時，袁謀人會毫不客氣地笑話她，「智商在線好嗎？」若偶

爾說對了一個觀點，袁謀人則會像老師一樣嚴肅的說：「正確。」父母也同樣，她若問了個犯傻的問題，父親會直截了當的說：「妳動動腦子好嗎？」

這久違了的誇讚和欣賞，讓悅蘇有了久違的心動，也有些心慌。加上剛才那番話也讓她自責。

為了掩飾自己的心思，她抬頭看天空，又扭頭看四周，感嘆了一句，「我特別喜歡春天，雖然我生在冬天。」柳色新說：「我是必須喜歡春天，因為春天一過我就黃了。」

悅蘇樂了，話題的轉移讓她如釋重負。

9

以往聊天時，悅蘇曾經問過柳色新，為什麼那麼喜歡茶文化，包括中式衣服，布鞋這些老舊的東西？

柳色新回答說：「可能是為了抵禦這個洶湧而來的智能時代吧。總覺得，現如今人的價值越來越被削弱了，自己快成無用的人了，於是在潛意識裡，想靠這些傳統的老舊東西，來證明自己還是個有用的人。」

悅蘇深以為然。她也是在拚命抵抗，比如不讓丈夫買機器狗機器貓，不讓丈夫把陽臺封死，只用空氣清新設備通風換氣，也不讓丈夫把窗簾設置成電子開關，她要每天早上自己拉開窗簾，她還要在陽臺上種花，聞聞泥土的腥氣。

可是，她還是在不知不覺中，受了丈夫很多影響。

雖然話題轉移了，悅蘇心裡留下了深深的劃痕。看來，自己有必要提醒丈夫，吳處這件事，還是要慎重，要簽一份協議，讓本人了解並同意。

春光大好，四周的冬青樹已進入旺盛的發育期，葉片如同那些注射了玻尿酸的姑娘臉龐，飽滿到發亮。玉蘭花大朵大朵的絢爛著，樹上開的，地下落的，都讓人眼花撩亂。貼梗海棠雖然小個頭，也不甘被淹沒，努力以她的豔麗奪人眼目。

　　悅蘇環視一圈兒後說：「我一看到這樣的景象就詞窮，不知咋形容好，腦子裡只有白居易那句『亂花漸欲迷人眼，淺草才能沒馬蹄』。」

　　柳色新說：「這不算詞窮了，詞窮的說法是，啊，好美。」

　　悅蘇大笑，說：「那還不至於，我至少還知道一句『渭城朝雨浥輕塵，客舍青青柳色新』呢。」

　　這回輪到柳色新大笑了。

　　悅蘇說：「我一直羨慕你父親給你取這麼好的名字，不像我和我弟弟，赤裸裸體現了我爹媽的互相巴結，李悅蘇。蘇悅李，他倆一個姓李，一個姓蘇。」

　　柳色新說：「哈，原來如此，很機智嘛。他們大概是受『仁者樂山，智者樂水』的啟發吧？」

　　悅蘇說：「對的。只是那個『樂』字到底讀 le（ㄌㄜ），還是讀 yue（ㄩㄝ），還是讀 yao（一ㄠ），始終有爭議，他們就用了『悅』。不過我一般都跟人家說，我名字的意思是喜歡蘇東坡，我弟弟名字的意思就是喜歡李白。附庸風雅唄。我跟我爹娘說，幸虧你倆跟詩人一個姓，如果跟動物姓怎麼辦？牛悅馬，馬悅熊？熊悅羊？」

　　柳色新被她逗得樂不可支，說：「也很好啊，世界和諧。」

　　悅蘇的臉紅撲撲的，不知是被太陽晒的，還是因為開心。眼前的人和景都讓她有一種久違的親切。石縫裡鑽出來的草，地磚上飄落的枯葉，迅

速爬過葉子的螞蟻，還有陽光通過樹丫落在地面所形成的捉摸不定的光影，都有一種迷人的魅力。她忽然想，再高級的人工智能，也造不出這樣光怪陸離的樹影。

悅蘇已經很久沒有這樣坐在太陽底下，坐在植物中間了，她的話匣子因此打開。或許，是春意讓她的情緒發酵，用袁謀人的話說，她的大腦皮層的語言中樞開始快速運轉。

「我覺得吧，我們國家應該立個法，孩子的名字必須出自唐詩宋詞。出自句子也可以，出自典故也可以。這樣不但提高了孩子名字的顏值，也迫使做父母的必須學習唐詩宋詞。順帶著，上戶口的時候，戶籍民警也借機學習一下唐詩宋詞。比如孩子秋天生，可以叫西園，『八月蝴蝶黃，雙飛西園草』。春天生，可以叫青梅。『倚門回首，卻把青梅嗅』。等孩子上學，在班上介紹自己名字時，很自然就把李白的〈長干行〉背出來了，把李清照的〈點絳唇〉背出來了。」

柳色新不語，只是微笑。

悅蘇說：「你不贊同嗎？不過我這話要讓我們家計算機聽見了，肯定又說我胡思亂想了。」

柳色新說：「胡思亂想才有樂趣。什麼都有條不紊，一絲不苟，就是冷冰冰的機器人了。」

悅蘇受到鼓勵，又接著說：「我真這麼想，包括每個城市的街道名字，也應該來自唐詩宋詞，比如一條街，左邊是黃鸝街，右邊就是翠柳街。左邊是春花街，右邊就是秋月街，嗯，左邊是碧玉街，右邊就是綠絲街，大家走到那兒會想起『兩隻黃鸝鳴翠柳』、『春花秋月何時了』、『碧玉妝成一樹高，萬條垂下柳絲條』……然後在街邊立一個牌子，寫上此街名取自哪

首詩，作者是誰。那該多好。你看看現在，到處都是同名的街道，更無聊的是數字街道，橫一街橫二街，101 胡同，355 弄堂⋯⋯恨不能搞成座標圖。」

柳色新忽然起身，俯身過去吻了一下她額頭，說：「我必須吻一下這個充滿奇思妙想的腦袋。」

悅蘇愣了一下，然後起身說：「糟糕，我有份文件忘了複印。」

遂回辦公室去了。

10

傍晚時分，悅蘇坐在自家的沙發上發呆。夕陽從陽臺照進來，客廳充盈著溫馨的色調。飯菜已擺上桌，就等丈夫下班了。環繞音響正播放著西貝流士作曲家的小提琴曲。

不可否認，這個家有了計算機老公的安排，悅蘇幾乎不需要做什麼了。她下班回家，僅僅是打開這個儀器，按下那個按鈕，甚至不用動手，衝著某個儀器喊一聲，它們就各自運轉起來。袁謀人說：「妳儘管舒舒服服靠在沙發上看書吧。」悅蘇最初很享受這樣的生活，但時間長了，感覺自己也像其中一臺儀器，每天做著規定動作。

這會兒她呆坐著，連看手機的興趣也沒有。眼前時不時地晃動著柳色新的笑容，還有那突如其來的一吻。雖然是吻在額頭上，卻讓她心跳加速，不得不馬上離開。已經很久沒有心跳加速了，受袁謀人影響，她也是每天測心率，測血壓。她原先的心率是每分鐘七十五左右，懷孕後也就是八十左右，完全符合袁謀人的參數標準。可是今天，她感覺自己在九十以

上，有些慌張。

不好，這樣不好。她在心裡朝自己搖頭。

回想起來，悅蘇最初認識柳色新時，也常有心跳加快的感覺，很多時候，走在路上會莫名其妙地發笑。跟袁謀人在一起就從來沒有這樣的感覺。跟袁謀人在一起是什麼感覺呢？似乎是一種踏實，滿足，和無憂無慮。不用動腦子，聽他安排就是了。

她曾經跟閨蜜說起過二者的差別。一個總是快速運轉，把她帶向她完全把握不住的未來，一個總是慢悠悠的品味，讓她回到曾經喜愛的過去。但一個讓她踏實，無憂無慮，一個卻讓她心神不寧，愉悅而又不安。閨蜜說，也許踏實和滿足才能持久吧？那種怦然心動只是瞬間感受。美則美矣，轉瞬即逝。她也這麼認為，美妙總是瞬間即逝的。

可是為什麼今天，她會再次怦然心動？今天的自己，不僅僅做了妻子，還是個孕婦，馬上就要做媽媽了。按袁謀人的話說，她大腦裡的苯基乙胺和多巴胺都降得很低了，占據主導的應該是內啡肽。內啡肽應該讓人感到溫暖，舒適，平靜，而不是激情。也就是說，她現在應該是情緒最穩定的時候。

可她卻怦然心動。袋鼠媽媽的盔甲不起作用了。

難道真的是因為春天嗎？以前曾聽丈夫說過，一到春天，日照變長，氣候變暖，色彩變得豐富，頻繁地給人新奇的體驗，這就會改變人腦的神經內分泌活動。其中最為主要的是，會不斷地刺激人腦神經系統分泌多巴胺，給人愉悅，讓人渴望戀愛。

可是，這個愛戀的對象為什麼不是丈夫呢？如果自己對丈夫的愛戀因為春天而增加，她心裡就會妥妥的。偏偏……Tea or coffee?（茶還是咖

啡），彷彿有人在問。

正胡思亂想之時，門鈴響了，是丈夫的專屬鈴聲。悅蘇起身迎接。

袁謀人似乎情緒很高，進門就說：「我親愛的夫人，今天怎麼樣？」

悅蘇答了一句挺好的，就沒話了。袁謀人又問：「那個小金庫的事了了嗎？」悅蘇連忙說：「噢，了了，都交給他了。不過，他還是噁心了我一下，從裡面數了兩千元塞給我，說是我生孩子的慰問費。」袁謀人鄙夷地說：「這人還真是低端，我們請他吃頓飯都還八千呢。」

悅蘇又沒話說了，連吐槽吳處的話都不想講了。

袁謀人察覺到了，一邊洗手一邊問：「怎麼，今天是不是有點兒累？」

悅蘇矢口否認：「沒有沒有。」

袁謀人說：「告訴妳個好消息，我申請關於吳處的研究項目公司批了，這樣他做基因檢測的費用，和接下來服用藥品的費用都有了。而且，我還打算給他貼一張電子創可貼，貼在胸口上，就可以全天候追蹤記錄他的睡眠質量，精神壓力，夜間呼吸及心率，可以通過這些資料，找出他的問題所在。」

若放在兩天前，悅蘇聽到這些話一定高興極了，此刻卻顯得有些猶疑。她只是說了句：「是嗎？這麼快？」

袁謀人說：「妳怎麼忽然不積極了？」

悅蘇說：「也不是不積極，就是，那個……反正現在我也不管帳了。」

頓了一下，她還是下決心說：「我是覺得，如果我們想讓吳處做一些改變，比如改變他的基因編碼什麼的，改變他的腦電波什麼的，肯定要先徵得他同意才行吧？是不是需要簽個協定……」

袁謀人擦著手打斷她說：「急什麼？現在連檢測結果都還沒出來，凡事一個步驟一個步驟來好不好？再說，檢測基因是他本人同意做的，又沒人強迫他。」

袁謀人的語氣裡充滿了悅蘇所熟悉的調子，居高臨下，不屑。

悅蘇不滿道：「幹嘛那麼大聲？我就是那麼一說嘛。」

袁謀人緩和了語氣說：「我還不是看妳煩他，不然我哪有那閒工夫管他的事？我一年可以申請的項目很有限，還忍痛拿一個名額給他。妳知不知道我們那些項目都是很昂貴的？那個創可貼傳感器，一張的成本就好幾萬。要是給他注射外源性基因，更貴。若不是作為項目，他哪有那個福氣？」

兩人面對面坐下。悅蘇默默地吃飯，一言不發。袁謀人意識到自己剛才反應過度，便態度很好地問：「今天胎兒的情況如何。」

悅蘇沒好氣地說：「胎兒情況你還不清楚？你不是隨時在監測嗎？」

袁謀人說：「我是問妳的情況，孕婦情況我可監測不了。心情還好吧？」

悅蘇說：「還好，中午在院子裡晒了會兒太陽。」

袁謀人說：「很好。紫外線對孕婦很重要。」

停了一下袁謀人說：「我這兩天在想，等妳生了孩子以後，還是辭去工作吧。吳處那種人，眼不見心不煩。」

悅蘇果斷地說：「不，這個事情不討論，我要工作。」

跟著她又補充說：「現在沒什麼家務可做，孩子以後也有人帶。我在家幹嘛？總不能成天看電視購物上美容院吧？那樣的話，要不了多久就變

成傻大姐了，而且一旦窮極無聊就會生事，找你的茬。」

袁謀人想不出反駁的意見，說好吧，再說吧。

悅蘇說：「其實我們單位總的來說還是不錯的，除了吳處。」

話出口，她有些後悔，袁謀人不會瞎猜疑吧？

11

飯後，袁謀人難得提出去河邊散步，他說他看了空氣指數，今天相當乾淨。以往他不允許悅蘇隨便上街散步。

出了社區穿過街道，就是市裡新開掘的玉露河了。這條河雖然是人工河，由於開掘時就設置為循環水，故河水清亮。當初他們就是衝著這條河買房子的。

河堤上的綠化帶也修建得非常漂亮。今年春天來得早，這會兒玉蘭已經開過了，眼下正熱鬧的是垂絲海棠，還有雪白的七里香。悅蘇忽然想起跟柳色新一起說唐詩宋詞的情景，不禁微微含笑。

她忽然說：「喂，計算機，能背一首關於春天的古詩詞嗎？」

袁謀人張口就來：「春眠不覺曉，處處聞啼鳥，夜來風雨聲，花落知多少。孟浩然的，對吧？」

悅蘇笑：「不錯不錯。還有嗎？」

袁謀人不以為然道，我要是成心想背，幾百首也沒問題。主要是現在我腦子裡太擠了，這種事進入不了程序。

悅蘇不語。這時，有個老頭牽著條柴犬從他們身邊過，柴犬萌萌的樣子讓悅蘇看著就想抱，她眼巴巴地一直看著他們走遠。悅蘇幾次提出養個

小狗，貴賓，柯基，雪納瑞都行，被袁謀人否決。他說如果她真想養，就幫她從日本訂購一條機器狗，又能陪伴，又沒有亂拉屎尿的問題。被悅蘇否決。她實在是不想讓家裡充滿電子產品。

袁謀人說：「關於你們吳處的事，我得好好跟妳談談，咱們都心平氣和的，不要激動哈，尤其是妳，現在不宜激動。」

悅蘇想，難怪他要出來，在外面彼此都會克制，沒法吵架。

袁謀人說：「妳那時候那麼急於改變他，我才跟導師說的，講了很多理由，才把他列入我的研究計畫。現在公司批了經費，導師積極支援，這麼好的事，妳可不能打退堂鼓。妳打退堂鼓，我怎麼辦？」

悅蘇說：「我承認以前是我慫恿你做的，但是現在我意識到，我們這樣做是不對的。我以前忽略了這個問題，這種事，必須尊重他本人的意願才是。」

袁謀人說：「我怎麼沒尊重他的意願？我當時說可以把他作為研究對象免費檢測基因時，他可是很高興的，是願意的。」

悅蘇說：「因為他當時並不明白你那話的真正含義，他只是想貪便宜而已。他要是明白你們把他作為研究對象，也許會不願意的。至少會多考慮一下的。」

袁謀人說：「我說的意思很明確啊，我說我們把你作為研究對象就可以免費檢測。這是我的原話，我可是錄了音的。」

悅蘇吃了一驚：「什麼？你還錄音了？我怎麼不知道。」

袁謀人說：「這有什麼奇怪的，妳不是也偷偷給他錄過像嗎？」

悅蘇說：「我那是為了留證據，證明自己清白。」

袁謀人說：「我這也是為了證明自己清白。妳別老覺得我做什麼都是錯的，妳做的就是對的。妳又不是不知道，我那個手機，一涉及到研究事項就會自動錄音。」

悅蘇無語。

袁謀人繼續說：「既然他同意我們把他作為研究對象進行檢測，那接下來的項目他也應該配合才是。否則我們不是白給他做基因檢測了？那可不是驗個血那麼簡單。」

悅蘇驚詫莫名，沒想到丈夫是這樣想的。她說：「恐怕不能這樣等同吧？同意檢測並不一定同意治療，再說，即使是做基因檢測，也是我們誘導他做的。」

袁謀人的臉瞬間臭了：「誘導？那也是為他好，這話可是妳說的，怎麼成了誘導？」

悅蘇說：「當然是誘導，你自己都說，你是有目的的，埋了伏筆的。」

袁謀人說：「難道不是妳同意的嗎？」

悅蘇說：「是，我當時的確同意。但現在我覺得我錯了。我現在覺得，不管目的怎樣，就算是為他好，也不能強加給他，他有知情權。不能因為目的高尚就不擇手段，尊重個人意願是起碼的。」

袁謀人不易察覺地哼了一聲：「又是人文主義那一套。其實哪有什麼個人意志？所謂個人意志也是一種程序罷了，都是被從小到大所受的教育所受的影響所操控的。在我看來，個人意志所做出的選擇，往往遠不如計算機正確。」

悅蘇生氣道：「我不管你那些理論，我就是認為，如果要給他治療，必須明確告知他是怎麼回事，打什麼針，吃什麼藥，植入什麼芯片。還

有，有什麼副作用。就像做手術那樣，讓他簽個知情同意書。」

袁謀人明顯地哼了一聲，「是不是又跟某人喝茶啦？」

悅蘇怔了一下，正不知如何回答，她的手機恰到好處地響了。低頭一看，竟是夫妻倆的爭吵對象吳處。

若是柳色新，此刻一定會來一句，說曹操曹操就到。

曹操的聲音聽上去有點兒反常，他小心翼翼地說他有急事，要馬上見悅蘇。悅蘇吃驚地說：「現在可是晚上八點呀，不能明天再說嗎？」

吳處說：「不行，事情很急，必須今晚說。」

悅蘇說：「那在電話裡說不行嗎？」

吳處說：「不好意思，這事兒必須面談。妳要是不方便出來，我來妳家行嗎，就耽誤妳半小時。」

語氣完全是祈求的。

悅蘇就按了電話暫停鍵，跟袁謀人商議。袁謀人攤了下手：「只好讓他來嘍。這麼晚，妳去外面我也不放心。」

悅蘇即刻把家裡的位址發給他。其實悅蘇也希望馬上見到他，她太好奇了，是什麼事讓吳處像變了個人？還沒給他注射給他吃藥呢，他就變了。太奇怪。

12

悅蘇他們剛到家，吳處就到了，估計他就在附近打的電話。

他的手裡竟然還拎了一袋水果，雖然是最普通的蘋果梨，但也讓悅蘇大驚。悅蘇從認識他，就只見他拿進，沒見他拿出過。悅蘇傻呆呆的，以

至於忘了起碼的待客之道，還是袁謀人上前招呼他，請他換鞋，進來坐。

之後，袁謀人給他拿了罐蘇打水，就進書房，主動迴避了。

吳處坐下後，有點兒忸怩地動了動屁股，又咳了一下，也顧不上像初次來訪的客人那樣，先誇讚一下家裡的裝修布置，直接就說：「實在不好意思這麼晚來打擾，事情太突然了。」

悅蘇不響，等著他說下文。

「是這樣的，我剛剛聽到一個內部消息，明天省裡的巡視組就到咱們局來了。」他說到「巡視組」幾個字時，微微有顫音，臉色蒼白。

悅蘇「哦」了一聲，內心一陣狂笑，但面部表情還是克制住了，她低頭喝了兩口水，把笑意強咽下去，然後假裝不明就裡地問：「他們來幹嘛？是要換領導班子了嗎？」

吳處說：「唉，巡視組妳都不知道啊，就是找事兒啊，各種審計，各種檢查。本來也和我沒啥關係，我們處清水衙門，又不涉及錢財。妳忘了去年巡視組來過一次，咱們那個管後勤的副局長不是被雙規了嗎？後來就送檢察院了，現在還關著呢。」

悅蘇點頭。她聽說過此事，和那個局長不熟，也沒太關心。她說：「那他們還來幹嘛，不是抓了一個了嗎？」

吳處說：「唉，我哥們兒告訴我，這次巡視組是專門打蒼蠅的，老虎已經打得差不多了，要打蒼蠅，蒼蠅就是那個，那個微貪……」

悅蘇又忍不住想笑了，說到「蒼蠅」吳處的表情實在是太滑稽了，好像就在說自己，任誰看到都會笑的。

她繼續裝傻：「那你找我幹什麼嘛呀？」

　　吳處拿起罐子猛喝了幾口，說：「是這樣的，妳前幾天不是把處裡的帳還給我了嗎，我一直沒找到合適的人接手，現在還在我手上。我就想，妳還是接著管吧，因為，這個，妳比較清楚情況，等巡視組走了，我再安排其他人。我保證不讓妳再管了。」

　　悅蘇的笑意一下子沒了，忍不住嚷嚷說：「又讓我管？我才輕鬆兩天。我可不想管了！」

　　吳處說：「我保證就一個月，巡視組一走我就交給其他人。這一個月我什麼錢都不花，其實就是放在妳那兒，也不用做帳。」

　　悅蘇不吭聲。

　　吳處說：「實話告訴妳吧，我哥們兒說了，這次就是查小金庫，雖然上面已經規定不讓設小金庫了，但是各部門都心照不宣地還留著點兒私房錢。所以這次一來就要查這個，據說三萬就要立案。我，我是怕，萬一我有事，我爹媽不得傷心死啊，他們都快八十的人了，經不起啊。小李，妳無論如何得幫幫我。嗯，這樣，等妳產後休息時，我多給妳一個月假。」

　　吳處雙手合十，把悅蘇當菩薩求著。

　　悅蘇長嘆一口氣，誠懇的說：「吳處，我真是搞不懂，你明知這樣做會犯事兒，為什麼還非要這樣做？害得我一天到晚也是提心吊膽的。你說你一個月工資比我高多了，幹嘛還非得拿處裡的錢？」

　　吳處說：「我工資高？我一個月也就兩萬多，夠幹什麼？以前好歹還有人送個紅包什麼的，現在一分也沒有了，連過年都沒人送了。今年我女兒出國留學，誰都不表示。要是擱前兩年，我怎麼也能收到一二十萬吧。每個月就那點兒死工資，我實在是不習慣。」

　　悅蘇愕然，覺得跟他沒法談下去了，她想了想說：「這樣吧，看在你

父母的份上，你把那四萬還回來，其他的，我可以暫時幫你保密。」

吳處說：「可是，那四萬，我已經換成美金打給我女兒了。」

悅蘇說：「那你就沒其他錢了？」

吳處說：「沒了，現在誰會放那麼多現金在家？我只要湊夠五萬就買理財產品，唉，攢點兒錢真是不容易，妳說這官兒有啥當頭？」

他的語氣和表情，完全沒有一丁點後悔或者愧疚。悅蘇實在是沒耐心了，直截了當地說：「那我就幫不了你了。」

吳處忽然換了一副無賴的表情道：「妳不幫也沒關係，反正都是妳簽的字，妳做的帳，我什麼也不會承認的。到時候誰倒楣還難說呢。」

悅蘇大火，正要說，我可是有證據的，書房門忽然打開了，袁謀人衝了出來，臉色慘白，眼神裡那種驚慌是悅蘇從沒見過的。悅蘇還以為他聽見了他們的對話，馬上說，不信你問我老公。

袁謀人卻像沒聽見一樣，直接衝到門廳去拿外套。嘴裡念叨著：「完了完了，該死的駭客……我必須馬上去實驗室。」

悅蘇只好自己接著把戲唱完：「我告訴你，我們家到處都有攝像頭，只要有外人進入就會自動攝像。本來我還讓我老公把你作為研究對象，幫你改改你的貪婪本性。沒想到你居然威脅起我來了，還想栽贓給我！你這種人真是不配被研究，該上哪兒待著就上哪兒待著去！」

吳處還傻傻地抬頭看著天花板，好像在確認真假。

悅蘇只好大聲說：「吳家富，請回吧。」

聽一個未亡人講述

這次真的避不開了。

前兩天在路上遇見過，詹月很遠就看到她了，於是迅速遁入路邊一家超市，避開了。這回可是碰了個正著。這麼頻繁的相遇，她是搬回來住了嗎？她不是在那邊定居了嗎？

電梯裡，還有好幾個人在。詹月和女人之間隔著一個男人，但她們已經看見了彼此，互相點頭。詹月先開口說：「妳回來了？」女人回答，回來好幾天了。從她的目光看，她並不知道詹月曾躲開她，眼裡是久別見面的單純笑意。畢竟，她們曾經是鄰居。

詹月想，等會兒出了電梯，她肯定會聊一會兒的。不如自己先主動。於是一出電梯，身邊人一走開，詹月就低聲說：「你們怎麼沒通知單位呀？我們一點兒都不知道，知道的時候聽說後事已經辦完了。」女人說，這是老廖的意思，他說不要打攪單位，一切從簡。「哦，這樣啊。」詹月說。其實她心裡是暗暗高興的。如果通知了，她真不知道怎麼前去弔唁。聽說她連骨灰都沒帶回來，安葬在那邊了。真灑脫。

「那妳還過去嗎？」詹月說的「過去」是指澳大利亞，他們女兒在那裡讀博士，他們夫妻倆這些年一直在陪女兒，所以他是在悉尼過世的。女人說：「要去的，我回來處理一些事情，過一個月就回去。」女人晃了一下手裡大信封：「我剛才就是去辦手續，挺麻煩的。」

詹月莫名地鬆口氣。女人又補充說：「我們女兒已經結婚了，女婿就在那邊工作，買了房子。」

「哦，那挺不錯的。」詹月說。看來她是要徹底離開中國了。真是快，她女兒竟然結婚了，她最後見到那孩子時她還在讀中學，穿件藍白相間的校服，大垮垮的，走路也沒個樣子，正處於成長中的尷尬期。

女人說：「妳有空嗎，我想跟妳說說他後來的情況。」

詹月說：「好的呀。我正想問問呢。」但她還是有意看了一下手機，表示自己是有安排的，勉為其難的。

女人說：「那去我家吧。」詹月有些意外，為什麼不站在那兒聊呢？去她家，是要坐下來長談？還是，他給她留了什麼？這後一點讓她略微有些緊張。不會吧？

女人解釋說：「家裡有網絡，方便些。詹月還是不明白，談話為什麼需要網絡，也只好跟她走。好在她知道她家不遠，就在院子裡。

早些年他們曾經為鄰，是老式樓房，詹月住六樓她家住三樓。後來單位修了電梯公寓，他們就搬了。詹月因為是單身沒有分到，繼續爬六樓。再後來她嫁給現在的丈夫，就搬出去了。

女人年輕時是出了名的美女，單位好事者評選大院裡的五朵金花時，女人名列其中，甚至入了前三甲。現在雖然老了，五官依然好看，高挑的個子也沒有彎腰駝背。當然，他和她很般配，高大帥氣。夫妻倆走在一起就像影視劇裡的夫妻。

但詹月不喜歡這個女人，這種不喜歡並不是因為他，是女人本身。這女人俗氣而缺乏教養，詹月有一次上樓，女人正打開門掃地，很自如地將家裡的垃圾掃到走廊上，然後拍拍掃把就進屋了。還有一次走在路上，女人在前，詹月親眼目睹她將一口痰吐在地上。這樣沒教養的女人詹月最厭煩，五官再美也是暴殄天物。詹月甚至在他面前吐過槽，「她這樣也有損

你形象呢，你要說說她。」他苦笑一下說：「唉，剛結婚時我沒少說，這麼多年了也沒扳過來。」

其實這些還屬於小毛病，女人的大毛病是經常背著丈夫收受禮物。他在單位算個中層幹部。女人雖然背著他收，送了禮的人哪肯做無名英雄，肯定是要告訴他，指望他辦事的。他一直很謹慎，所以反覆告訴她不要收，妳這樣是害我懂嗎？但她還是忍不住。而且她還酷愛打麻將，在麻將桌上，也沒少撈油水。

在詹月看來，女人實在配不上他。他幾近完美，長得帥不說，氣質也很儒雅，開會不囉嗦，不打官腔，說話有內涵，還風趣。最重要的是，他眼裡有那麼一點憂鬱。單位裡的年輕女性說他像陳道明。因為這個，詹月原諒了自己，充當了那樣一個角色。

進門，女人招呼詹月在飯廳的桌邊坐下，自己也隨之坐下，並沒打算去倒杯水什麼的。這樣也好，詹月想，說完好趕緊走人。茶几上丟著盒抽取紙，一個吃了一半的手撕麵包。現在又增加了一串鑰匙，一個零錢包。牆角放著兩箱礦泉水，一塑料袋水果，顯然是才買的。整個房間彌漫著一種隨時要被拋棄的寂寥氣息。

詹月環顧了一下客廳，看到了沙發上方掛著的大幅照片，是他們夫妻二人的，不知何時拍的，年齡不老不少，笑容和裝束都是標配。他站著，她坐著。千千萬萬個中國家庭都有類似的照片吧，看來他也不能免俗。

女人拿出自己的手機，開始翻微信。一邊翻一邊說：「我給妳看看照片。有好多照片，有老廖住院的，還有後來舉行葬禮的。」

難怪需要網絡，她要翻微信。詹月一方面鬆了口氣，一方面感到好笑。她的手指一個勁兒劃拉，找到她們家的微信群，進入，繼續用指頭朝

上劃，使勁兒劃。一邊劃拉一邊說：「我給妳看，有好多照片。」

詹月建議說：「其實妳可以把那些照片存到手機裡，這樣就不用每次都打開網絡找了。」她似乎沒聽懂，說：「我女兒已經保存在她手機裡了。我不需要保存了。我進到我們家群裡就可以看到。」

詹月知道這女人比自己大十二歲，剛好一輪，但從現在這個細節看，像是比老媽還大，老媽玩兒手機都比她溜。她對手機使用的陌生程度像個老年人。詹月心裡撇撇嘴。

她還在劃拉手機屏幕，用指頭去翻閱過往的日子。一想也是，他去世已經大半年了，這大半年，一家人不知又聊了多少天，積壓上去多少日子。詹月扭過臉去，看到了牆上的他，連忙轉回來。當時聽到消息，她一陣心悸，一個人偷偷跑到河邊走了很長時間。接下來好幾天，心裡都隱隱難受，再後來，就淡了。不淡也得淡，日子如水時時沖刷著，什麼都沖淡了。

她的指頭還在屏幕上劃拉著，詹月忍不住再次建議：「其實妳可以把照片下載保存在手機裡，這樣每次想看的時候就不用翻微信了。」

她很想把她手機拿過來替她操作。

女人依然沒聽明白，重複說：「我女兒保存了的，我不用存。」詹月放棄了，讓她去翻吧。她看著女人，女人的五官真的很好，即使皮膚鬆弛了，她的臉上出現了三個「八」字，眉宇間一個倒八，眼窩下和鼻子兩側兩個正八。但那雙眼睛還是丹鳳眼，鼻子還是高挺的，歲月並沒有讓它們走形。年輕的時候她肯定像明星一樣美。所以，無論多麼俗，多麼貪心，他還是娶了她。

曾經有一段時間，他下決心要離開她，不是為了詹月，是他自己受不

了了，他說他寧可淨身出戶。事情的起因是因為女兒，女兒要去外地上大學了，女人就到處通知，他的部下，還有親戚。當時他正面臨職務調整，需要小心謹慎，她這麼做很讓他窩火。他說她，她卻不以為然，收下的東西堅決不肯退。

最終，卻不了了之。

終於，女人翻到了大半年前的照片，將手機遞到詹月面前，當然並沒有交給她，只是舉著給她看。詹月一眼看到了他，他老了，真的老了。頭髮花白，不過笑容依然是親切的熟悉的。一剎那，往事堵住喉嚨，詹月覺得鼻子發酸。其實他們分開已經快十年了，遠遠超過了他們在一起的時間。尤其這三年他去了澳大利亞，幾乎完全斷了音訊，為什麼還會難過？

這是我們剛到悉尼的時候拍的，女兒帶我們出去玩兒。女人絲毫沒有察覺，用快進的方式劃過那些他們遊玩的照片，悉尼歌劇院，海邊，公園，突然，她在某一張照片停住了：「看嘛，這是老廖第一次去醫院檢查的時候拍的。」

一個像公園一樣的環境，他站在乾淨的陽光下，一手插褲袋，一手拿菸。這是他的習慣動作。但看上去氣色已經有些差了。

詹月問：「他到底是什麼病？」

女人說：「起先是肺氣腫，我們之所以去澳大利亞，就是想那邊空氣好嘛，去那裡檢查發現已經是肺癌了，但他不願意手術，因為醫生說，手術的成功率也不高。他不想挨那一刀。我們就尊重他的意思嘛。」

詹月想，是的，他膽子小。

女人說：「我們女兒給他聯繫了一個專家，特別厲害的，做放療。他們的放療水平很高，針對性很強，沒什麼副作用。而且每次做放療，醫院

都會為他找一個醫療翻譯，一小時五十澳元，其實就十幾分鐘的事情，但是要按兩小時算，兩小時就一百澳元呢。不過雖然貴，那個翻譯很盡職，每次都提前到，等他。他一句英語也不會，女兒又沒時間陪他，他一個人像啞巴一樣。」

詹月想，妳為什麼不陪他？

「我暈車，去一次難受兩天，」女人彷彿猜到詹月心思似地說，「反正有車送他。但是他嘴太笨了，去了三年一句英語沒學會，去超市買東西，女兒不在的話全靠我，哪家店搞 sale（大減價），哪些商品是 buy one get one（買一送一）。刷卡，退貨什麼的，我都沒問題。」

女人很順溜地蹦出兩句英語，看來她的語言能力的確不錯。

一張她和他在超市的照片出現，兩人推著手推車，顯然是女兒拍的，車裡堆滿了東西，詹月注意到有一大袋橙色的胡蘿蔔。

女人指著胡蘿蔔道：「我們女兒對爸爸太好了，她打聽到一個偏方，說每天打胡蘿蔔汁喝，一天喝一公斤，可以消除癌細胞。他就堅持喝了兩個月，真的有好轉，但是胃受不了了，開始胃痛。他就不肯喝了。我們女兒對她爸爸真的太好了，一般人都做不到，每天一早要去學校，為了給她爸爸打胡蘿蔔汁，早上五點半就起床，打好胡蘿蔔汁才去上課，堅持了兩個月呀。」

詹月想，那妳在幹嘛？讓妳女兒那麼辛苦。

詹月再次確認，她的確是個被丈夫寵壞的女人。就因為漂亮嗎？他們在一起時他時常跟詹月發牢騷，說她文化不高，做了幾年售貨員，商場倒閉就不再工作了，成天在家待著，可也不喜歡做家務。一無聊就逛街買東西。

「我簡直沒法跟她說話，一句都說不到一起。」他這麼抱怨過：「她要麼嘮叨，要麼就聽不懂我在說什麼。除了打麻將逛街去美容院，其他什麼興趣都沒有，不要說看書，連看肥皂劇的興趣都沒有。唉。」

又出現一張照片，他在院子裡給花草澆水，裝模作樣的，朝鏡頭笑著。整個人都鬆垮下來了，歲月毫不留情地醜化了他。

女人說：「他做放療後有一年都挺好的。但是去年下半年複查，醫生說轉移了，要他住院。他不想住，我勸他，他跟我發火，聲音好大好大，簡直是咆哮，把隔壁鄰居都嚇到了，過來敲門。」

「他還會發火嗎？」詹月說：「他在單位上脾氣很好的。」

「哪裡呀，他脾氣才不好，在家經常發火。發火的時候，還用腳踢門，還朝我扔東西。特別是你們單位出事的時候，更嚇人。有時候我看他下班回來臉色不好，就趕緊去打麻將，或者去逛商場，逛到晚上要睡了才回家，免得他找我茬。」

詹月很是意外，腦海裡浮起那張總是微笑的臉。他真的會那麼暴躁？難以想像。也許是她誇大了，渲染了。跟所有妻子一樣，黑丈夫是一種本能。

「後來還是我們女兒做他的工作，他才去的，他就是聽女兒的，女兒是他的上帝。」

女人又翻到一張照片，他靠在床上，面露微笑，居然還比了一個剪刀手。傻傻的。也許是想給自己打打氣？其實算起來，他還不到六十歲。怎麼會生這樣的病？真的是抽菸太多的緣故？他抽菸實在厲害，即使和她一起，也控制不住。

女人繼續說：「哎呀，那個醫院條件之好，太好了。不光是伙食好，

每天還有兩餐水果。老廖說比他在國內住高幹病房的條件還好。醫生護士說話都細聲細氣的，幫他洗澡換衣服，還幫他解手，不管做什麼，不管好複雜的事情，都不讓他感到有一點兒疼痛。他心滿意足的，說中央首長也享受不到這樣的待遇。他那個病房裡的牆上貼了張圖，是疼痛指數，從一到十。他疼的時候，醫生問他到了哪一級？他就指九。醫生笑了，說九是女人生孩子的疼痛，很難忍的，看他那個樣子，應該沒那麼厲害，大概是四級左右。」

女人笑起來，詹月也忍不住笑起來。他的確是個怕疼的人，有一次他們單位運動會，他作為領導要帶頭，不得已參加了拔河，接下來的幾天，他都跟她說，胳膊好疼，腿好疼。

女人滔滔不絕地誇讚醫院，語氣裡的滿足讓她的聲音提高了不少，青黃色的臉也略略有了些暖意。

跟著，一張擺滿菜餚的照片出現了，接著是七八個人的合影。

女人說：「今年春節前他出院回家了，他姐姐一家也在悉尼，我們兩家一起過的年。當時大家都感覺他好多了，醫院檢查也發現各項指標都在好轉，他天天鬧著出院，我們就接他回家了，我們誰都沒想到他會那麼快就走。」

春節剛過，還沒到元宵節，那邊已經很熱了，女人說：「那天早上我們女兒起床，去跟他打招呼（難道他獨自睡嗎），發現他臉色很差，說胸口有點兒悶。我們女兒很警惕，一邊讓他躺在沙發上不要動，一邊馬上打了急救電話。」

詹月想，沒想到女兒這麼孝順。

詹月一直對他女兒不以為然，有一次他們約好下午在星巴克見面，他

卻突然打電話說來不了了，女兒在學校肚子疼，要他送衛生巾去。她驚訝地說不出話來，學校附近就可以買到這東西，至於要老爸跑一趟嗎？他解釋說女兒只用那個牌子，小店沒有。她媽媽呢？這種事情不是該媽媽做嗎？「她媽媽去美容院了。」

詹月不由地同情起他來，一個嬌懶的老婆就夠受了，又來個嬌氣的女兒，看上去一個英俊瀟灑的男人，在家卻像個僕人。

不過對這個女兒的不以為然，今天了結了。

「急救中心二十分鐘就到了，之快。一直開到我們門口。」女人說。

詹月在女人的手指下，看到了幾個穿橙色衣服的人抬著擔架，一輛救護車停在一棟樓前面。女人指頭繼續滑動，出現了好幾張同樣場景的圖片，擔架，救護車，醫護人員。

詹月好奇，那種情況下，是誰拍的照片？如此淡定。

女人說：「一分錢都沒要我們出，就把他送到醫院去了。還是他原來住院的那家，條件之好。」

詹月忍不住問，後來呢？

女人說：「送醫院的路上他就昏迷了，到醫院沒搶救過來，當天夜裡走的。我們哪個都沒想到，他說走就走。他一直是肺的問題，最後倒還走到心臟病上。我們哪個都沒想到，真的，太突然了。」

女人這樣說，聲音略略有些哽咽。

詹月想，畢竟還是老夫妻。她安慰說：「這樣也好，免受折磨。」

女人點頭，「是，他倒是痛快。」

她繼續滑動手指，屏幕上出現了堆滿花圈的房間，中間是他的大幅照

片，這照片詹月很熟悉，應該是他的標準照，單位的櫥窗裡也掛過。頭髮黑黑的，臉上的笑容似有似無。他好像看見詹月了，嘴角微微動了下：「也來不及跟妳告別。」

詹月努力發聲，不讓自己陷入：「那個，那邊也要開追悼會？」

女人說：「不是，就是一個告別儀式。我女兒給他辦了一個特別好的告別儀式，還做了幻燈片，那天來了好多人，女兒的同學，老師，我們社區的鄰居，我們社區華人很多。他這個人跟誰都笑咪咪的，人緣好，不過我的人緣也好的，我們收到好多鮮花，沒有送假花的，都是鮮花。後來擺不下了。我們只好租一個大房間來放。他住院一分錢沒花，我們就給他買了塊很好的墓地，連同葬禮，一共花了三十萬人民幣，那個墓地很上檔次。」

這是她第二次說他住院沒花錢了，詹月注意到了，便問，住院沒花錢，是因為你們買了醫保嗎？女人沒有回答，繼續說葬禮。

「妳看嘛，葬禮特別先進。」女人用了先進這個詞，給她看視頻。

詹月只好看視頻，一具黑色的棺木被升降機緩緩送入坑內，然後，周圍的人一一上前放入鮮花。詹月看到了身邊的女人，在她女兒的陪同下第一個走上前去，女人和女兒都穿著黑色連衣裙，讓她意識到，事情發生在南半球，三月在那裡是夏天。然後，眾人一一跟上，放入手中的白花，好像是玫瑰，不像國內是白菊花。接下來蓋土，還隱隱傳來鐘聲，那應該是喪鐘吧？喪鐘繚繞，眾人離去，真的跟電影一樣。

他獨自留在了泥土裡。

接下來，會腐爛，消散，最後杳無蹤跡。

詹月腦子裡莫名其妙的出現一段話。熱力學第二定律真是一個殘酷無

情的東西：宇宙中所有的事物無限趨向於混沌。人從出生，成長，到衰老，死亡，無限地趨向於解體，腐爛，化為細胞，在土中或空中消散；樹和草也是這樣；就連石頭沙子也不能倖免。你可以想像這個過程像一場巨大的泥石流，摧枯拉朽，把一切可以稱為美的東西消滅得乾乾淨淨，杳無蹤跡，就像它們從未存在過一樣。所以，各位沒必要太在意那些貌似很重要的東西，它們遲早都會消散的，包括我們自己，消散得無影無蹤。我們只存在於過程中，享受過程就好。

這是某一次開會時他說的，當時單位評職稱，有點兒刀光劍影的氣氛，他溫和地奉勸大家。詹月就是因為這段話愛上他的也說不一定，甫入社會就遇見那麼一個有學識又帥氣的領導，讓她毫無抵抗力。

那個墓地很高檔，女人的聲音把她拉了回來。一般人都不選那兒，嫌貴，如果是普通墓地，一兩萬澳元就夠了。但我們女兒說，就是要讓爸爸享受高檔待遇。

是雙墓穴嗎？詹月腦子冷不丁冒出這個問題，但沒有讓它出口。

他就這樣留在了異國他鄉，算高檔待遇嗎？他的親人同事朋友，含詹月自己，連去墓前合十悼念的可能也沒有了。是他本人的意願嗎？估計不是，他沒料到自己會忽然走掉。

這些念頭，也沒有脫口。

但詹月知道，他退休的時候是失落的，曾經有段時間都在傳聞他要提升，卻不料沒戲。他在那個位置上蹲了整整十年。他不讓家裡通知單位，也許是心裡有些怨艾吧。

女人的手還在屏幕上劃拉，是一部分朋友發給她的唁電和悼念短信，其中有幾位詹月都認識。顯然他們一直保持著聯繫，不像詹月，斷得那麼

乾淨，連逢年過節的短信也沒有了。她注意到女人的手指在某一條短信處停留了很長時間，嘴裡反覆說：「好多人發短信，看嘛，好多人。」但手一直停在那一條上，詹月定睛看，原來是誇她的：你的女兒孝順懂事，你的妻子美麗賢慧⋯⋯

聽完全部情況，詹月覺得自己必須說幾句了，說幾句女人想聽的話，否則這場匯報會結束不了。於是她表達了如下意思：

他臨去世前能得到這麼好的治療護理，也是不幸中的萬幸了（她想到了自己的老父親，有些羨慕，但馬上又想到了更多更糟糕的人，命運就是這樣，哪有公平）。女兒這麼孝順，妳又對他這麼好，他應該感到很安慰。

女人連連點頭。

詹月又加了一句，他是個好人，也算是有一個好報了。

女人又點頭，然後說：「就是自己被折磨得夠嗆，瘦了很多，差點兒病倒。」

「真的，我被折磨慘了，這半年才剛剛緩過來。」她反覆這麼說，詹月才意識到，女人確實消瘦不少。

「妳確實瘦了。」詹月用肯定句安慰她。

女人說：「他倒是一走了之，一點兒罪沒受，罪都讓我受了。唉，本來以為他退休了，不當那個狗屁官了，我可以過幾年舒心日子，哪知道一退休他就查出病來了，一天好日子也沒過到。要不是為了他，我根本不想去澳大利亞的，那邊一點兒都不好玩兒。」

女人開始抱怨，好像寫鑑定寫到了末尾，必須寫幾條缺點。

詹月忽然說：「他一直對妳很好。」

女人撇嘴：「哪裡好啊，脾氣暴躁得很，在外面笑咪咪的，在家總是秋風黑臉的，什麼都要依著他，連吃麵條還是吃飯都要依著他，他從來也不陪我逛街，不陪我打麻將，他這種老公，就是個名分。」

詹月感到詫異。

詹月最後一次見到他，是那次大地震之後。最初的慌亂一過去，她就拚命給他打電話，卻總是打不通。要麼通話，要麼無人接聽。這讓她感覺很不好。當然，她知道他們這個城市沒有大礙，只不過在那樣的時刻，就是想聽到他的聲音，或者，也想聽見他安慰自己，問一句，妳沒事吧？還好吧？

第二天她從父母家返回單位，單位裡亂麻麻的，他不在辦公室。以前詹月是不去他辦公室的，他們兩個好了那麼多年都沒傳出緋聞，全靠雙方小心謹慎。但那個時候她顧不上了，見人就問，有沒有看見廖局？她跑到他家那棟樓附近轉悠，樓下的花園裡支起了很多小帳篷，五顏六色的，顯然，昨晚大家都沒敢在房間裡睡覺。忽然，她看到了他。他頭髮蓬亂，坐在一個白色的小帳篷外面，還用手掖了掖帳篷邊緣，好像怕風鑽進去似的。那個帳篷太小了，顯然只夠一個人躺下。那裡面，百分之百躺著她老婆。

她直盯盯地看著，他發現了，趕緊站起身走了過來，眼泡浮腫，眼角竟然還有一小粒眼屎，青黃的臉色上，散落著惶惶不安的神色。已經完全跟陳道明不沾邊了，就是一個半衰的老頭。

他浮起討好的笑容，有些結巴的說：「她，她一晚上沒睡，剛剛睡下。妳還好吧？」

詹月說：「怎麼不接我電話？」

他說：「那個，手機落家裡了。今天早上才拿出來，又沒電了。」

詹月想，顯然，他從沒想過要給自己打個電話，發個短信，他從沒想過問問她是否還好。關鍵時刻，他最關心的還是自己老婆。

那一刻，詹月竟有些如釋重負的感覺，她終於不用再糾結了，可以鬆開這個保持了三年關係的男人了。

她轉身離去。

讓她不解的是，他竟然也在那之後不再與她聯繫了，是知道她生氣了，還是？他們再見面，就是彼此無感地點頭，好像大地震震斷了那根紐帶，而且斷得整整齊齊，一絲纖維也沒連著。

想到此，詹月笑著對女人說：「我記得大地震的時候，他讓妳睡在帳篷裡，他守在帳篷外，就跟父親一樣。」

女人稍稍愣了一下，笑起來：「哎喲，別提大地震了。妳都不曉得他當時有好狼狽。」

女人眉開眼笑：「那天我剛午睡醒來，一搖晃我曉得是地震了，就大聲喊他，他沒答應，我以為他上班去了，起來一看我們家大門敞開著，一隻拖鞋在門外，一隻皮鞋在門裡，我就曉得他剛跑。我回去拿了手機，拿了鑰匙，關了氣，關了電閘，然後拎著他那隻皮鞋，從樓梯一層層走下來。有啥子好怕的嘛。我走下樓的時候，看見他坐在門前空地的地下，靠著樹，一隻腳拖鞋，一隻腳皮鞋，臉色慘白慘白的。我忍不住笑了，他一點兒也不笑，呆呆的。我走過去叫他，他不動，好像嚇傻了。我拖他起來，他馬上又坐下去，整個人像堆泥巴。沒辦法，那天下午我一個人跑來跑去的，先去他父母家看他父母，父母都沒事，然後去買帳篷買水買乾糧。到天黑他緩過來了，還是有氣無力的，我只好搭起帳篷，讓他躺到裡

面去睡。我坐在外面。天快亮的時候他醒了，好像回過神來來了，特別不好意思，叫我進帳篷裡去睡。我簡直沒想到他會嚇成那樣，我也知道他膽子小，但沒想到會小成這樣，基本就是沒膽子。哈哈。笑死我了。後來他生氣了，我不敢再笑他了。不過也是奇怪，那次地震後他像變了一個人，很少跟我發火了，還主動陪我轉了兩次街，也好，也好。」

女人邊講邊笑個不停，笑完了又抹了下眼角，眼角是溼的。她居然黑丈夫黑出了感情。

詹月一路聽下來，有些發懵，好像又經歷了一次地震。晃，晃。但她覺得自己必須說點兒什麼才是。

說點兒什麼呢。

她乾笑了一下，說，好快，馬上就要十年了。

百密一疏

1

侯志清和李美亞已經分居三個多月了。這分居是侯志清單方面決定的，他說走就走，三個多月沒回家。其實分居前，他們已經吵了很多次了，婚姻一直處於電量不足的狀態。侯志清發出很多次「老子再也受不了」的警報聲，然後繼續受著。後來終於發生了那件事，侯志清覺得再忍就不是男人了，於是毅然離家。離家的時候他發誓不再理她，就是辦離婚也找律師去辦，那個曾經讓他神魂顛倒的女人，如今讓他一見就窩火。

但這次不行了，不見不行。侯志清左思右想，萬般無奈。

誰讓自己當時不果斷呢？當時李美亞說，如果離婚，她就要現在的房子外帶一半存款，他氣不過，沒有答應。她嫁給他之前一分錢沒有，嫁給他之後一分錢沒掙，憑什麼一夜暴富？

後來慢慢冷靜下來，便有了顧慮。現在對官員離婚沒過去那麼在意了，但總歸是負面的。自己幹了六年副處還沒扳正，若栽到這上頭還是划不來。何況他們還有個五歲的女兒。於是就這麼顧慮著，藕斷絲連，李美亞便繼續在戶口本上作為他的配偶存在。

這下好，必須求她了，必須說軟話，下矮莊。

侯志清沒給老婆發信息，也沒打電話，他怕碰釘子。誰讓自己連她的微信都拉黑了呢。他就是在週日上午突然回到家裡，硬性地安排了一次面談。

　　雖然侯志清三個多月沒回家，但老婆的生活規律他還是掌握的，星期天上午她一定會睡到十點才起來，稱之為美容覺，午飯時才去岳母那裡，吃飯，順帶看女兒。這個女人，妻子做不好，母親也懶得做，一直把五歲的女兒丟給岳母。那麼，十一點之前去，肯定能把她堵在家裡。

　　進門前，侯志清在社區的超市買了一籃子水果，有點兒作客的意思。掏鑰匙開門的時候，還擔心老婆換了鎖。不錯，門還可以打開。老婆果然剛起床，聽到動靜從臥室出來，一看到他神情大為驚慌，就像是家裡藏了什麼男人，其實她是太意外了，加上衣冠不整披頭散髮素面朝天，完全是無法見人的樣子。

　　「你，你……怎麼……」李美亞結巴著，沒說出一個完整的句子。

　　侯志清不看她，面無表情的說：「我有重要的事情要和妳面談。」

　　李美亞說：「你等一下，我馬上就好。」又補了一句，「十分鐘。」

　　侯志清坐在沙發上，心裡對老婆的態度感到滿意。她並沒有凶巴巴地說，「你來幹什麼？有本事別回來！」或者嘲諷說，「喲，你不是說永遠不見我了嗎？」如果老婆這樣說，他還真不知怎麼應對。他提著的心放了下來。可見，老婆並不真的想和他斷交，橄欖枝隱隱可見。

　　那就好辦了，他有了底氣。本來嘛，這次發生衝突，責任完全在女方，老婆竟然和她的前男友約會，被他撞了個正著 —— 就在社區會所的咖啡館裡。老婆解釋說只是見個面，他還是怒火中燒，也許是因為在此之前，他心裡一直有火苗在竄，前男友成了油，潑過來。他罵老婆是個二百五，「妳這個二百五，就是約會也跑遠點兒的地方去啊，居然在我單位的社區裡，生怕我同事看不到啊，生怕妳老公丟臉不夠大啊。」

　　其實，他有點兒小題大做。他心裡明白。他是做給岳父岳母看的。因

為他要真的離婚，只有抓住這個才行。說其他理由，岳父岳母都會跟他沒完，不會放過他的。

現在，他心裡盤算著，只有先好言好語，讓老婆配合他，把這次的事情解決了再說。從內心講，他是真的想離，他們這個婚姻實在是個錯誤，不管責任在誰，都應該終止了。

不過，他剛才快速晃到老婆那一眼，心裡居然動了一下，老婆畢竟年輕，才三十出頭，露出來的白生生的胳膊和大腿，對他依然有吸引力。雖然他並不想跟她和好，也無法控制自己的生理慾望，何況，他已經持續睡了三個月的素瞌睡了。

當初，就是因為沒控制好生理慾望，才導致了這場婚姻。

2

六年前，侯志清去市郊一個縣搞調研，在賓館見到了李美亞，真的是明眸皓齒，美豔動人，身材也火辣。他簡直沒想到在這樣一個小地方還能有這樣的美人。「我叫李美亞，大家可以叫我小亞，這次由我來陪同各位領導參觀，請多指教。」她嬌滴滴地伸手給侯志清。侯志清一把握住，半天不想鬆開，全身上下有些熱血沸騰的意思，估計在場的人都看出來了。接下來的幾天，李美亞一直陪伴左右，一口一個侯處長，偶爾還伸手扶一下他胳膊，侯志清一直努力克制著，才保持住了處長的威嚴。

那時侯志清已經三十三了，卻是個單身。他研究生畢業後報考公務員的，從最底層幹起，先是在市郊的一個鎮，然後到了區機關，然後又到了市級機關。也算是天時地利人和，仕途頗為順利，其時已是副處長了。那次下去調研，不少人直接喊他處長。

調研結束的那個晚上，侯志清被眾人拉到街邊吃燒烤，喝了好幾瓶啤酒，十一點多才跌跌撞撞回到房間。就在他一個人抓耳撓腮，被酒精折磨得坐立不安時，李美亞來敲門了，手裡拿了兩罐蘋果醋。侯處長，王主任讓我給您送過來，他說這個解酒效果最好了，您試試嘛。侯志清腦袋一暈，連人帶醋一起請進了房間，然後就，失控了。

事後他想，很可能是那個王主任故意安排的，當然，也可能王主任只導演了序幕，後面的戲是李美亞自己加的。因為李美亞事後馬上提出了她想去省城工作，請他幫忙。他雖然感覺不太好，還是答應了。

不料他回去沒多久，李美亞竟然懷孕了，而且這懷孕的消息不是李美亞告訴他的，而是她父親。那天侯志清正在會場開會呢，李父就把電話打到他手機上了。起初他沒接，一條短信跟著發過來，說事情很重要，務必接電話。他不得不走出會場去接，一接人就傻在了走廊上。這發展節奏也太快了，跟美劇一樣一分鐘一個哏，讓他完全無法應對。

李美亞的父親在縣文化局當副局長，除了做官，他還是半個文化人，曾出過一冊本地文化古蹟楹聯考。所以文武雙全，既掌握官場上的制勝法寶，也擁有語言表達的強項。他在電話裡說，發生了這樣的事，作為美亞的父母，感到非常震驚和生氣。「我們不知你是怎麼考慮的？我們美亞是涉世不深的年輕姑娘，如果此事處理不好，是沒法隱瞞的，想瞞也瞞不住，對吧？我們只有讓女兒把孩子生下來。」

侯志清當即一迭聲地在電話裡表態，自己是真的喜歡李美亞，不是逢場作戲。他一定會娶李美亞為妻的。請他們放心。

侯志清說的不完全是假話，或許全是真話，他喜歡（迷戀）李美亞，願意娶她為妻，都是真的。只是真話未必願意付諸行動（代價）。現在既

然被「脅迫」了，他也就半推半就，接受了。在三十多歲的年紀，能娶到這麼年輕漂亮的美女，也還是很有面子的。

見侯志清答應了婚事，李父的態度馬上就和藹了，他說：「雖然你比美亞大十歲，但我們經過各方面的了解，對你還是比較滿意的。我們這種有文化的家庭，也不會提出什麼過分條件，你們樸樸素素辦一下就可以了。」

侯志清顏值不高，個子、長相都一般，但畢竟是碩士，是公務員，所以給他介紹對象的人很多。以前他一概拒絕，起初是因為曾經的心上人嫁作他人婦了，他拚命工作來療傷。後來傷好了，又想混出個人樣來再說，這麼三拖兩拖的，就拖成鑽石王老五了。現在既然不小心煮熟了飯，那就開飯吧。

於是，兩個月後，侯志清就「樸樸素素」辦了一下，把李美亞接到了省城。其實在樸素的後面，他付出了不小的代價。

婚後侯志清才發現，李美亞並無身孕，很是惱火。李美亞解釋說，她已經去做了人流，「你那天喝了那麼多酒，孩子肯定不能要的呀。」雖然李美亞理由充分，侯志清還是感覺自己被耍了，新婚的快樂裡瞬間摻雜進了惱怒，同時也有幾分對自己的不滿：辛苦奮鬥那麼久，竟然以這樣的方式娶了妻子。

不過，一美遮百醜，侯志清面對嬌豔的李美亞，再大的氣也很快泄掉了。應該承認，婚後第一年他還是很幸福的，每天都意氣風發地出門，充滿期盼地回家。那時的李美亞像個妖女，施展出的魔力完全控制了他的眼耳鼻舌身。

但是妖女也有保鮮期，一年後，妖性減弱，人性開始暴露出諸多問

題。李美亞說是大學生，其實就是拿爹媽的錢混了個文憑，肚子裡連中學課本都沒裝進去。父親的文人基因一點兒也沒傳給她，除了喜歡打扮，喜歡花錢，愛慕虛榮，沒有任何愛好。尤其談吐，太差，屬於一開口姿色就要跌停的。當初侯志清來不及發現她這個毛病就娶了她，考察時間實在是太短了，又缺少了公示環節。最初認識那兩天，她白天帶領他們參觀，說的都是事先背好的詞兒，晚上進了他房間也無需說什麼了。侯志清僅從她的隻言片語中感覺到她內在粗鄙。當時他安慰自己，過日子嘛，脾氣好就行了。李美亞的脾氣的確好，或者說，沒脾氣，無論他怎麼發火，她也不會鬧。侯志清個子不高，一起出去時他要求她穿平底鞋，她也順從。家裡的錢財雖然由她管著，但侯志清開口要多少她也就給多少，從不河東獅吼。

3

大概一刻鐘後，李美亞出來了，煥然一新，還是那個風姿綽約足以迷倒眾多男人的少婦，丈夫的離家出走也沒讓她變得憔悴，似乎還多了幾分風情。

她會不會還在和前男友約會？侯志清腦子裡閃過這個念頭，但很快壓了下去。大敵當前，他保持著嚴肅的表情，擺出領導派頭對李美亞說：「坐下吧。」

李美亞說：「要不要我泡壺茶？」

侯志清本來想說不用了，但忽然覺得，泡茶喝茶，有利於談話的氛圍，就點點頭。老婆燒好水，用一把不知什麼人送的西式茶壺泡了紅茶，給侯志清倒了一杯。

水很燙，侯志清沒法喝，就先問女兒的情況，李美亞匯報說，女兒又

學了兒歌，還學了幾句英語，老師表揚她發音準。她還經常問爸爸什麼時候來去看她。

侯志清明白，後一句是李美亞瞎編的，他常去幼兒園看女兒，只是女兒看到他怯生生的，不願意讓他抱。唉，自己作孽，孩子是無辜的。他很心疼女兒，女兒長得非常可愛，五官皮膚都繼承了母親。他之所以對離婚優柔寡斷，女兒也是重要原因。

喝了兩口茶，侯志清終於開始說正事了。再不說，就有一起吃午飯的意思了。牆上的掛鐘已經指向十一點。於是侯志清簡明扼要地說了自己今天來的目的。

原來，上週，部裡正式把他列入了處長（正處）候選人，要進行為期一個月的考察。作為考察對象，他首先必須填報《領導幹部個人事項報告表》。而這個表裡最重要的一項，就是申報財產。申報財產肯定是夫妻共同財產，所以，他需要她協助，把家裡所有的有價證券等，統統清查一遍，一一列表，向上級如實報告。

「這是一件非常重要的事，昨天，我們幹部處已經組織我們幾個考察對象專門學習了《領導幹部報告個人有關事項規定》，還收看了填寫報告的教學錄像。幹部處王處長再三強調，要認真仔細如實地做好填報工作，不能出現任何紕漏，如果有瞞報漏報，不僅不能提拔，還可能挨處分。所以，我必須做到萬無一失。」

李美亞雖然只是個家庭婦女，但嫁給侯志清這六年多，也熟悉了官場這些話語。她點頭，表示聽明白了。

侯志清對她的態度感到滿意，語氣逐漸變得溫和。

「嗯，這個，妳知道的，我在副處長位置上已經六七年了，馬上就要

滿四十了。今年，我們部裡有兩個副部長離任，一個是被調查了，一個是退休……」

李美亞插話說：「我知道的，那個被調查的孫部長還來過我們家的。」

侯志清問：「妳怎麼知道？」

李美亞說：「我聽群裡的人說的。」

侯志清有點兒緊張：「群？妳參加什麼群了？」

李美亞說：「也沒有啦，就是婭婭的班主任老師建的家長微信群，趙處的夫人，還有你們處小金的夫人都在裡面，我聽她們說的。」

侯志清馬上警告說：「妳不要在她們面前亂說話，尤其不要提這件事。聽到沒有？除了老師的話，其他人說什麼不要瞎摻和。」

李美亞沒吭聲。侯志清接著說：「不管怎麼說，這次考察對我來說非常重要，必須把握好。嗯，這個，雖然前段時間，我們兩個之間有些矛盾，嗯，這個，夫妻吵架是難免的，我們現在還是一家人，對不對？一家人就要共同做好這項工作，對不對？」

侯志清只要換成非官場語言體系，就會夾雜很多口頭禪「嗯這個」還有「對不對」。

李美亞聽到「夫妻吵架是難免的，我們還是一家人」這句時，眼神流露出十分驚異的樣子。侯志清看到了，假裝沒在意，接著說：「個人事項要報告的項目很多，十幾個大項目，幾十個小項目，差不多有二十頁紙。不過，大部分我自己都可以填寫，就是財產申報部分需要妳配合，因為我們家的房產證和我的工資卡，都在妳這裡。」

李美亞點頭，生怕侯志清又吐槽當初被岳父岳母強迫交出經濟大權的事。還好，侯志清顧不上，繼續指示說：「這樣，妳週一就去銀行，把我

工資卡的流水打出來，收入這項是必須填寫的，我除了工資，也沒啥收入。另外，我給妳和孩子都買過保險，凡是投資型的都要填上，妳把保險號和數額登記好。嗯，還有，妳在銀行買過基金吧？凡是涉及到錢的，全部寫出來。」

李美亞說：「你最好給我寫一個清單，我怕有遺漏。」

侯志清從包裡拿出一張紙遞給她：「我已經寫好了，妳照著這個來。對了，妳爸媽有沒有在老家給妳買過房了？」

李美亞說：「沒有。」

侯志清哼了一聲，又問：「妳有沒有炒股？」

李美亞說：「沒有，我不會那個。」

侯志清說：「好，少兩件事。首先把這個房子的房產證找出來。那上面寫的是我們兩個人的名字，必須登記上，面積什麼的，要寫清楚，還有車位也得寫上。我們上次去普吉島旅遊辦的護照，也要登記，當然妳的不用，主要是登記我的，妳把我護照找出來。」

李美亞說：「好複雜啊。那我把這些資料找好了，給你打電話嗎？」

侯志清再次感受到了李美亞的唯一優點，脾氣好。他說：「不用。嗯，這個，我週一下班後還會過來，把表格拿來，我們一起來登記。不是一天兩天能搞好的。」他頓了一下說：「我想，下週，我還是回家來住吧。」

李美亞更為驚訝地看著她，看不出是高興還是不高興，就是極為驚訝，眼神怯生生的，侯志清不由地想起了最初見到她的時候，她的眼神真的是很有欺騙性，總顯得膽怯而又純潔。

侯志清不看她，直接下指示：「妳把那間客房收拾出來吧，我先住那兒。」

全部交代完畢，侯志清站起來說：「今天的……」他突然停頓了一下，把後面那句「會先開到這兒吧」吞了下去，真是開會開出慣性了。他頓了一下說：「嗯，這個，先這樣，我還有事要處理。」

李美亞說：「要不要一起去看婭婭？」

侯志清很想去看女兒，但是實在不想去看岳父岳母。他有時候覺得，如果不是那對自以為是的中年夫婦，他還有可能把李美亞的臭德行扳過來。終於，厭惡超過了想念，他說，下次吧。

李美亞送他到門口，突然說：「你不生我的氣了？」

侯志清按下心煩，頓了一下說：「下週一我回來再說吧。」

4

送走侯志清，李美亞重新回到沙發上坐下。

她定了定神，又喝了兩口剛才太燙這會兒正合適的茶，然後拿起手機發了條微信給閨蜜：「在嗎，語音一下？」

等了三分鐘閨蜜沒回，她就直接把電話打過去了。

她必須跟閨蜜聊聊這個突發事件。

分居這三個月，李美亞反覆整理過她和侯志清的關係，當然不是靠自己。李美亞雖然是個腦子不大清楚的人，但她有一大優點，就是知道自己腦子不清楚。每遇重大事項，她都會跟那個腦子特別清楚的閨蜜商量。閨蜜基本是她的人生博導。丈夫憤而離家時，就是閨蜜指使她第一要房子第二要一半存款的。這條件一提出，丈夫果然啞了。當時她們反覆整理的結果是，如果侯志清肯答應她的條件，那麼說明他確實是鐵了心要離，再挽

留也沒意思；如果侯志清不肯，那再說。反正也沒有人等著她，她對侯志清也談不上愛，拖著唄。

現在丈夫突然示好，她一時不知該如何應對，是抓住這個機會跟他和好，還是一條道走到黑？其實她也明白，這個不取決於她，取決於侯志清。但她該怎麼做呢？

電話打過去，閨蜜在一個鬧哄哄的場合，說是被爸媽硬拽著在參加一個親戚的婚禮，只有晚上回家再和她聊。

她只能先回父母家吃午飯了。

自從孩子出生，李美亞的父母就到了省城，在李美亞同一個社區租了一套房，幫她帶孩子，順帶給她做家務做飯。侯志清跑掉這三個月更甚，除了早餐，頓頓都是在父母家吃的。沒辦法，她從小到大，連碗都沒洗過，休談做飯洗衣服了。短暫工作那一年多，母親起碼跑了十趟省城，幫她收拾屋子洗衣服。

雖然沒有閨蜜的指示，李美亞也知道不能跟父母說侯志清回來的事，更不能說侯志清打算下週搬回來的事。父母一定會做出一大堆讓她不知所措的指示。尤其是母親，肯定要嘮叨半天，嘮叨什麼她完全可以想見：他想走就走想回就回？他把妳當什麼了？賓館服務員啊？就是住賓館還得先登個記，還得出示身分證呢，他以為他是個處長就不得了了？快四十的人了沒長清醒。把女兒甩給我們就不管了，我們是他保母啊？保母還有工資呢？我們倒好，倒貼……（此處不得不省略五百字）。

在父母眼裡，一切都是侯志清的錯，是他讓女兒未婚先孕的，是他讓女兒倉促結婚的。但李美亞知道，侯志清多少有點兒冤。真正主動的是她，她抓住了那個偶然機會認識了侯志清，又抓住那個晚上纏上了侯志

清，不為別的，就是為了逃出父母的掌控。

讀大學時，李美亞有個男朋友，男朋友成績好，很愛她，也很有野心。或許是因為家境不好的緣故，男朋友讀書時就開始悄悄掙錢，比如幫同學寫有償作業，代理一些產品在學校賣，甚至暑假去做快遞哥。居然用掙來的血汗錢，給李美亞買了個普拉達包包。把李美亞感動死了。兩個人海誓山盟的，說盡了世上的甜言蜜語。

父親母親知道後，堅決反對，父親反對的理由是，這男孩兒太像個商人，他們家是文化人，必須要找個文化人。母親則直截了當地說，「他要是個商人倒好了，他就是個窮小子。我們辛辛苦苦把妳養大，讓妳貌美如花，怎麼也不能看著妳把自己賤賣了。」但李美亞還是偷偷地和男友保持著戀愛關係。

畢業後，男朋友要和哥們兒去深圳創業，她很想跟了去，母親要死要活的，說如果她非要去，就斷絕母女關係。她沒有勇氣走出這一步，只好跟男朋友說先緩一下。再說那時父母已經託人為她在電視臺找了個工作，雖然是一個沒什麼名氣的欄目主持，說起來就是電視臺主持人，也極大地滿足了她的虛榮心。

男朋友走之前他們舉行告別宴，男朋友沉默寡言，也不怎麼吃東西。李美亞心裡難過，不斷許諾自己是不會變心的，自己還是很愛他的，她會一直等著他，非他不嫁。終於，男朋友冷冷的說：「等我什麼？等我變成大款再回來娶妳嗎？」李美亞一聽就哭了起來，開始控訴父母，從小把她管得死死的，一切事情都是他們說了算，連穿什麼衣服留長髮還是短髮都要管。結婚這麼大的事更不要說了，如果她有自由，一定會和他一起奮鬥的。但現在她沒辦法，她要是反抗媽媽就絕食。男朋友突然說：「我看我

們還是分手吧，徹底分手吧。」

李美亞簡直不敢相信，她一直以為男朋友離了她就不能活，只要她說等著他，他就會感激涕零。可是竟然主動提出了分手。她呆呆地看著他，他決絕的說：「妳這樣一個完全沒主見的人，我們就是現在不分，以後也得分。還是早分早了，互不耽誤。」

男朋友真的很徹底，離開省城後，連她的微信都拉黑了，她想給他發信息表達痛苦心情，屏幕上跳出一句話：「消息已發出，但被對方拒收」。

這個打擊太大了，她就此患上了神經衰弱，每天夜裡都無法入眠，主持節目時無數次出錯，被領導怒斥數次後，她只好辭去工作回家休養。身體剛好一點，父母就給她介紹了一個對象，是他們一個老朋友的兒子，在讀博士，畢業後留校當老師了，家境也十分優渥。

難怪他們硬要拆散她和男友，原來是因為這個。李美亞恨死了，堅決不見，找各種理由拖延。就在這個時候，閨蜜告訴她，省城來了個工作組，縣裡很重視，想找個專業一點兒的解說員，她就去了。去了之後又聽說，那個帶隊的侯處長，還未婚。她暗暗打定主意，報復父母。

第一次握手，她就明白侯志清迷上她了。於是她決定把這個男人做跳板，反抗父母的管控。她成功了，只是很短暫。因為一年後女兒一出生，父母就到了省城。而且還是她請父母來的，她實在是沒有任何生活能力，連請保母的能力也沒有，看到侯志清整日黑著臉，她只能向父母求救。

5

進門就聞到了飯菜的香味兒，母親肯定又做了她最喜歡的香菇燉雞，

加了當歸和山藥。肯定還炒了青辣椒回鍋肉和麻婆豆腐。李美亞嘴很刁，又要吃香喝辣，又要保養身體，一樣不能少。

母親瞥了她一眼，邊往桌子上端菜邊嘮叨說：「也不知道早點兒過來幫我一下。」李美亞撒嬌說：「我來了妳也不要我動手呀！」母親說：「那也可以陪我聊聊天嘛，非得到點兒才進門。」

李美亞摟了摟母親，在腮幫上親了一下，就和父親在飯桌前坐下了。母親餵婭婭，婭婭嘟囔著要自己吃，母親堅持要餵。李美亞說：「妳就讓她自己吃唄。」母親說：「妳一直到上小學都是我餵的，她才多大？」李美亞只好不管。

父親突然說：「侯志清是不是回來了？」

李美亞嚇一跳。父親說，院子裡有人看見他了。

李美亞只好點頭承認，住在單位的社區裡就是不自由。母親在一旁撇嘴說：「他回來幹什麼？有本事他一輩子別回來。」但語氣並不是真生氣，也許還是高興的。

無論是父親還是母親，都不希望他們離婚。雖然各自的原因不同。父親是好面子，他到處跟人說女婿是個年輕處長，很有前途；母親呢，深諳女兒無能，又沒工作，怕她離了婚一團糟。儘管年輕，離過婚畢竟離過婚，又帶了個孩子。所以，知道女婿回來了，兩個人都顯露出高興的樣子。

李美亞說：「嗯，他上午回來了一下，有點兒事跟我商量。」

父親立即問：「什麼事？不會是真的要離吧？」

不是的。李美亞只好把事情的原委跟父母說了，連同侯志清週一要回家住也沒忍住，全說了。

父親沉吟了一會兒說：「這可是件大事，我知道的，要報的項目很多的。」母親說：「看來他還是有前途嘛。」父親說：「現在官員不比從前了，管得緊，包括離婚沒有都要管，還好我退休了。」母親說：「說不定他是回心轉意了，怕鬧離婚影響升官。」父親說：「離婚還不是最要緊的，最要緊的還是財產申報。」母親說：「他結婚的時候把存款什麼都給妳了嗎？沒私留小金庫？」父親說：「就是留了這次也得一起報上去，跑不了。」母親說：「填那個表格的時候，妳要守著他填，看清楚了他都有些什麼。」父親說：「妳就別瞎操心了。」母親說：「萬一他偷偷在外面買了房子買了小車呢？」父親說：「那他也得老實交代，否則吃不消的。」

婭婭忽然說：「爸爸說了要給我買小汽車的。」

一家人都笑了，李美亞連忙轉移話題：「媽，我下午帶婭婭出去玩兒吧，你們歇會兒。」父親說：「妳怎麼還有心思玩兒？趕緊準備呀。」母親說：「是啊，他說週一回來，妳還不收拾收拾屋子？」父親說：「這樣，下午我們都一起過去，我來幫妳準備資料，妳媽媽幫妳收拾屋子。這件事我們一家人要齊心。」

李美亞不敢說侯志清要求住客房，只好接父親的話，那些事情不急，我星期一再去銀行。

父親說：「銀行週末一樣上班，妳今天下午就去。不要什麼都等到週一，週一辦不完怎麼辦？凡事要取個提前量。妳一定要通過這件事，讓他感到妳的誠意，彌補過錯，挽回局面。」

父親嘮叨起來也是不輸給母親的。李美亞只好點頭。

母親感覺自己說少了，連忙增加份額：「妳爸說的對，妳要抓住這個機會，他走了三個月好不容易回家，無論如何不能讓他再跑了。該認錯就

認錯，上次那個事的確是妳錯，深圳那個小子絕對不能再搭理了，都是他壞的事。妳連個工作都沒有，離了婚吃什麼？」

李美亞終於按捺不住了，回嘴說：「我又不是不能工作，都是你們瞎干涉的。真要離了，我分分鐘就找到工作。」

前幾年她就提出要工作。她閨蜜是賣保險的，曾介紹她一起當保險推銷員，她跟著閨蜜跑了兩趟，感覺自己可以做這事的。但侯志清堅決不同意，「別出去給我丟人。」她尋求父母支持，父母也反對。父親跟侯志清難得意見一致：賣保險，那不就是一天到晚求人嗎？丟人現眼。所以侯志清吵架時罵她好吃懶做，她氣得要命：「我好吃懶做，都是你們逼的！」

這時電話響了，她一看是閨蜜的，趕緊離開飯桌，走到陽臺上去接。閨蜜到底是閨蜜，說怕她有急事，所以抽空打過來。閨蜜聽完她的匯報後，略一思忖，做出了兩點指示，第一點和她父母一樣，要好好配合，盡力配合，別出差錯。第二點，是不是藉此機會跟他和好，還需要認真考慮。也說不定侯志清並沒有那個意思。所以他回家後不必刻意討好他，該清高要清高。

李美亞說：「我知道的，我就不卑不『吭』。」閨蜜說：「是不卑不亢。」李美亞說：「我就是那個意思。」

回到飯桌前，李美亞發現，父親母親的臉色都明朗了。這三個月來他們一直陰沉著。她心裡多少有些愧疚。

其實那件事，她覺得自己真是冤枉的，前男友回來，通過同學重新加了她微信，並且約見面。她為了表明自己的坦蕩（更或者是為了顯擺自己住在機關社區裡），才讓男友到自家社區會所來見面的。哪知男友看到她就上前擁抱了一下，讓她一下子不自然了，神色變得曖昧，然後前男友又

明目張膽地說忘不了她，希望和好，她就更加羞澀了。而偏偏丈夫中途回家拿遺漏的資料，撞上了。她怎麼解釋，丈夫都不信，大發雷霆。丈夫知道她這段情史，一直耿耿於懷，吵架時他曾經說，若不是前男友拋棄了她，她也不會主動向他示好，他像是撿漏的。

李美亞雖然不夠機靈，直覺還是有的，她感覺到丈夫大發雷霆是在借題發揮，想藉此甩掉她。她生氣的時候也曾想過，要不就回到前男友身邊算了。這段時間，她還是偷偷跟前男友在微信上熱絡。備胎還是要有的，萬一真的爆了呢？

現在，無論是丈夫還是她，都只能讓路給這件突發事件了。

6

又到了週末。

侯志清的所有表格已經填寫完畢，心情放鬆了很多。

他在辦公室一項一項地對照檢查了三遍，確定沒有什麼遺漏了，又帶回家審查了三遍。家庭關係簡單，孩子還小，老婆沒工作，父母兄弟姐妹沒有一個在海外。那麼重點就是財產申報部分。

結婚時，侯志清原本就不想操辦婚禮，從哪個角度說他都不想聲張，剛好岳父說了句「樸樸素素地辦一下」，他就順勢樸素了。但樸素的後面也是有附加條件的，比如，侯志清的工資卡和家裡的存款，必須交由美亞打理。新買的房子必須寫兩個人的名字。

侯志清忽然想，要不要藉此機會，拿回自己的工資卡？

還是等這一關過了再說吧。

財產申報雖然連車庫（含停車位）都必須填，保險和基金也必須填，但存款是不需要填的，這讓他放鬆了很多。他發現組織上在意的是，該公務員是否參與了經濟活動，也就是說，是否有工資以外的收入。所以最後一次審讀表格時，他再次很嚴肅地問李美亞：「妳再好好想想，妳還有什麼可以盈利的東西？」

李美亞說：「理財產品算不算？我上次在銀行買了三十萬。」

侯志清說：「妳也是，老老實實存著就行了，理什麼財？」

李美亞說：「那個有四點八的年利率呢。存定期才一點幾。」

侯志清想了想，還是填上吧。「妳再想想，還有沒有？」

李美亞忽然說：「對了，我的餘額寶帳戶每天還有一塊多的收入。」

侯志清嚇一跳，什麼意思？

李美亞說：「就是我在支付寶裡的錢放在餘額寶裡，每天就有盈利。我放了一萬多，每天就有一塊多的收入。」

其實李美亞說這個的時候有點兒開玩笑的意思，她看侯志清太緊張了。不想侯志清說，我看還是填上為好。

於是，又增補了一項。

為防萬一，他最後連岳父岳母租的一套房子和自己這段時間住的機關公寓房都寫上去了。

這下子，肯定是萬無一失了。

他把厚厚一摞表格裝進了大資料袋裡，長吐一口氣。

李美亞在一旁小心翼翼地說：「今天去我媽那裡吃飯吧，他們叫了我們好幾次了。」

侯志清想了一下，同意了。

去到岳父岳母家，見到婭婭，聞到一屋子菜香，侯志清腦子裡閃過一念，要不，就湊合過吧。

岳父岳母十分客氣，好像什麼事都沒發生似的。岳父還跟過去一樣跟他聊國家大事，做懂行狀。飯桌上還陪他喝了點兒酒，是他喜歡的茅台，也不知是什麼時候存下的。當然，酒也沒過量，一切都很有分寸。李美亞也是一副淑女樣，話很少，飯後還幫母親收拾廚房。

晚上回到家，夫妻倆終於和好（未如初），親熱了一番。

一切似乎都在向好的方面發展，侯志清卻感到了內心的無奈和氣餒，看來離婚又要泡湯了，自己還得繼續跟身邊這個瓜兮兮的女子過。或許這就是自己的命？

但一想到李美亞以前的種種糗事，侯志清真的是不願回頭。他甚至覺得，李美亞不但沒有旺夫命，還是個損夫能手。剛結婚時同事來家裡玩兒，問她在哪兒工作，她回了一句，「我幹嘛要工作，我只負責貌美如花。」別人開玩笑問她，是怎麼迷住侯處長的，她毫不臉紅的說，「我只拋了一個秋波他就春心蕩漾了。」侯志清尷尬得臉通紅，恨不能找個地洞鑽進去。大家哄堂大笑，她還以為是自己幽默，也跟著笑。當時侯志清的姐姐就悄聲跟他說，「我怎麼感覺你娶了個事故苗子？」

真還是個事故苗子。平時在社區裡跟鄰居聊天，李美亞開口閉口是，我們家侯處說了，他最近要陪書記去北京，給總理匯報工作呢；我們家侯處這兩天天天都陪著北京來的張部長視察工作。張部長還問他願不願意去北京工作呢。侯志清得知後訓斥道：「妳以為妳老公是大官兒嗎？妳老公在機關裡就是個螞蟻！妳以後在外面給我少胡說八道，不開口沒人把妳當啞巴。」

但出糗的事依然時常發生。有一天她開車去機關大院找他，被門衛攔下，讓她出示證件，並且問她找誰。她拒不配合，然後嘲諷門衛說：「我知道你幹嘛攔我，你不就是想多看我兩眼嘛。」門衛只好打電話把他叫了出來，這事兒迅速在機關傳開，侯志清此時已經不是找地洞鑽的問題了，而是恨不能掐死她。他回家關起門大喊大叫地罵了她一個小時，她就坐在沙發上一臉無辜地吧嗒吧嗒掉眼淚。

就是那一次，他產生了離婚的念頭，自己怎麼會娶回來這麼一個瓜兮兮的女人？自己難道要跟這瓜女人過一輩子嗎？後來，還是女兒的出生，讓他暫時放下了離婚的念頭，默默忍受著。但日子一天天的過，忍耐變得越來越困難，侯志清經常陷入深深的後悔之中。

加重這些後悔的，是李美亞的父母，尤其是岳母，感覺她女兒嫁了個年長十歲的男人，不多撈回好處就虧大了。他們在侯志清家同一個社區租了一套房子，租金當然由女兒（侯志清）負責，理由是他們要照顧外孫女。這也是事實，但在侯志清看來是添亂，成天不打招呼就到他們家來。而李美亞呢，一生氣就往他們那邊跑。侯志清一直想讓自己的父母過來住一段時間，享享天倫之樂，可是岳父岳母堅決不讓位。

唉，即使有一萬個理由，離婚也不是件容易的事，侯志清在暗夜裡默默嘆氣，這可是比填寫《領導幹部個人事項報告表》難多了。

也不知今晚這回籠覺，睡得值不值。

7

兩個月後，侯志清和李美亞終於離婚了。

離婚之前，雞飛，蛋打，巢傾。

侯志清很認真地寫了一份檢查。全文如下：

檢查

尊敬的部領導：

我是調研處副處長侯志清，此次選拔正處級幹部，我作為考察對象填報《領導幹部個人事項報告表》時，填寫的持有股票、基金、投資型保險情況與核查結果出現不一致，違反了《領導幹部報告個人有關事項規定》，在此做出深刻檢查。

一、基本情況

接到填報個人事項通知後，幹部處組織我們認真學習了《領導幹部報告個人有關事項規定》，收看了教學錄像，幹部處王建處長再三強調要認真仔細如實地做好填報工作，不能出現任何紕漏，我本人也深知個人事項報告的嚴肅性和重要性，因此我和妻子對個人事項報告表中涉及的填報內容認真地進行了如實填報，但是核查結果顯示，少填報了妻子李美亞名下的六支股票市值 6.57 萬元。得知結果我非常吃驚，立即向妻子詢問此事，妻子也感到很吃驚，表示不知情，我們以為是身分證被人冒用。後來再三向妻子父母詢問得知，早在二○○七年我妻子讀高中期間，她的母親用她的身分證開立了股票帳戶，進行股票交易。二○○八年妻子到省城上大學，畢業後在省城工作，對母親以其身分證購買股票事毫不知情，故導致此次填報個人事項未能準確上報，辜負了組織的期望，影響了單位的榮譽，我深表歉意。

二、主要原因剖析

此處略去四小點，約六百字。

三、整改措施

此處略去四小點，約六百字。

希望組織和領導相信我，這次出現漏報絕無主觀故意，首先財產都是合法收入，沒有必要瞞報；其次，我岳父岳母租賃的房屋和我個人租住的五十平方米公寓房，我都本著對組織忠誠老實的態度，如實上報了。絕不會故意隱瞞 6.57 萬元的股票。

此刻我非常痛心。整個報告表我前後檢查了不下十次，自以為萬無一失，卻是百密一疏。所以，不管組織最終如何認定，我都虛心接受組織對我的處理。

四、附件

1. 未上報股票明細
2. 李美亞關於未上報股票的情況說明

檢討人：侯志清

附件 1：未上報股票明細

股票帳戶開戶時間：2007 年 11 月

資金帳號：123456789

股票代碼 股票名稱 持股數額 市值（元）

（此處略去表格一張）

附件 2：李美亞關於未上報股票的情況說明

尊敬的 xx 部領導：

我是侯志清的妻子李美亞。此次侯志清作為處級幹部考察對象填報個人有關事項，在這樣一個關鍵環節，發生了本人名下持有股票未上報的不

良事件，影響了部裡的整體形象，給侯志清造成了巨大傷害，我痛心疾首，追悔莫及。

　　事情的經過是這樣的：二〇〇七年，我母親準備在股市開戶購買股票，開戶時得知她的身分證號與他人重號，而且這個人已經在股市開戶，因此母親本人的身分證無法在股市開戶，而父親認為自己是公務員不宜炒股，於是她就用我的身分證在股市開了戶，並辦理了委託協定，由她全權代理股票交易事宜。當時我十七歲正在讀高中，並未關注此事，而後離家上大學，又工作，加之對炒股毫無興趣，故對十餘年前母親以我的名義在股市開戶的事毫無印象。此次侯志清按照組織要求填報個人有關事項，我完全忘了此事。母親進入股市後不久股市大跌，她買的股票都被深套，便丟下不再管理，忘掉了還有股票，更是忘記了股票是以我的名義開的戶。直到最近被組織上核查出來，母親才想起此事。我的父母深感內疚，覺得影響了侯志清的個人前程，追悔不已。

　　事情已經發生，已經造成貴部不良影響，給領導增添了不必要的麻煩，我再次表示深深的歉意。我作為直接責任人，更是無顏以對自己的丈夫。現在我懇請組織看在我們沒有主觀故意的情況下，能夠將侯志清此次失誤認定為漏報，而不是瞞報，從而從輕處理他。同時，我會以離婚的方式，向我的丈夫侯志清謝罪。

說明人：李美亞

2018 年 × 月 × 日

加西亞的石頭

1

穿過馬路，就可以看到目的地了，沙河。

羅毅陽看了一下手機，時間是八點三十五分，步數是七千一百（五公里左右）。他是七點半從家裡出發的，耗時一小時，他對自己的速度感到滿意。若退回去五年，他肯定要不了一小時，再退回去三年，就是剛退休那年，他還可以做到徒手行走一小時六公里。當然不能再退了，再退就沒意義了，誰沒有生龍活虎的歲月？好漢不提當年勇嘛。

紅燈亮了，他大步流星地穿過馬路，直奔河邊。渾身是汗，估計裡面的襯衣已經溼透了。雖然已是十一月，但今天的最高溫度有二十五度，這樣的溫度坐著晒太陽絕對舒服，這麼長途奔襲就有點兒偏熱了。

可以通知隊伍原地休息了。他想。當然，是一個人的隊伍。

河邊有棵很大的香樟樹，樹下修了一圈石凳，他走過去，在石凳上坐下，脫掉夾克衫，從左邊兜裡摸出一瓶礦泉水，咕嚕咕嚕灌了幾大口，又從右邊兜裡拿出毛巾，擦掉一腦門子的汗，然後長舒一口氣。爽。

河邊的景色真不錯，都深秋了，草坪依然是綠的，香樟樹也是綠的，廣玉蘭也是綠的，雪松更是綠的。低處的冬青和南天竹也毫無凋零的跡象。這就是成都的好，綠色可以一直保持到來年春天。即使進入寒冬臘月，大街上也沒有枯黃衰敗的景象 —— 唯一變黃的是漂亮的銀杏樹。尤其是那些大香樟，一定會堅持到來年春天嫩綠的新葉生出來，才會讓老綠

褪去。這讓他想起他的隊伍，也跟這些大樹一樣，始終保持著濃濃的綠色。是那些一茬一茬層出不窮的新綠，讓大樹永葆青春，永不泛黃的。

可惜，自己是一片泛黃的老葉了。儘管他自己並不覺得老，但看到那些生機勃勃的新綠，那些臉龐上毛茸茸的新兵蛋子，就不得不認了。一轉眼，他離開那棵茂盛的大樹都八年了。八年前，他從羅司令一夜之間變成了羅師傅 —— 街上的人見到他總喊他師傅，師傅，請問某某街怎麼走？師傅，幫我們拍個照嘛。他每天出門，耳邊都會響起這樣的叫聲，讓他渾身不自在。這兩年更甚，都有喊大爺的了。地鐵上，小姑娘說，大爺你坐嘛。他真想說，我不是大爺，我是老兵。但他只能假裝沒聽見，站得筆直，堅決不去坐那個讓出來的位置，以示對大爺的一票否決。

其實羅毅陽身體還不錯。雖然已經過了花甲，但退休這八年，他每天都堅持鍛鍊，游泳，跑步，打羽毛球，輪番著來。尤其走路，每天堅持一萬步。如果遇到下雨或者其他原因沒能出門鍛鍊，他就在家做俯臥撐，做平板支撐，或者一邊看新聞聯播一邊原地踏步。哪怕戰友聚會住在賓館裡，他也會在賓館周圍暴走一萬步。所以他的體型完全不像一個六十三歲的人，結實，挺拔。

但畢竟是血肉之軀，內部一些該老化的器官還是在默默老化，該鬆垮的單位還是在偷偷鬆垮，你又不能像軍改那樣，把那些器官和單位都撤了。去年體檢，肺部紋理明顯增粗，他只好把菸戒了。血糖血脂開始增高，他只好控制吃肉。尿酸增加了，他只好減少喝酒。腰經常疼，一查是椎間盤突出，只好注重保暖。但總體還算不錯，比之同齡人算是很健康了。

健康歸健康，你只要被地球吸引力多吸引一年，那和少吸引一年的就是不一樣的。尤其是，他的頭髮開始白了，那幾乎是老邁的旗幟，人家看

見你的旗幟在風中飄揚，叫你大爺完全是合情合理的。

所以，羅毅陽這些年是一邊抵抗一邊妥協，如同打仗時遇到了力量懸殊的敵軍，只能是邊打邊撤了。

歇息了十分鐘，他重新抖擻起精神，去完成他今天的科目。

2

今天的訓練科目，是找一塊石頭。這是他老婆大人布置下來的。老婆大人目前是他的上級機關。

羅毅陽起身，穿過雜樹叢走到河邊，俯身欄杆往下看。河水平緩流淌，不清澈，也不渾濁，微微散發著河水特有的腥氣。他沿著河岸掃視了兩遍，非常失望，一塊石頭也沒看到。他原以為入冬了，河水乾涸，會有石頭裸露出來。為此他還特意走到沙河來。離他家比較近的府南河，河兩岸已經被石塊砌得整整齊齊的，跟水渠似的，不可能撿到石頭。他還指望沙河是原生態的自然河，能見到大石頭呢。

判斷失誤。這可怎麼辦？專程走過來，竟然沒發現目標。

今天早上，當他領受任務時，就有些猶疑：石頭？找一塊大石頭？成都這地方，上哪兒去找大石頭？

老婆大人不容商量地說：「我不管，反正你得找一塊。」

羅毅陽說：「這個任務有一定難度。」

老婆大人說：「你不是成天教育孩子要無條件完成上級交給的任務嗎？你不是經常給下屬講『致加西亞的一封信』嗎？我記得那裡頭的那個中尉還是你們羅家的嘞。」

羅毅陽哭笑不得，是，那裡面的主人公叫羅文，可那是音譯的名字。故事說的是羅文中尉在紛亂的戰火中，領受了一個幾乎難以完成的任務，把一封重要的信送給不知在何處的加西亞將軍。羅文力排萬難，完成了任務。當然，他知道老婆是故意調侃他，老婆是大學生，退休前是某街道的黨委書記，是他們家辯論賽永遠的冠軍。

羅毅陽在腦子裡搜索了一番。在哪裡見過大石頭。他們家社區倒是有幾塊大石頭，但那都是人家物業公司買來的，作為景觀放在草坪裡的，上面還刻著什麼「我很嬌嫩請不要踩踏」之類讓他看了就倒胃的環保標語。他總不能去把那個搬回家吧。而且，老婆說了，不用那麼大，像他腦袋那麼大就行。

石頭，那得有山才行啊。羅毅陽脫口而出。

說出口的時候，潛意識裡的遺憾又湧上心頭。

成都這個地方，哪兒都好，夏天不太熱，冬天不太冷，經濟發展不輸給一線城市，又沒有一線城市的燥熱喧囂，總體還比較平和寧靜。很適宜居住。但成都有一大缺點，沒有山，這讓羅毅陽很不適應。他在一個滿眼都是高山峻嶺的地方服役了二十年，突然回到一個平平展展毫無起伏的地方，很長時間不得勁兒，感覺腳都使不上勁兒。

老婆大人是地道的成都人，是他當年在軍區大院度過短暫的「跑腿挨罵接電話」的參謀生涯時娶到的，他們家的根據地由此建立。老婆凡事都站在「成都怎麼都是對的」的立場上。她反駁說：「成都怎麼沒山啊，杜甫早就寫過『窗含西嶺千秋雪』了。我們家天氣好的時候視窗也可以看到龍泉山。」

羅毅陽說：「那我就表達準確一點兒吧，成都三環以內沒有山。三環

以外當然多了，我還能不知道嗎，龍泉驛有龍泉山，都江堰有青城山，大邑有西嶺雪山，彭州有丹景山，名山有蒙頂山，再往遠了還有峨眉山。我退休回家第一年，就已經把成都周邊的地理狀況摸得一清二楚了。作為軍人，任何時候都要掌握自己所處位置的地理狀況。」

老婆繼續為成都辯護（進入狡辯階段）：「三環以內怎麼沒山？我們川師（老婆大人的母校四川師範大學）有獅子山，總醫院那邊還有鳳凰山和磨盤山。你們軍區大院不是還有個武擔山嗎？」

羅毅陽終於忍不住哼了一聲：「哼，虧妳還是大學生，不知道真正的山長啥樣嗎？妳說的那些個地方只能算丘陵，絕對海拔不到一百米。至於武擔山，那就是個高約二十米、寬約四十米、長約一百餘米的小土包（他早就知根知底）。」

老婆也哼一聲：「你不就是想說只有我們大雲南的山才叫山嗎？」

羅毅陽笑了，滿臉都是得意：「那肯定的嘛。我們雲南到處是大山，高黎貢山，梅里雪山，哀牢山……就是昆明滇池旁邊的西山，也有海拔兩千多米嘞。妳在雲南隨便一抬腿，一個不出名的山都夠妳爬上三天三夜的。」

他說這話時，腦海裡馬上出現了那些山，那些盤山路，那些烈日下黑黢黢的臉龐，臉龐上滾落的大顆大顆的汗珠。他在野戰部隊從連長一口氣幹到團長，不知爬了多少回大山，他們的武裝越野總是在山路上進行。後來調到了軍分區，他還是喜歡和兵們一起在山路上跑。他那張黝黑的布滿皺紋的臉龐，幾乎就是雲南大山的微型景觀。

羅毅陽真是很想念那些山，那些觸手可以摸到雲朵的大山，那些像屏障一樣的邊關山脈。中國人對山的區別是很細的，有嶺，有嶽，有嶂，有巒，有峰，有岩，各司其職，為不同的地貌命名。而這些所有關於山的名

稱，無論是嶺、嶽、峰、嶂、巒、岩，在雲南都可以用上，那片紅土地彷彿就是為了托舉起那些山而存在的。

老婆沒時間聽他關於山的深入闡述，再次重申道：「我不管，今天你必須找塊石頭回來。那個羅文能無條件地把信送給加西亞，你也應該無條件的找塊石頭給加西亞。」

跟著老婆又追了一句：「反正你一天到晚也沒啥事兒。」他說：「我怎麼沒事兒？我一天到晚都安排滿滿的。」老婆說：「不就是跑步游泳打球嗎？少玩兒一天沒關係。」他說：「我那不是玩兒，是訓練，都是每天必須完成的規定科目。」老婆說：「那另外增加的訓練科目叫什麼呀？」他上當了，回答說：「叫自訓科目。」老婆說：「好，今天請羅毅陽同志完成一項自訓科目吧。」他沒話說了。

當然他也知道，就算老婆沒那麼能說會道，他也得去完成這個任務。畢竟老婆大人比他辛苦多了，帶一個八歲的小孫子可不亞於他帶一個團。兒子媳婦雙雙軍醫大畢業，今年年初時雙雙參加醫療隊去了海外。小孫子就長期駐紮在了爺爺奶奶家。最近孫子上了繪畫班，老師要求這個週末的素描作業是畫石頭。他的第一反應是去買個冬瓜回來給他畫，老婆說不行，全班同學都畫石頭就你寶貝畫冬瓜，你不嫌丟人？

真是可氣。難道這老師不是成都人嗎？他不知道成都沒石頭嗎？完全不切合實際嘛。這相當於要求東北部隊開展山地叢林作戰訓練，雲南部隊開展爬冰臥雪訓練嘛。

老婆說：「你就別發牢騷了，咱們兒子從小到大，從幼兒園到高中畢業，我完成了多少老師布置的作業？有一次兒子表演游擊隊，老師要我給他打綁腿，還有一次竟然要求我拿蔬菜做一套環保服。嘖嘖，往事不堪回

首。相比之下，你這個算是很容易完成的了。你也是算補補課吧。」

羅毅陽聽到老婆說到環保服時，腦子裡忽地閃出個念頭，成都沒有山倒是有河，三條，府河，南河，沙河。其中沙河是原生態的自然河流，那下面應該有石頭。

於是他打斷老婆的嘮叨，果斷地說：「行了，我去就是了。保證給加西亞找一塊石頭回來。」

3

羅毅陽看到前方不遠處有個缺口，通往河道，便走了過去，脫掉鞋和襪子往下走。簡易臺階的側面，寫著「請勿下水嬉戲」、「注意安全」之類的字樣。羅毅陽滿不在乎，只要沒有鐵鍊子把門，就說明是可以下去的。真要落水了，他就橫渡一下沙河唄，河面的寬度最多五十米，小意思，游幾個來回都行。

羅毅陽看著水面，忽然想起三十多年前的那場演習，當時他在工兵團舟橋一連當連長，剛從機關下部隊才八九個月。他們連的任務是在渡口開設浮橋渡場。演習開始後，對岸橋段到位太快，他們這邊幾次都頂推不到位，水流湍急，距離太遠，繩索怎麼也拋不上岸。見情況緊急，他沒多想就跳入了江中，用力拉住繩索奮力向岸邊游去。他的兵一見，也紛紛跳入水中，二十多個人和他一起齊心協力地把橋段拉到位，順利完成了任務。

當時是十二月，江水刺骨，氣溫在零下，他和他的兵上岸後全身溼透，冷得瑟瑟發抖，趕緊喝了幾口江津老白乾，在戰壕裡抱團取暖。他的兵把他緊緊圍在中間，一雙雙眼睛裡都寫滿了敬佩，他的心在那一刻充滿感動，還有喜悅。是他自己主動申請離開機關到野戰軍來的，終於找到了

當兵的感覺。演習結束後，營長把他帶上主席臺介紹給團政委，並小聲匯報了他妻子即將臨產，他卻因為演習無法回家的情況。政委一聽，二話不說，讓自己的車送他去機場，讓他趕第二天早上的飛機。於是他就穿著溼漉漉的迷彩服去了機場，通訊員則同步送了一套乾淨衣服在機場等他。下飛機後他直接去醫院，不到兩個小時，兒子就出生了。兩場戰役都勝了。

那年他二十六歲。一晃三十多年過去了，兒子都有兒子了。

奇怪，羅毅陽從軍三十八年，從軍校到部隊，從部隊到機關，再從機關到邊關，一直倔頭倔腦的秉性未改，吃了不少苦頭，也吃了不少虧，但每每懷舊，腦子裡跳出來的全是愉快的記憶。

有這樣的記憶墊底，老也老的踏實。羅毅陽想。

走到臺階最下一級時，他站住了，腳底下都是淤泥，他不確定淤泥有多深，淤泥下到底有沒有大石頭？他挽起褲腿，正考慮怎麼下腳試探，忽聽有人大喊：「大爺，大爺，你要幹啥子？不能下去哦，你是想抓魚嗎？」

羅毅陽抬頭，見一個穿著橘紅色環衛服的老頭在上面喊他，和他一樣黑黢黢的臉龐滿是緊張。他本來想說，我們兩個哪個是大爺哦。但看到師傅以為他要抓魚，忍不住樂了，他笑著學師傅的成都話說：「不幹啥子，我不抓魚。」

師傅說：「那趕快上來，那個淤泥危險得很，趕快上來。」

羅毅陽見他那麼認真，就說：「我馬上上來，我想找塊石頭。」

師傅說：「那下面莫得（沒有）石頭，都是稀泥巴，趕快上來。」

岸邊又相繼出現兩個腦袋，好奇地朝下看。羅毅陽沒辦法，他要再不上來會被圍觀的。他走上來，擦擦腳，重新穿上鞋襪，同時跟師傅說了自己下河的目的，他要找一塊大石頭。

師傅沒問他拿來幹什麼，只是笑說：「嗨，這個事情你要問我嘛，我一天到黑都在該（街）上轉，哪裡有石頭瓦片兒都清楚得很。」

羅毅陽大喜：「真的嗎？那我可得好好感謝你了。」

師傅說：「謝啥子哦。你跟到我走就是了。」

羅毅陽就跟著師傅走，邊走還邊問了師傅的年齡，居然才五十五，都是天天風吹日晒鬧的，看上去比自己還像大爺。他們走到一處緩坡，師傅指著地下說：「這不是大石頭嗎？你要好多有好多。那個時候清理河道撈上來的。」

羅毅陽蹲下去，果然看到草下面滿是石頭。頑強的草們從石縫中長出來，成了石頭的偽裝網，一般人不易發現。再細看，都是鵝卵石，羅毅陽有些失望。因為老師有聖旨：石頭不能太光滑，要有陰影，適宜作靜物素描。

羅毅陽說：「怎麼盡是鵝卵石啊？」

師傅不明就裡說：「鵝卵石才好吵，不傷手。」

羅毅陽無法跟師傅解釋清楚他的（老師的）選石標準，就盯著地下來回來回去的轉悠，終於，在一堆鵝卵石裡，他發現了一塊不規則的石頭，凸凹有致，大概屬於石灰岩的。

太不容易了，在河中被水沖刷經年，還沒變得圓滑。他趕緊拍照片發給老婆大人，老婆大人回了個 OK。

他抱起來掂了掂，大概也就五六斤重。就在這時，他心裡咯噔一下，意識到自己犯了一個錯誤：完了，竟然沒帶背囊出來。沒有背囊，戰利品靠什麼搬運？唉唉，這錯誤犯的有點兒低級。羅毅陽心下鬱悶。他每天出來走路，就是一瓶水一條毛巾，今天也如此，竟然忘了增加了自訓科目，需要搬運工具。

師傅見他抱著石頭發呆，馬上明白他是沒帶裝石頭的包，四下張望，也沒找到合適的。他忽然取下自己頭上的草帽說：「你拿我這個草帽來裝吧，反正已經爛了，我也不想要了。」

師傅可真是個熱心人。羅毅陽感激不已，有個草帽，總比赤手空拳抱著石頭強。他摸出十元錢塞給師傅，讓師傅去買個新草帽。師傅不肯要，羅毅陽差點兒脫口說：我們解放軍不拿群眾一針一線哦。但臨出口，改成「你不要我就不要」，師傅這才收下，幫他把石頭裝進草帽，還念念叨叨地說：「你看多合適，多合適。」

他向師傅道了謝，又道了別，離開河岸，繼續前行。

4

可是，走了不到五百米，羅毅陽就感到了彆扭。

抱著一塊石頭，哪怕這石頭只有幾斤重，也讓他無法像平時那樣大步流星的走路了。平時走路，他雖然沒像在隊伍裡那樣把胳膊擺到第二顆扣子，但總是甩起來了。現在，他的兩個胳膊像被捆住一樣，腰也佝僂著。實在是彆扭，太彆扭了。不但大大減緩了行進速度，最關鍵的是讓他感到形象不佳，顛顛兒的走，真成小老頭了。

羅毅陽當即決定改變今天的訓練方案，將徒步行走改為「摩托化開進」：坐地鐵回家。

他產生這個想法時，地鐵口已經出現在眼前了。他抱著石頭迅速進入地鐵口，買了一張票。

哪知，過安檢的時候，出問題了。當他很自覺地把草帽放到安檢傳送

帶上，再走過去取時，被地鐵的安檢人員給攔下了。

「大爺，這石頭是你的嗎？」

「是我的。」

「你怎麼拿這麼大塊石頭上地鐵？」

「我從河邊找的，拿回家給孩子畫畫。」

坐在監控前的那個女孩子說：「大爺，帶這麼大個石頭上地鐵不可以的哦。」

兩個工作人員態度都很好，他們的肩上左右各飛馳著一輛地鐵，臂膀上寫著，地鐵安檢。羅毅陽態度也很好。他說：「我本來沒想坐地鐵的，實在是抱著石頭走路太不方便了。」

小夥子和姑娘對看一眼，小夥子說：「要不你把石頭放這兒，你先坐地鐵回家，以後再來取？」

羅毅陽想，我怎麼可能把戰利品丟了自己回家？再說，我再來取，又怎麼回家？他笑說：「你們都叫我大爺了，說明我已經是老年人了，我保證只是把石頭抱回家，沒有其他目的。」

女孩子說：「不是我們不相信你。你想你抱那麼大個石頭，其他乘客看到了也會緊張啊。」

這個羅毅陽倒沒想過。其他乘客會緊張嗎？至少他不會。可是他不能代表所有乘客。他說：「我用草帽包嚴實，不讓人看見。」

兩個人不吭聲，又互相看一眼，顯然還是不同意。

他們倒是很負責嘛。羅毅陽想，若是自己的兵，不還得表揚表揚嗎？算了，不為難他們了。我不坐地鐵了。

於是他說：「好吧，我不坐地鐵了。」

他抱起石頭，打算離開，卻又被攔住了。

「大爺你不忙走。」那個小夥子說：「我覺得，你抱著大石頭走在街上，也不好……這樣，你等一下嘛。」

這時，一個員警走了過來。好嘛，竟然都叫員警了。也不知他們什麼時候叫的。羅毅陽想，就看員警怎麼處理吧。他把石頭放到桌子上，等著。

員警四十歲左右，看肩上的牌子，兩槓一星，羅毅陽判斷，大概相當於部隊裡的少校吧。估計是這兒的負責人。

奇怪的是，員警走過來看了羅毅陽一眼，一句話也沒盤問，就仔細去看他草帽裡的石頭，反覆看，手還在石頭上摸來摸去，難不成懷疑那石頭不是石頭是地雷？

羅毅陽耐心等待著，同時在心裡想著下一步的應對方案。如果員警要把問題升級，那他只好亮出自己身分了，退休證他帶著呢。

員警終於發話了，他不看羅毅陽，而是看著兩個工作人員，他說：「這個事情交給我來處理吧，我護送他回家。」

這實在是出乎羅毅陽的預料。

對啊，只要員警陪著羅毅陽坐地鐵，工作人員就可以放心了。儘管他認為沒必要，但還是很感謝員警提出這麼個方案。不然還真是不好辦呢。兩個地鐵安檢看上去也很吃驚，但他們除了點頭，也說不出其他話來。

員警仍舊不看羅毅陽，他抱起石頭就開走，羅毅陽連忙跟上。

站在車廂裡，員警依然一言不發，是一付執行公務的表情。然後下

車，出站，仍舊一言不發。羅毅陽幾次表示自己抱石頭，員警都不同意。但他不同意並不是不放心，因為他低聲的說了句，還是有點兒重的，我來拿吧。這說明他純屬體貼老大爺。羅毅陽就隨他去了。跟他比，自己真的是老年人了。

從背影看，員警很硬實，顯然平時很注重鍛鍊。這讓羅毅陽心生好感。他喜歡能把自己身體管理好的年輕人。不過這員警似乎很寡言，這麼一路走著也不說話。今天這個事有意思，羅毅陽想，人家員警是學雷鋒扶老太太過馬路，這個員警是幫大爺抱石頭回家。老婆知道了肯定得樂半天。他要告訴她，給加西亞找這塊石頭，其曲折程度不亞於送那封信。

5

出地鐵，人流如水向出口湧去。羅毅陽跟著員警也湧過去。但是員警沒跟著人流上臺階，而是拐了個彎走到一個岔口。那兒有間屋子，掛著民警值班室的牌子。他走了進去，羅毅陽也只好跟著進去。

還有什麼過場嗎？

屋裡沒人，員警將草帽石頭一起放到桌子上，整了整衣服，忽然啪地一個立正，大聲說：「報告參謀長，我是您的兵趙向南，小趙。」

羅毅陽愣住了，腦子裡快速掃了一遍，他的通訊員裡沒有姓趙的，那麼，顯然是浩浩蕩蕩隊伍裡中一個，他帶的兵太多了，認不完。說是他的兵，完全有可能。趙向南？可是，今天自己這副狼狽樣，實在是不宜接見自己的兵。太尷尬了。

他條件反射地否認道：「你認錯人了吧？」

趙向南說：「認錯。您姓羅吧？那個時候您在軍分區當參謀長，我在後勤部當炊事員。」

員警此時的表情，已經和剛才完全不一樣了，喜悅，開心，像個孩子：「剛才我一眼就認出您了，只不過不想被他們看出來，所以一直沒吭聲。」

羅毅陽想，果然，他也覺得自己現在這模樣很沒面子。

於是他再次否認說：「我不是首長，我就是一退休老頭。」

趙向南有些猶疑了，「您真的不是？您再想想？我那個時候特別胖，大家都叫我趙胖子？我現在瘦下來了，瘦下來之後，我就一直保持在七十公斤左右。」

他的語氣很自豪。

羅毅陽想起來了，想起他是誰了。他甚至想起他當年那張滿月臉來了。趙胖子，變化真是太大了。

正在這時，一個民警走了進來，估計就是值班的。他一見趙向南就緊張地說：「趙所，你怎麼來了？有什麼情況？這老頭怎麼了？」

羅毅陽有些惱，顯然，自己這個樣子，員警一看就以為是惹了麻煩的老頭兒。於是他一言不發，抱起桌上的石頭就走。

趙向南連忙跟著追了上去，在後面大聲說：「就算您不是，我可不可以把我的故事講給您聽聽？」

羅毅陽不說話，噔噔噔往前走。

趙向南上前幾步，搶過他懷裡的石頭，然後一邊走一邊開始說：

「十八年前，我二十四歲，在分區機關當炊事員。二級士官滿了想轉

三級。本來我以為我沒問題的，我菜燒得不錯，人緣也好。可是忽然聽說，新來的參謀長把士官晉升的方式給改了，不像以往那樣，個人申請、大家評議、領導批准了，而是要進行考核，有硬槓槓。考過了就進，考不過就走人。

『如果你們全部過關了，我就去幫你們跑腿要名額，如果過不了關，我寧可把分區的名額浪費嘍。』羅參謀長在大會上說。

我一聽就急了，我整天在炊事班待著，除了做飯，連早操都很少參加，怎麼可能通過軍事考核嘛。還有，我媽特別希望我在部隊多幹兩年，現在回去她會傷心難過的。」

趙向南繼續說，羅毅陽繼續一言不發。但兩個人的步調很協調在好像有人在喊一二一。

「我就買了兩條軟中華去找他。我說我就是個炊事員，你讓我參加軍事考核我肯定通不過。你不如讓我考廚藝，麵飯麵食川菜雲南菜都行。你天天吃我燒的菜，你肯定曉得我沒問題的。

參謀長面無表情地說：『我不管你會燒啥菜，在我這裡你首先是個軍人，其次才是炊事員。不要以為在分區當兵就可以拉稀擺帶，作為一個軍人，我看你的體型首先就不合格，你看你胖成什麼樣子了？想轉士官，先把這身肥肉去掉！』

我看說不通，就把兩條菸往桌子上一放，轉身想走，他大喝一聲：『你給老子把菸拿起滾！』我只好把菸拿走，出門後，就掛在他的門把手上，然後發了條短信給他：參謀長，菸在門把手上。

當天晚上，羅參謀長就提著塑料袋來找我了，我當時正無聊，坐在電腦前翻撲克玩兒。他進來看了一眼電腦屏幕說，你也真夠出息的，連玩兒

遊戲都只玩兒這麼低級的，你連個星際爭霸都不會嗎？你才多大？不到二十五歲吧？就打算這麼混下去了？就你這麼沒出息的人還送我菸？我要是抽了我才沒出息！

他把菸一扔就走了。

接下來一個月多，我就下狠心開始鍛鍊。咬著牙，每天早上六點準時起來，在操場上先跑十圈兒，然後是俯臥撐仰臥起坐舉啞鈴；到了黃昏，晚飯不吃，再跑十圈兒，再俯臥撐仰臥起坐舉啞鈴。一個月竟然減肥二十二斤。五公里越野很快過關了。接下來開始練四百米障礙，練投擲，練攀爬，練射擊，每天都有進步。

到了考核日期，我雖然瘦了很多，但體重依然沒達標，還超四公斤。軍事體能的五項考核中，也有兩項沒及格。在司令部七個士官裡排名第五。沒能過關。

我心甘情願地脫了軍裝。走之前我對羅參謀長說，如果分區早一年提出這些要求就好了，我肯定可以過關的。不過我還是特別感謝您逼我鍛鍊，您罵的對，是我沒出息。這一個多月的鍛鍊，我感覺自己像換了一個人，我才知道我也是可以改變的。」

羅毅陽想起來了，完全想起來了。其實當他說他把菸掛在門把手上時，他就想起來了。他當時還有些擔心，怕自己罵得太狠了，怕那小胖子受不了，沒想到小胖子還是挺有心勁兒的。到他沒過關，要離開部隊的時候，他都有點兒捨不得了。

趙向南接著說：「我現在在公安局公交地鐵分局工作。今天正好當班，他們打電話說有個情況不好處理，叫我去看看，沒想到就遇見首長了。不，遇見讓我想起首長的您了。」

趙向南說：「剛才一見到您，我心裡就特別激動，太激動了。我真的特別感謝首長。全靠首長狠狠罵我，把我給罵醒了。不但把我的肥肉罵掉了，還讓我明白不能再混日子了。我退伍後的第二年，正趕上公安局面向社會招交警，我就考上了。考上後，我又參加法律專業的自考，一門門過，有幾門考了兩三次才過的，前後花了七年時間，終於拿到了高等教育自學考試畢業證書。我現在是三級警督。」

終於到家了。

羅毅陽掏出鑰匙開門，轉頭對趙向南說：「剛才聽你講了你的故事，挺感人的。不過我認為，你有今天，完全是靠你自己的努力。你想他那個當官兒的，罵過的兵多了去了，並沒有罵一個出息一個呀。」

門開了，老婆迎上來說：「回來啦？自訓科目完成的怎麼樣？」

羅毅陽從趙向南懷裡取出那塊石頭，往老婆懷裡一放說：「拿去吧，加西亞的石頭。」

老婆一眼看到了趙向南，「怎麼，你還驚動員警了？」

羅毅陽說：「不是員警協助，我還回不來。」

趙向南再次立正敬禮：「謝謝首長！」

羅毅陽說：「要謝的話，是我該謝你。不是你，我今天還完成不了任務嘞。至於那個參謀長嘛，過去的就讓他過去吧。你今天這麼有出息，就是對他最好的感謝了。真的。他要是知道了，一定會非常高興的。非常高興。」

羅毅陽不知為何有點兒鼻子發酸，轉身進屋去了。

老婆從冰箱裡拿了瓶可樂出來，發現趙向南已經走了。門把手上，掛著一個破舊的草帽。

加西亞的石頭

累累的耳朵

春節一過，累累就提著兩個大包，跟大姐從老家出來打工了。

進省城，下了長途車，就直接去了勞務市場。大姐說，當天找到活路最好，免得花錢住店。勞務市場就在街邊上，大姐帶她先到一個屋子登記了身分證，然後一人交了五十元錢，就站在屋子外面，等著用工單位來挑人。

起初人很少，等靠近中午的時候，人多了起來，累累曾兩次被人看中，但因為要求和姐姐在一起，對方就放棄了，對方看中的是累累。十七歲的累累長得很好看，大姐雖然只比她大五歲，看上去卻老很多，也沒有累累白淨，乍一看都不像親姐妹。

到了下午，大姐說，要不我們分開吧，再有人要妳，妳就跟他走。我怎麼都好辦，實在不行我還可以去原來那家做。我得先把妳安頓好。

大姐幾年前就進城打工了，這兩年在家生養孩子，現在把孩子丟給婆婆又出來了。累累想到要跟大姐分開，有些害怕，滿大街的陌生人，和老家不一樣的街道和樓房。但也只好答應，她知道若是天黑了還找不到幹活的地方，她們就得自己花錢住店。晚飯也得花錢吃。中午累累和大姐只是一個人吃了一碗麵。晚上稍微吃像樣點兒，就得花好幾塊錢。

這時又有一個茶鋪老闆看上了累累，大姐看老闆的樣子斯文，又聽他講了工資待遇，感覺還行，就同意讓累累跟他去了。臨走前，大姐拿出個紙條，把自己的電話號碼抄下來交給累累。大姐湊到她耳邊說，安頓好了就給我打個電話。累累點點頭，有點兒緊張，她小心的放好紙條，拿著編織袋，跟茶鋪老闆走了。

　　　　　　　※　　　　　　　※　　　　　　　※

　　茶鋪叫順興茶鋪，在一條窄窄的街上，面積不大，有七八張桌子，茶客多的時候，就在門前的樹下鋪開竹椅木桌，再增加七八桌。在累累去之前，裡面有兩個服務員，都是大姐型的。據說剛剛走掉一個也三十多了。老闆也許是希望年輕好看的累累能給茶鋪增加點兒亮色。

　　老闆跟累累交待說，這裡的活路很簡單，就是給人家倒茶，只要靈活點兒，手腳利索點兒就可以了。不難。

　　老闆說話的時候，累累睜大了眼睛死死盯著他的嘴巴，因為老闆的聲音很低，她聽不太清。老闆不解，皺眉說：「妳不用那麼緊張，慢慢適應就好了。」累累不敢說，是她的耳朵有點兒背，不大聽得清楚。

　　累累就跟在兩個大姐後面看。來客人了，大姐上前招呼，問人家要什麼茶，順便推薦點兒瓜子開心果。等問清楚了，就進去拿茶杯茶壺給人倒茶。累累搞不懂，城裡人為什麼喝個水都要跑到外面來喝，不在自己家裡喝。後來她發現，原來他們是要在茶鋪打麻將，或者打撲克。泡杯茶只是表示要在這裡坐下來。

　　正看著，有人扯她的衣服，「哎，小妹兒，妳聽不到啊，喊妳倒茶！」

　　累累轉身，見她身後的桌子有兩個男人坐在那兒說話，杯子裡的茶水所剩無幾了。累累就拿起兩個杯子，走到裡面倒剩茶的大木桶邊上，把茶水倒掉，然後去洗杯子。

　　等她再走出來時，那個男人很惱火地說：「喊妳倒個茶，妳咋個半天都倒不好？」累累說：「我已經倒了呀。」男人說：「茶杯呢？」累累不明白他什麼意思。老闆聽見吵吵，趕緊過來問怎麼了。兩個茶客就告狀，老闆連忙說：「這個小妹兒剛來，沒搞清楚，對不對不起，我給你們重新上兩杯。」

轉過頭，老闆訓斥累累，「妳咋個那麼笨哦？喊妳倒茶的意思，是往茶裡添開水，不是把茶水倒了。」

　　累累低個頭，不敢吭聲，心裡想的是，誰讓你不說清楚的？你應該說加開水，那我就懂了呀。

　　第三天，更多的客人告狀了，說是叫她她也不理，連那兩個大姐也說，這孩子像個聾子，喊她做個事，喊好幾遍她才去。

　　老闆就問她咋個回事，才來就喊不動了，這麼懶，以後咋辦。累累只好告訴老闆，我不是故意的，我右耳朵聽不見。

　　老闆問怎麼會聽不見？妳才多大啊，就耳聾眼花了？

　　累累弱弱地說：「小時候姐姐給我洗頭，水流進耳朵裡感染了，一直不好，後來就聽不見了。」

　　老闆嘆了口氣，說：「這樣的話，我沒法留妳了。我這裡就是需要耳朵靈才行。耳朵背幹不了這活路的。難怪叫個累累，還真是累。」

　　累累連連點頭，她也想快快離開這裡，她不喜歡這個黑乎乎的茶坊。她拿出那個小紙條，讓老闆幫她給大姐打電話，讓大姐來接她。可是老闆撥打了無數次那個號碼，電話裡都說，您撥打的號碼是空號。

　　累累有點兒不知所措了。

　　老闆問她老家在哪？她說在大邑縣。老闆想了想，掏出五十元錢給累累，說聯繫不上妳姐姐，就先回家吧。妳一個年輕女娃兒，獨自在外面比較危險。

　　　　　　　※　　　　　　　　　※　　　　　　　　　※

累累拿了錢，卻不想回家。

累累是家裡的老三，上面兩個姐姐。當初一看到第三個生出來的還是女娃，她媽媽就忍不住長嘆一口氣說：「這是要累死我呀。」於是就把這個很不情願要的三丫頭叫做累累。累累讀小學一年級時，老師讓她改名，改成磊磊，或者蕾蕾，誰會叫累累呀。但累累不肯，她說我就叫累累，看能不能累死。她媽媽說，都說老三強，還真是。

從名字可以看出，累累在家裡不受待見。所以初中一畢業，她堅決要出來打工，因為不出來打工爹媽也不會讓她讀書了，只會讓她在家做家務，照顧那個金寶卵一樣的弟弟。她寧可在外面累死，也不想在家看爹媽的臉色。

累累還記得那個勞務市場，於是又摸到勞務市場，自己站在街邊等人來找。很快就有個年輕女人看上她了，讓她跟她走，說是去飯店做服務員。累累連忙點頭，不敢說自己耳朵不好。同時一起走的還有兩個和她差不多大小的姑娘。

※　　　　　　　※　　　　　　　※

沒想到飯店還挺大，樓上樓下的，像她這樣的小姑娘有十幾二十個，那年輕女人是領班。領班姐姐給她們發了統一的粉綠色的工作服，還說要培訓。

累累很高興，這家比前面那家氣派多了，肯定是個好地方。同時又很緊張，生怕因為耳朵背，再次失去工作。

但耳朵聾這個問題，還是很快被領班姐姐發現了，儘管累累一再說她會認真聽的，她不會誤事的，領班姐姐還是說：「不管怎樣，妳都不能在大堂當服務員，大堂那麼嘈雜，客人的各種要求隨時都在發出，聽不見客人就會不滿。耳朵靈是非常重要的。」

累累真沒想到，自己這個耳朵，進了城像個殘廢。

還好，老天爺沒有徹底拋棄累累，祂還是給了累累一個長處，就是一張眉目清秀的臉。領班姐姐說有個工作倒是特別適合累累，累累長得乖巧，聲音又大（大概耳朵不好的人聲音都大吧），可以當迎賓小姐。迎賓小姐就是站在飯店門口迎接客人的，見客人來了微微鞠躬，說一聲，歡迎光臨！客人走的時候說，謝謝光臨，請慢走。

就這麼兩句話，累累馬上學會了。這下用不著耳朵了，也用不著和客人交談了，累累很高興，沒想到站著就可以掙錢了。

哪知一天下來，累累就吃了苦頭。

因為是迎賓小姐，老闆要求她穿旗袍，旗袍是化纖的便宜貨，絲毫不保暖，開衩還很高，一直到大腿根兒，裡面只能穿一雙薄薄的長腿絲襪。三月的天氣陰冷無比，尤其是晚上，穿堂風一吹，累累站了一會兒就打顫了，難怪那些先來的女孩子都不願意做迎賓小姐。她們寧可在大堂裡跑來跑去。大堂裡暖和。

兩天站下來，累累的屁股上就生了凍瘡，又癢又疼。而且，清鼻涕不斷，鼻翼兩側都擦破皮了。累累努力忍著，她想，畢竟是三月了，再過幾天，天氣就會暖和起來的。她很珍惜這份工作。

※　　　　　　※　　　　　　※

在飯店幹了一個多星期，累累又想到了大姐，聯繫不上大姐，大姐一定很著急。大姐比爹媽疼她。她想來想去，只能打給父母了。家裡的電話她記得。於是她借了領班姐姐的電話打回家去。媽媽一聽見她的聲音就訓斥起來：「妳個死女子，咋個才想起打電話啊？妳半個多月沒消息，妳大姐到處找妳……」

卻原來，大姐秀秀一直沒等到妹妹的電話，就抽了個空去茶鋪看她。她按老闆留下的地址找到了順興茶鋪，老闆卻說累累已經走了，而且走了好幾天了。秀秀大吃一驚，問怎麼不告訴她。老闆說，累累走之前給她打過電話的，怎麼也打不通。姐姐看了下老闆手機上的號碼，錯了一個數字！3 錯成 5 了。都怪自己寫得不清楚。

秀秀連忙給家裡打電話，問累累回家沒有？爹媽說沒有回。這下大姐急了，不知累累去了哪裡，也不知該去哪裡找。在這個家裡，對累累最好的就是大姐了。起初爹媽沒當回事，時間長了也有點兒擔憂起來。一個聾子，年齡又那麼小，獨自一人在城裡，遇到壞人咋個辦。

現在累累終於打電話來了，老爸趕緊給秀秀打電話告訴秀秀。秀秀激動的，當天晚上就到飯店來看累累了。

秀秀來的時候，累累還沒下班，還站在門口鞠躬。

秀秀看妹妹穿得漂漂亮亮的，鬆了口氣。但是累累告訴大姐，因為太冷，她屁股上生了凍瘡，還有點兒咳嗽。秀秀看著心疼，連忙去幫她買了雙厚點兒的長筒襪，還有一件緊身衣，讓她穿在旗袍裡。還告訴她晚上回到住處一定燙個腳，免得感冒，還告訴她，沒客人的時候跺跺腳彎彎腰活動一下。

總之是千叮嚀萬囑咐，然後再次留下電話號碼，秀秀才走。

※　　　　　　　※　　　　　　　※

熬到四月初，天氣暖和些了。

可累累還來不及高興，就發生了意外。

這天週末，人特別多，還有個單位包席，七八桌，男男女女來了好多

人。老闆特意叮囑累累，好好待客，嘴甜點兒，笑容多點兒。

累累五點不到就開始站在飯店門口迎客了，她忍著屁股上的痛癢反覆說，歡迎光臨！歡迎光臨！

沒客人的時候，她就按姐姐說的，來回走動，跺跺腳，還偷偷揉下屁股，凍瘡真是疼癢難忍。好不容易熬到九點，最後一批客人也開始往外走了。累累繼續站在那裡說，謝謝光臨，請慢走。

這時傳來嘈雜聲，幾個滿臉通紅的男人簇擁著一個頭髮花白的也是臉放紅光的老男人走了出來。老男人邊走邊擦嘴，還咳了一口痰吐在紙巾裡，他側頭看了看，似乎想找垃圾桶，身邊一個胖子立馬伸手去接。老男人稍稍猶豫，還是將紙團擱到了他手上。

累累看在眼裡，暗暗發笑，猜這老男人不是大老闆就是大官，居然有人願意用手接他的垃圾。見他們走過來了，累累連忙鞠躬，高聲說，謝謝光臨，請慢走。

忽然，那個胖子，在走過累累身邊時，順手將剛才接過來的汙穢紙團塞到了累累手裡，累累一愣，看了眼紙團，迅速追上去，拍拍胖子，又將紙團丟回到他身上。

胖子原本要和老男人握手的，被累累的舉動惹得大怒，他狠狠地推了一把累累：「妳幹什麼？有病？」

累累因為穿著高跟鞋，一個趔趄，差點兒摔倒，這還不算，等老男人一上車，胖子就拽著累累的胳膊走到酒店，高聲嚷嚷要找老闆，老闆不知發生了什麼事，趕緊跑過來點頭哈腰地聽他訓斥：

「你們這都是什麼服務員？起碼的服務精神都沒有！居然敢往我身上扔垃圾！太差勁兒了！太沒禮貌了！我進了那麼多次酒店，還是頭一回遇

到這樣的服務員！見鬼了！」

老闆一聽，驚愕地狠狠地瞪著累累，這丫頭，怎麼這麼大膽子？真看不出來。他拉過累累說：「快給這位先生道歉！」

累累低頭不語。

胖子更加生氣：「就這種人你們還安排在門口！簡直是弱智！我看你們是不想有生意了！立即開除她，否則別怪我不客氣！」

領班連忙上前，一把挽住胖子的胳膊，「啊呀先生，對不起了，那個小妹兒是剛來的，不懂事，你大人大量，原諒她嘛，我讓她給你道歉，對不起對不起。累累，來，我們一起給先生道個歉！」

累累早不知跑哪裡躲起來了。

胖子甩掉領班的胳膊，怒吼：「我不管你那麼多，必須把她開了！」

※　　　　　　※　　　　　　※

累累只好離開飯店。

雖然事後老闆知道了前因後果，也還是不能原諒她。這麼點兒委屈都不能忍嗎？服務員就是要忍氣吞聲的，顧客是上帝嘛。

領班姐姐問她，「妳說妳當時咋個想的？膽子那麼大？」

累累小聲說：「我啥也沒想。」

的確，她啥也沒想，就是那個詞，不假思索。她倒是不後悔，憑什麼呀，把一口痰塞我手裡。唯一遺憾的是，天氣轉暖，她穿旗袍已經不冷了，站在那兒迎賓已經沒那麼惱火了。

領班姐姐是有點兒喜歡她的，那麼清秀老實的一個女孩子。但也無奈。她想了想，就介紹她去找自己一個朋友，朋友是開髮廊的。她說：「我

看妳還是去髮廊當洗頭妹吧，那裡可能比較適合妳。」

累累一聽有些進緊張，她們村裡有姐妹進城當洗頭妹，給人賣去做小姐了。領班姐姐似乎看出她的心思，說：「妳放心，我給妳介紹的那個美髮廳是個正經美髮廳，沒有亂七八糟的事。」

累累把事情告訴了大姐，大姐一聽那美髮廳離她自己租的房子不遠，就馬上答應了，這樣她們姐妹可以住在一起了。

※　　　　　　※　　　　　　※

累累找到了那家美髮廳，也在一條小街上，名字叫東珠美髮。有三四間屋子，洗頭的剪頭的吹頭的，外間還擺著幾張沙發和茶几，可能是供客人等候時坐的。總之滿像樣。加上累累，有三個洗頭妹。美髮師也是三個，兩個女的一個男的。老闆也是個女人，是領班姐姐的老鄉。累累感覺還不錯，就安下心來，跟著兩個姐姐學洗頭。

那個唯一的男美髮師很友好地衝著累累樂，說了句，「這個小妹兒還乖嘛。」累累想，叫我小妹兒，你才多大？男美髮師瘦瘦的，很時髦，額前留著一匹瓦，那匹瓦是金色的。累累覺得好奇怪。

這一學才知道，城裡人洗頭和她們家裡洗頭，完全是兩回事，居然是躺著洗頭，一個頭要洗十五分鐘，洗兩遍，護髮一遍，還要按摩五分鐘，熱敷三分鐘。好麻煩。城裡人也太會享受了，一個頭，明明在家裡的水龍頭下就可以洗嘛。不過她又想，如果她們都在家裡洗，她就找不到工作了。

老闆跟她說，除了基本工資，她每洗一個頭可以有三元。這讓她很滿足。她想，我要多多的洗，最好一天洗二十個。

累累給人家洗頭的時候，特別注意人家的耳朵，怕水流進去，她時常

先擋住耳朵，才沖水，洗完了擦頭的時候，也會把耳朵裡面擦乾淨。客人很滿意，跟老闆誇這個小妹兒不錯。

累累還有一大優點，就是笑咪咪的不說話，不像另兩個小妹，一會兒說，哎呀你頭髮好乾燥哦，可以用下我們的倒膜，或者哎呀你頭髮好少，燙一下會更好看呢。或者，你辦個卡嘛，可以打七折。她什麼也不說，只是認真洗頭，這也讓客人喜歡。雖然她知道，動員客人辦卡或者買產品，是可以提成的，動員客人燙髮，也比單純的洗頭提成多，但因為累累害怕跟客人對話，所以什麼也不說。

一來二去，有客人時常點名要她洗，「那個多乖的小妹兒呢？喊她來給我洗嘛。」這讓前面那兩個洗頭妹有點兒不高興。累累看出來了，所以她總是盡量讓她們先做，她們做不過來她再做。累累雖然耳聾，並不傻。

※　　　　　　※　　　　　　※

這天下午，店裡來了個四十多歲的女人，說要做大捲，累累知道，就是把頭髮打上髮膠，再用捲子捲起來，烘乾，高高地聳在頭上。

前臺的趙姐喊，「胖妹兒，給王姐洗頭了。」那胖妹兒迅速閃進廁所去了，另一個小麗也說不空，要給其他客人捲髮。累累就迎了上去。

累累說：「阿姨我來給妳洗頭。」

女人非常不高興的說：「妳是新來的吧？」

前臺的趙姐連忙過來說：「累累，這是王姐。」

累累連忙改口說：「哦，王姐，我來給妳洗嘛。」

心裡想，妳比我媽媽還老，怎麼還要叫姐？

王姐躺在椅子上，衝著天花板說，妳頭一回洗不曉得，我是有自己洗

髮水的。不要搞錯了哈。我那個洗髮水是相當貴的。

這時胖妹從廁所出來了，打開櫃子，幫她找出了王姐的洗髮水，其實就是他們店裡推銷的那種。累累沒料到，這個王姐非常挑剔，原來她也遇到過挑剔的，但怎麼也趕不上這個王姐。一會兒說水不夠熱，一會兒說撓頭撓得不夠重，一會兒又說沖洗時間不夠長。洗了三遍，清了三遍，整整折騰了二十分鐘才算洗完。還大聲嚷嚷說：「我來了那麼多回了，還不曉得我洗頭的規律，你們咋個不教她哦。」

前臺的趙姐走過來陪笑說：「她才來沒好久，下次就知道了。對不起哈。」

累累不明白有什麼對不起她的？她比別人都麻煩。難怪那兩個小姐妹不願意給她洗。她忍著氣，帶她去裹頭髮。路過外間的沙發時，一個看報紙的中年男人皺著眉頭說：「妳還要好久哦？」王姐不耐煩地說：「還早得很，你看你的報紙嘛！」

累累想，這個一定是她老公。她對自己男人都這樣，對她們能好嗎？還是忍著吧。

不想更麻煩的還在後面，每裹一個圈圈她都要嫌棄，要麼說沒裹圓，要麼說位置不正，要麼說頭髮裹多了，用了差不多四十分鐘，才裹好她那個腦袋。累累叫苦不迭，這一個多小時，她本可以洗好幾個腦袋的。

累累給這位挑剔大王罩上加熱的罩子，連廁所都顧不上去，連忙去洗下一個腦袋。剛洗了一半兒，趙姐跑來拍她的肩膀，說王姐在叫她。她跑過去問什麼事，王姐說：「妳給我倒杯水。」累累說：「水已經倒好了，在旁邊。」王姐說：「涼了，我胃不好，不能喝涼的。」累累只好去給她加了些熱的。剛要走，王姐說：「妳這個小妹兒，耳朵那麼聾，我那麼大聲喊

妳都聽不到。既然耳朵聾，妳就不要走開，站在我邊上，萬一我加熱太燙了怎麼辦？」

累累不知所措。這個時候，一匹金瓦的男美髮師走過來了，他說：「累累妳去忙吧，我站這兒。」

王姐哼唧了兩聲，沒再說什麼。

※　　　　　　※　　　　　　※

王姐剛一走出美髮廳，美髮廳裡就熱鬧起來，不僅僅是美髮師和洗頭姐妹，就連來洗頭的客人都看不慣，紛紛吐槽，這是什麼人哦，太討厭了！

趙姐和胖妹都來安慰累累，「妳不要生氣，她就是那個樣子。」

胖妹說：「我們都怕她，幸好她一個月才來做一次，不然太煩人了。我們老闆喊我們不要跟她計較。」

累累笑笑說：「我不會生氣的。」心裡又想，剛才你們都不幫我，現在才說這些。她心裡感激的，還是一匹瓦美髮師，雖然她不喜歡他那個一匹瓦的髮型，也不喜歡他戴耳環，但關鍵時候，還是他站出來為她解圍的。累累走過去說：「肖師，謝謝你哈。」

一匹瓦姓肖，大家都叫他肖師。

肖師說，謝什麼謝，小事一樁。

他們美髮廳的牆上掛著三位美髮師的照片，一號是老闆，叫技術總監，價位最高，洗吹都要八十元；二號是許姐，叫高級造型師，洗吹五十元；三號就是肖師，叫高級美髮師，洗吹三十元，說明肖師的手藝還不夠好，便宜。

累累跟肖師熟悉後，總是幫他，客人洗頭的時候她就推薦三號，說他比較新潮。肖師呢，沒客人的時候，就拿累累的腦袋練手藝，先是燙了個大波浪，後來又拉直，後來盤起來，後來又剪短，先是齊耳根短，最後短到耳朵上面去了，露出了耳朵。肖師終於停止了折騰。

好在累累長得好看，什麼髮型都好看。何況累累願意被肖師折騰，只要肖師能提高手藝她就高興。

※　　　　　　　　※　　　　　　　　※

累累和肖師談起了戀愛。她不敢告訴姐姐。她還不滿十八歲。但肖師已經有了責任感，他讓累累去治耳朵。

他們去醫院掛號，遇到了第一個問題，累累沒有身分證。那麼第一步要先辦身分證，累累請了假回老家，辦身分證，前後折騰了三個多月，總算拿到身分證了。

然後再去掛號，他們才知道專家的號很難掛，只好掛了個普通的號，先去做檢查。檢查結果很嚇人，累累耳朵裡面靠近大腦的地方，有個大膿包，很危險，必須盡快手術。

聽人說，這樣的手術必須找專家，很難做的。他們只好再去掛專家號，肖師連續幾天早上四點起床，總算掛到了，但那個號卻在年底，要等三個多月。

累累有點兒害怕了，一個大膿包在耳朵裡，還要待三個月，會不會哪天突然破了？

肖師安慰她說，三個月很快會過去的。

※　　　　　　　　※　　　　　　　　※

這天，王姐又來做頭髮了，又是她男人陪她來的。累累給她洗頭，洗完了做花，一直小心翼翼的。做完了，就站在她身邊發呆。王姐忽然問，「妳發啥子呆嘛？有啥子心事嘛？」

累累沒聽見，旁邊的胖妹替她說：「她的耳朵有點兒嚴重，裡面長了膿包，但是做不了手術。」

王姐說：「為什麼做不了手術？」

胖妹就把去醫院的情況說了一遍。王姐沒說話。做好頭，付錢的時候，累累照例送她到門口，細身細氣地說：「王姐慢走。」

王姐忽然站住，對身邊的男人說：「噯，喊你們單位那個，幫她個忙嘛。」她男人不響。王姐不由分說地對累累說：「妳把妳掛的那個號寫到紙上，還有名字，身分證號，醫生名字，都寫下來。」

累累不明其意，照辦。

王姐接過紙條塞到男人手上說：「又沒有多麻煩，妳就喊她幫個忙嘛。」男人看看紙條，沒說話，裝進口袋裡。

幾天後王姐來了，不是來做頭的，是專門來告訴累累，她已經幫她把手術日期換到靠前的日子，當然是開後門換的。原來她男人的下屬的老婆，是那家醫院的一個護士長。王姐說：「費了好大勁兒呢。下週就可以做了。」

累累高興得真不知說什麼好，臉都漲紅了。不止是累累，整個美髮廳的人都興奮不已，都說累累遇見貴人了。肖師跑過來說：「王姐太謝謝妳了，下次我給妳免費做頭髮。」

王姐笑笑，樣子比原來好看很多。

王姐說：「妳明天過來，我讓我老公帶妳去見醫生。」

累累轉頭看著老闆，老闆說：「去吧去吧，放妳一天假。」

　　　　　　※　　　　　　　※　　　　　　　※

　　這樣一來，累累的手術忽地就在眼前了。可是大姐七拼八湊，怎麼也
湊不夠手術費。累累只好把肖師的事告訴了大姐，說肖師可以出一點兒。
大姐無奈，接受了肖師的資助。但還是差兩千。

　　累累晚上回到家，忽然拿出兩千元給大姐，大姐問她哪兒來的，她說
借的。大姐雖有些疑惑，但事情迫在眉睫，也不問了。

　　這樣終於湊足了手術費。

　　手術那天太陽很大，晒得累累有些神情恍惚，腦袋嗡嗡的。幸好身邊
有大姐，不然累累可能沒有勇氣走進醫院。

　　手術進行了一個多小時，成功地取出了那個膿包。醫生說再不做就玄
乎了，真的出問題，就不是耳聾的問題了。

　　大姐長舒一口氣說，幸好提前手術了，不然腦子出了問題我該後悔一
輩子了。累累也長舒一口氣說，終於做了手術了。

　　一週後累累回到東珠美髮，美髮廳的人全部圍上來問，累累，現在聽
得到了哇？他們還是習慣對她大聲說話，她忍不住摀住了耳朵。大家就笑
說，真的不一樣了，她以前從來不摀耳朵。

　　其實聽力並沒有好很多，醫生說，她這個情況聽力很難恢復到最初
了，肯定比正常人弱一些，但不至於聾了。

　　　　　　※　　　　　　　※　　　　　　　※

　　累累卻沒有以前快樂了。

　　這是肖師第一個感覺到的，她的臉色也不如從前了。從前雖然耳朵有
點兒聾，卻總是笑咪咪的，現在卻面色青黃，眼神也有些憂鬱。更重要的

是，她常常推說自己不舒服，不願意和他約會，也不讓他折騰她的頭髮了，還反覆說，她要還他的錢。

她在疏遠他。

肖師很苦悶，自己去問，也讓其他姐妹去問，都沒問出什麼。

難道她知道自己聽力無法恢復到從前，太難過了嗎？肖師發短信安慰她說，聽力差點兒沒什麼大不的，還清淨些。我們美髮廳多吵啊。又說，即使妳完全聽不見，我也喜歡妳。

累累回了一句，我對不起你。

肖師說，妳為什麼這樣說？是我自己願意幫妳的。

累累沒有再回覆。

※　　　　　　※　　　　　　　※

秋天說來就來。早起下雨了，地上多了許多樹葉，樹葉貼著發亮的地面像花紋。一下雨，美髮廳就清淨，從九點開門到十點，還沒有一個客人。肖師跟許姐，還有胖妹小麗她們一起坐在沙發上說笑，眼睛卻不時地瞟一眼洗頭間的累累。累累正在幫老闆孫姐洗頭，神色依然憂鬱。

忽然，一個人出現在門口，一邊收雨傘一邊問，「累累呢？」

肖師抬頭，是王姐，馬上熱情洋溢的說：「王姐來啦？」

王姐依然大聲問，「累累呢？」她邊問邊往裡走。

裡間的累累居然一點兒沒有聽見，很認真地俯身在給老闆洗頭髮。王姐徑直走過去一把揪起她，一個重重的耳光就搧了過去。累累手上的泡沫甩到了王姐臉上，王姐破口大罵：

「妳個沒良心的小賤人，我幫妳的忙，妳就這樣報答我？」

王姐又一個耳光搧了過去，胖妹和小麗都嚇呆了。肖師連忙衝進去阻攔，卻被王姐胖胖的身子擋住。頭髮精溼的老闆躺在洗頭椅上無法動彈，大聲喊道：「哎哎咋回事哦？」

　　許姐也衝進來，跟肖師一起使勁兒攔住王姐。

　　被兩個人架住的王姐居然嚎啕大哭起來，眾人就圍著聽她哭訴。當然，只需兩句話就明白是怎麼回事了。

　　肖師的臉瞬間漲得通紅，他走進去拉起蹲在地上的累累，大聲喝道：「是真的嗎？她說的是真的嗎？是真的嗎？」

　　累累一句話也不說，只是摀著兩頰。

　　肖師忽然發現，一股細細的血，從累累的耳朵裡流了出來。

水天一色

1

李旌無論如何沒想到，自己會拍下這樣一張重要的照片。

整個大陳莊的救災場面平平靜靜，完全沒有他預想的那種壯烈和動人，除了嘩嘩的雨聲聽不見別的什麼。沒有人喊「共產黨員跟我來！」也沒有人撲通一聲跳下水去英勇獻身。似乎所有的幹部戰士都在默默地有秩序地做著一件繁重的體力勞動。他們分成若干組，紮了些木伐，把那些困在水裡的村民一個個背上來，送到岸邊。村民在木伐上，戰士在水中。那些還沒得救的村民，都很沉著地在自家的房頂上等著，不哭不喊。似乎對得救充滿信心。

大陳莊緊靠龍泉河下游，每次龍泉河漲水，首先沖的就是大陳莊。只要一沖大陳莊，「紅一連」總會趕來抗洪搶險。年年如此。所以在今天凌晨得到上級指示之前，「紅一連」就已經做好了抗洪搶險的準備。無休無止下了一整天的暴雨跟衝鋒號一樣在他們耳邊迴旋著。一得到指示，他們拔腿就跑到了大陳莊。

李旌換著各種角度，抓拍了一些戰士背著村民和戰士們在水中推著木伐向前的鏡頭。他還抓拍到劉連長猛撲過去，一把拽住一個腳下打滑差點兒栽到水裡的戰士的鏡頭。可惜劉連長的聲音拍不下來，他吼了一聲：「你給我穩著點兒！」那戰士笑笑，臉色很難看。李旌這才注意到，許多戰士的臉色都不好看，蒼白，蠟黃，土灰。他們從凌晨四點接到命令，到現在

已經幹了八、九個小時了。

雨還在下，李旌的全身包括攝影包都已經溼透了，很可能相機會報廢。但他不在乎。這是老天賜給他的機會。昨天，一場暴雨把已經結束採訪的他留在了「紅一連」，今天，這場暴雨又讓他親臨了救災現場。他當了兩年新聞記者了，但親臨救災現場這還是第一次。他一定要搞出一篇有份量的報導來。眼下，大部分村民已經被送上村子西頭那塊高地了。劉連長帶了幾個體力好的戰士正挨家去搜索，看有沒有遺漏的人。李旌想跟著去，被劉連長吼住了：「你給我老老實實待著，我不要你宣傳什麼，別出事就行。」

李旌只好待著。因為一直來回跑動，也因為淋著雨，他早已累得氣喘吁吁了。他放下那個有十斤重的攝影包，想讓肩膀歇歇。

忽然，李旌的眼睛一亮，看見不遠處的水中，一個戰士一手推著一個大木盆，一手吃力地划著向岸邊遊來。那木盆裡竟然坐著個孩子。雖然大雨傾盆，但李旌還是不顧一切地抓起相機就衝到水邊去拍。剛剛喀嚓一聲，就看見一座本來已搖搖欲墜、只露出一個頂的房子垮了下來，幾乎沒發出什麼聲音。但那個戰士卻被濺起的浪頭推出幾米遠，沒進了水裡。李旌一驚，丟下相機跳進水裡就朝戰士撲去，他完全忘了自己不會水，只想著伸出手去把那個戰士拉起來。但他很快就嗆了水，胡亂地掙扎起來……

後來的事是人家告訴他的。幾個飛快趕過來的戰士撲通撲通跳下水，救起了他，救起了木盆裡的孩子，但唯獨沒能救起那個戰士。那個戰士被沖出好遠，等把他救上岸時，他已經停止了呼吸。

李旌目瞪口呆。他先是震驚於自己親眼看到了一個英雄犧牲的場面，後來又震驚於自己竟眼睜睜地看著他犧牲而沒能救起他。

震驚之後就是自責。

儘管劉連長一再安慰他，說他已經盡力了，他不是不顧自己的生命安危跳下去了嗎？儘管他也為自己開脫：「我沒想到他會倒下，我沒想到死人的事會在一瞬間發生……」

可那種自責的心情依然無法減輕。

好多天好多天，李旌都無法入眠，無法安下心來做別的事。他把照片沖洗出來後，驚奇地發現自己在匆忙中拍下的那張，竟如此清晰，好像一束光直接穿透大雨，將那個戰士和木盆中的孩子攝進了鏡頭。他拿著照片反覆看。照片上的戰士咬著牙，似乎在用全身力氣往前游。木盆裡的孩子睜著一雙怯生生的眼睛，兩隻小手緊緊地摳著木盆的邊緣……

這顯然是一張可以獲大獎的新聞照片。但李旌沒有把它寄到報社。他還在被自責啃噬著心靈。

直到有一天，他見到了那個戰士的父親。

2

鄭老貴也無論如何沒想到，自己會成為英雄的父親。或者說沒想到自己會在一夜之間，變成一個孤伶伶的老頭。他的兒子，他的可愛的調皮的善良的聰明的懂事的血肉相連的兒子，竟突然撇下他走了，到另一個世界去了。他才十九歲，他才當了兩年兵，他走的時候答應過，只當三年兵就回家來陪他。可他卻失信了，再也不回來了……

鄭老貴一直到三十八歲才有了這個兒子。在此之前他一直單身，在此之後他又開始單身——他的妻子生下兒子沒多久就病故了，好像她嫁給鄭

老貴就是為了給他留下一個兒子。鄭老貴一手一腳把兒子帶大，又親自把他送到了部隊。不是他捨得，是兒子太想當兵了，凡是兒子想做的事他都想滿足他。而且他知道兒子到了部隊一定是個好兵，他是那麼好的一個兒子，怎麼會不是好兵呢？

但他沒想到兒子會好到犧牲自己。這讓他受不了，受不了⋯⋯

部隊上的人到家裡來時，鄭老貴一滴眼淚也沒流。他當過兵，早在二十年前。所以一看見穿軍裝的人他就覺得是戰友，在戰友面前他不能流淚。後來部隊上的同志走了，他就抱著兒子的軍裝躲到門後嗚嗚地痛哭起來。

其實家裡一個人也沒有，但他還是躲到門後的角落去哭。

哭著哭著，他就聽到了另外一個嗚咽聲。不用回頭，他就知道是與他朝夕相處的狗夥伴彎彎。兒子當兵前給他弄來一條狗，取名叫彎彎，兒子囑咐彎彎，要好好地替他陪爸爸。也怪，彎彎就像是聽懂了似的，對鄭老貴格外好。他回過身，想把小傢伙摟進懷裡。可回身時不由地怔住了：彎彎直立著身子，正用牠的舌頭舔著放在茶几上的纏著黑紗布的相框。相框裡，兒子鄭直微笑著。彎彎一邊舔，一邊發出悲痛的嗚咽聲。鄭老貴的眼淚更加洶湧了。

幾天後，鄭老貴帶著彎彎一起來到了兒子的部隊。

追悼會、表彰會、命名大會。一樣一樣地開過了。記者採訪過了，報紙也登出來了。大陳莊的鄉親們為了表達懷念和感激之情，還特意請求將鄭直的墓碑立在了他們的村頭。戰士們在墓碑前舉手宣誓，向鄭直學習，為人民的利益不惜犧牲生命。鄭老貴看著那一雙雙真誠的眼睛，心裡的傷痛漸漸減輕。

最後一個晚上，劉連長和機關的領導問他，還有什麼要求嗎？鄭老貴早知道會問這個。當年他在部隊的時候，也發生過死人的事。部隊到了最後總會這麼問死者家屬的。還有什麼要求嗎？有什麼要求儘管提出來。

對這個問題鄭老貴早想過了。如果部隊上問他，他就說，「我的兒子是為人民的利益死的，我覺得很光榮。我沒有什麼要求。」這也是心裡話。可等部隊領導真的來問他時，他忽然覺得自己有很多要求。他想經常來連裡看看，他想守著兒子的墓碑。一句話，他不想離開部隊。

但他一個老頭，總不能成為連裡的兵吧？鄭老貴滿腹的要求一時開不了口。劉連長在一旁說：「大伯，有什麼要求您儘管說，我們一定會盡力滿足你的。」鄭老貴就鼓足勇氣說：「我想住在部隊上。」

這個要求讓劉連長和那個政治處主任都愣住了。鄭老貴連忙解釋說，我不會給部隊添麻煩的。連裡不是有個池塘和一塊菜地嗎？我可以住在池塘邊幫著養養魚種種菜。我不要連裡管我的伙食，我原來在鄉政府幹過，有退休金。我只是想……直子他是在這兒去的，我住在這兒離他近些。

最後這句話讓劉連長和政治處主任都動了容。他們請示了上級後，同意鄭大貴住下。劉連長將原來住在池塘邊搞生產的兩個戰士撤回，把那間屋子修繕一番之後，讓鄭老貴住了進去。

當然，還有彎彎。

3

連長劉通帶著個年輕人來找鄭老貴。

鄭老貴正坐在門邊悶悶地抽菸，彎彎臥在他的身邊。看見兩個年輕軍

人走過來，牠沒有動，只懶懶地搖了一下尾巴。

自打來到「紅一連」，彎彎對所有穿軍裝的人都熟悉了。但牠今天似乎情緒不高。昨晚上，鄭老貴一個人喝悶酒，喝醉了，倒在床邊上，今天早上才醒。彎彎對主人的這種行為又心疼又不滿，但很是無奈，就在那裡生悶氣。

劉連長給鄭老貴做了介紹，說這位是團裡的新聞幹事，叫李旌。其實鄭老貴早見過李旌了，在各種會上見過。他知道他是寫文章的，還知道兒子犧牲時他在現場，曾跑去救兒子。可惜他不會水，沒能起作用。但他還是很感激這個小夥子。畢竟人家不顧一切跑去救了。

李旌坐在鄭老貴的小房子裡半天不說話。劉連長想，他一定是想從鄭老貴的嘴裡再掏些什麼素材——他正在寫關於鄭直的人物通訊。劉連長就轉身出門，到屋外的菜地去了。

劉連長不想在場。他不想在場是怕自己又忍不住眼淚。一個連長，一個已經穿爛幾套軍裝的中尉，不該總為自己犧牲的兵悲傷難過。可不知怎麼，他還是一想起鄭直就悲傷難過，已經過去一個月了，他的心裡仍有一種隱隱的說不出來的疼痛。後來指導員說，鄭直這個兵，活著的時候就好得讓人心疼，所以死了就讓人心痛。指導員這麼一說，劉連長才明白，疼和痛是不一樣的。

這會兒他想一個人去疼痛。

劉連長走後，李旌仍不說話。鄭老貴忍不住了，說：「李幹事，你找我有事？」李旌抬起低垂的頭，從口袋裡拿出一個信封，叫了聲鄭大伯，嗓子一哽，眼淚就嘩地一下出來了。鄭老貴拍拍小夥子的肩，心裡感到些許安慰。看來一想起直子就掉淚的，不只是他爹。他忍著自己的老淚，將

一塊毛巾遞給李旌。

李旌接過毛巾在臉上胡亂地擦，可越擦越多，好像那毛巾上有什麼刺激眼淚的東西。後來李旌不擦了，他把手上的信封遞給鄭老貴，說大伯，我對不起你……

鄭老貴不解地打開信封，裡面是一張照片。仔細一看，竟是兒子！兒子游在水裡，只露出肩膀和頭，手上扶著一個木盆，木盆裡有個孩子。他一下明白這是兒子犧牲前的照片。他吃驚地抬起頭來看看李旌，又迫不及待地低下頭去看兒子。在此之前他隱約聽說有個記者給兒子照了一張非常珍貴的照片，但一直沒人拿給他看。今天總算看到了。

兒子活生生地出現在照片上，正努力地推著木盆，努力地划著水。那眼裡有疲倦，有堅毅，還有幾絲稚氣。不知他當時在想什麼，想他爹沒有？劉連長說，兒子在連續救了七個村民後，體力已經不行了，因為頭一天他還在發燒。排長命令他上岸休息，並且一屁股把他頂上了木伐。但他忽然聽見了孩子的哭聲，又下水去尋找。排長當時急著把伐子上的其他人往岸上送，就沒阻攔他。這孩子的家在一個低窪處，挺危險，可他的父親是村裡的小學校長，一看下暴雨了，惦記著學校那幾間教室，不顧一切趕到學校去了。他母親起初還想守住家，後來看情況不好，再想跑出來時已經晚了。鄭直從房頂進到他家時，孩子正在木盆裡漂著，可能是他母親臨死前把他弄進去的。鄭直就把木盆從房頂上舉出來，然後一點點向岸邊游。眼看都要游到了，沒想到……

鄭老貴把照片拿在手裡，用兩隻手拿著，反覆摩挲。兒子真是去救人了。好樣的，真是好樣的。以前他也知道兒子是救人犧牲的，不然不會成為英雄。但看到照片，他的心裡更踏實了，更自豪了。他看了又看，真想

把兒子緊緊捏在手心裡，又怕把兒子弄皺了。但不緊緊捏著，又怕兒子再一次消失。因為不知所措，鄭老貴的身體哆嗦起來。控制不住的眼淚終於順著瘦削的老臉淌下來，再一次淹沒了兒子……

這時他聽見李旌還在哭。他不明白這孩子哭什麼。是因為沒能救起兒子嗎？後來他斷斷續續聽明白了。李旌說，他不該照這張相，他該先去幫他。他沒想到他會忽然倒下，沒想到他已疲乏至極……

原來是這樣。鄭老貴平靜下來，先擦乾了自己的淚，然後又替李旌擦。他開口說：「孩子，你沒做錯啥。哪能怪你呢？你不是不會水嗎？你不是跑去救了嗎？再說要不是你照下這相，我咋能看見他呢？現在我心裡真踏實了，直子他的確是為了救別人死的。這孩子從小就是個好心腸。他這樣走的，他心裡踏實著呢。他踏實，我就踏實……」

李旌除了流淚，仍是說不出話。大伯的寬慰讓他心裡好受了一些，可他還是難過。他難過是因為他再也沒機會認識這個好兵了。在後來的採訪中他得知，鄭直還是個非常好的班長。班裡的戰士們一說起班長，就哭得跟女孩子似的，毫不吝嗇自己的淚水。

這時李旌聽見腳底下也傳來嗚咽聲，低頭去看是那條叫彎彎的狗。只見牠緊偎在鄭老貴的腳邊，似乎完全明白他們在說什麼，眼裡全是悲傷。鄭老貴一把摟住牠的脖子，把照片遞給牠看，「彎彎，你看這是誰？認出來沒有？」彎彎馬上伸出舌頭想舔。鄭老貴沒捨得，縮回手來。

劉連長進來了。他馬上感覺到屋裡悲悲切切的，鄭老貴的手裡還拿著那張他要了幾次都沒到手的照片，他明白發生了什麼。他說：「大伯，我們連裡想讓李幹事把這照片放大一張，掛到連隊的榮譽室裡。您同意嗎？」

鄭老貴說：「我有啥不同意的？」

劉連長就看著李旌。李旌嘆氣說：「我一看到照片就有些難過，所以……」鄭老貴說：「別說了。你能讓大家永遠記得他，我還得謝謝你呢。」

鄭老貴又說：「你能不能也給我放大一張？」

李旌連忙問：「你想要多大？」

鄭老貴比劃了一下，說：「跟書一樣大吧。」

「沒問題。再大些都沒問題。」李旌說。李旌只想為他多做些事。

劉連長高興地鬆了口氣，蹲下身去拍彎彎的頭。彎彎感覺到主人和客人都不再難過了，也高興起來，昂起頭，迎合著劉連長的大手掌。

4

老實說，彎彎不太喜歡這個地方。

彎彎不喜歡這個地方，是因為不喜歡水。牠的老家雖然也有一條河，但不像這個地方，毫無章法地到處汪著水，到處都溼乎乎的。而且彎彎發現，自打住到這個地方後，牠的主人常常流淚，臉龐也總是溼乎乎的。不流淚的時候又常常喝那種裝在瓶子裡的刺鼻子的水，有一天喝多了，就倒在地下，任牠怎麼叫怎麼拽也沒能弄到床上去。真把牠嚇壞了。如果不是後來主人發出了酣聲，牠還以為他喝死了呢。

不過住了些日子後，主人的心情慢慢好了起來。他每天去菜地忙乎，一邊除草一邊嘴裡還念叨著：「瞧瞧這些小子，光顧著救災，把這菜地荒成啥樣了？」池塘裡本來是有魚的，暴雨之後全死了。主人那天把彎彎關

在家裡，自己跑到幾十里外的養魚專業戶那兒重新買回了魚苗，還有幾袋進口飼料。天黑盡了才回來。主人還跟牠嘮叨說，買魚苗和飼料時他挪用了自己的積蓄，等池塘和菜地有了收成再跟連裡說。彎彎對這些都沒意見，主人怎麼做都行，只要他高興。

池塘和地裡都沒事的時候，彎彎就跟著主人到大陳莊去看兒子。彎彎知道這是個很重要的事，主人是因為兒子才住到這兒來的，主人也是因為兒子犧牲了臉上才總是溼乎乎的。但主人去大陳莊卻很少進到村子裡。那個墓碑就立在村頭最高的坡地上，他們老遠就能看見。主人他跟牠解釋說，他不願進村，是怕村裡的人拉他回家去坐。村裡剛剛受過災，還沒緩過勁兒來，他不想給人添麻煩。彎彎明白。所以牠總是安安靜靜地跟在後面，從來不叫，不去驚動村裡的人。

更多的時候，主人是坐在池塘邊望著水面發呆。這時候彎彎就打心眼裡討厭水。如果不是水，小主人就不會死，主人就不會難過。主人就會帶著牠在老家等小主人回去。所以彎彎一看見那池塘，就忍不住衝它叫。主人拍拍牠的頭，叫牠安靜。彎彎只好安靜。牠臥在主人的腳邊，聽他絮絮叨叨地說話。

唔，這也很重要。除了我彎彎，誰還能那麼耐心地聽他說話？

主人說：「我想不通那麼平平靜靜柔柔軟軟的水，怎麼就能要了人的命去？」

彎彎搖搖頭。

主人又說：「我的直子從小就喜歡水，你知道的。怎麼現在反被水害了？難道這孩子命裡跟水不對嗎？我搞不懂。」

彎彎又搖搖頭，是的，搞不懂。

230

彎彎知道，主人和兒子一直相依唯命。最初幾年他含辛茹苦，又當爹又當娘。但兒子懂事後，他感覺舒心多了。有一回他夜半膽結石發作，疼得在床上打滾，愣是兒子用架子車把他弄到醫院去的。那年兒子才十一歲。街坊鄰居都說，老貴雖然只有一個兒子，可一個頂幾個。街坊鄰居還說，直子真是個少有的懂事善良的孩子。

其實彎彎知道，直子從前也打架。可很多時候，他都是幫別人打，幫那些柔弱的孩子打。直子從小就想當兵，總愛纏著他爹講部隊上的事情，還偷偷把他爹的軍裝拿出來在身上比劃。後來招兵的來了，他就偷偷去報名，出門就遇上了他爹。他以為他爹是來阻攔的。沒想到他爹摸著他的頭說：「我是你爹，我咋能不讓你做你心裡最想做的事？」直子當時摟住他爹就掉淚了。

這些事彎彎都知道，牠聽主人說過多少次了，早記熟了。

彎彎就是那時候來到主人身邊的。當時牠只有一個月大，住在直子同學的家裡。直子從同學家的一窩小狗中，一眼就選中了牠。他把牠抱回家說：「爸，先讓彎彎陪你三年，過了三年，我一準回來。」主人說：「怎麼叫個彎彎？」直子調皮地說：「有直就有彎，我們是一對兒呀。」說得主人樂起來。彎彎不懂直和彎有什麼連繫，牠只覺得這名字好聽。

彎彎！主人第一次這麼叫牠時，牠就搖起尾巴來。

「直子實在是個好心眼兒的孩子。不是我偏心，他就是比人家那些孩子好……」主人摸著彎彎的頭繼續嘮叨著：「你說說，那麼些個生來就造孽搗蛋氣死爹媽的孩子都能活到七老八十，怎麼偏偏就是我的直子活不下去了呢？你說這公平嗎？」

彎彎當然覺得不公平，可彎彎說不出來。牠只能難過地望著主人。牛

人嘆口氣，就掏出菸來想吸，可手在口袋裡摸了一陣，沒摸出火來。他垂下胳膊，又說：「我的直子多好啊，上哪兒去找那麼好的孩子啊。」說著老眼又溼了。

彎彎不想見主人流淚，就站起來跑回屋去，給他找火。牠寧可看他吸菸，大口大口地吸菸，也不想看見他用眼淚把整張老臉都搞得溼乎乎的。彎彎銜來火柴，碰碰主人的手。主人低頭見了，感激地拍拍牠的頭說：「你也是個好樣的，跟我直子一樣，都是乖孩子。我知道。」

但主人吸了菸，還是不開心，他的老淚還是流下來了。他搖搖晃晃地返身進屋，從櫃子裡拿出一瓶酒來。彎彎已經知道那東西叫酒了，因為有一次牠聽見那個年輕軍官對主人說：「大伯，您還是少喝點兒酒吧，別傷了身子。」彎彎太同意那個年輕軍官的意見了，彎彎還知道他叫劉連長。

彎彎一見主人從櫃子裡拿出那個瓶子，心裡就著急。就圍著他的身邊轉。但牠不敢朝他叫，叫了主人就會攆牠出門。

一會兒功夫，主人的臉喝得紅紅的，脖子也紅紅的，然後手就哆嗦起來。可他還在一個勁兒地往杯子裡倒。彎彎急了，就去咬他的袖子，不讓他喝。主人掙脫了牠，又一仰脖子喝下一杯。

彎彎有些火了，這老夥計怎麼這麼強呀？喝壞了身子誰賠他呀？得想個辦法制止他。彎彎直起身子，見那瓶子裡還有一半的酒，如果讓他全部倒進喉嚨，他又會在地下躺一個晚上。不行，無論如何不能再讓他喝了。

彎彎揚起前爪，一把打翻了酒瓶，於是那嗆鼻的水就汨汨地流了出來，流了一地。

主人生氣地大喝了一聲：「彎彎！你這個狗東西！」

彎彎忍不住想笑，我本來就是狗東西嘛！你儘管罵。主人臉紅紅的，

脫下鞋朝牠扔去，彎彎一閃就躲開了。主人氣極，又脫下了另一隻鞋。

正在這時，一個年輕軍官朝主人家走來了。不過不是劉連長，好像叫李幹事。主人只好作罷，他登上一隻鞋，另一隻腳還光著。彎彎連忙把扔到牆角的那隻給他銜了過去。

主人站起來，朝走近的客人笑笑。

5

大陳莊的村長不姓陳，姓汪。汪村長一臉疲倦，他剛剛才把上級給的救災物資一一發給全村的百姓。那可是個累人累心的活兒。好在大陳莊年年遭災，年年得救濟，他作為老村長，已經有這方面的經驗了。他非常妥善地處理好每一個細節，也沒有忘記給孤兒光娃留下一份撫養金。

但這些天讓汪村長心裡頭不輕鬆的，還不是發救濟這事，而是光娃的事。再往深說一些，是烈士的事。

大陳莊處在這樣一個地勢，幾乎年年遭水災。而每次遭災，總是紅一連的官兵來搶救。從他當上這個村長，已經換了五任連長了，可救災的事從來沒耽誤過。所以在好日子裡，汪村長總想做些什麼報答部隊。但他們這麼個窮村子，能做什麼呢？說來說去，還是沾部隊的光多。

這一次的水災特別厲害，村裡死了兩個人，「紅一連」還犧牲了一個戰士。汪村長心裡真是難過。犧牲的那個兵，可是個好兵。去年秋收時他來過。一張娃娃臉，總是笑咪咪的。幹活從來不知道累。他的連長心疼得直掉淚，那麼大個漢子，就當著眾人的面，從門後扯下毛巾擦眼睛。誰不難過？汪村長也難過，村裡的百姓都難過。為了表達他們對英雄的懷念，也

為了表達全村人對「紅一連」的感激，在他們的再三懇求下，鄭直的墓就建在了大陳莊。汪村長特意選了一塊最高的地勢安葬英雄，讓他永遠不再被水淹著。

那個被英雄救下的孩子叫光娃，六歲，一時間也成了孤兒。他的整個家都被沖垮了，母親當時就遇難了。父親跑去搶救學校財產負了重傷，昏迷幾天之後也死了。留下獨獨的一個光娃。這些日子汪村長只好把他領到自己家來住。可那孩子總是抹著眼淚要找阿媽。人家跟他說阿爸阿媽都不在了，他不信。汪村長只好安慰他說，阿爸阿媽出遠門了，過些日子就回來。水退以後，光娃就每天守在他們家垮了的房子跟前，任誰也叫不走。說他走了，阿爸阿媽就找不到他了。這讓村長又著急又難過。

汪村長想，光娃的父親也是為了村上的集體利益犧牲的，他們村應當負起撫養光娃的責任。所以前些日子上級來問這次受災大陳莊有沒有孤兒時，汪村長沒有把光娃報上去，他不想讓光娃被孤兒院領走。他明白養一個孩子不僅僅是錢的問題，重要的是得讓他有個家。

光娃的爹是獨子，所以光娃沒有叔伯，只有一個姑。汪村長就想讓他姑來領他。他們可以把撫養金交給他姑姑。可是他姑出嫁了，信發出去了這些天，人還沒來。

昨天晚上，汪村長和村委會的幾位委員商量救濟時，又說起了光娃。婦女主任忽然冒了一句，說：「咱們不如把光娃過繼給那個英雄的父親吧？」

這話讓汪村長心裡一亮。他咋就沒想到呢？聽說那英雄在家裡也是獨子，而且他阿爸還是個鰥夫，他一走，就剩下獨獨一個老漢了。如果把光娃給了他，不是互相有個依靠嗎？

但馬上就有人反對。反對的人說，光娃這孩子命太硬了，一下就克死

了仨。阿爸阿媽，還加上個英雄。要是讓他跟英雄的父親，萬一有個好歹，咱就更對不起英雄了。汪村長一愣，嘴上說不要信那些。心裡還是有些猶豫了。

今天早上他起床的時候，光娃還在睡。小人兒縮在床裡頭，被子沒蓋好。他去蓋被子的時候，發現孩子臉上有淚。這讓他的心裡有不好受起來。不行，得給孩子找個家，找個心疼他的人。

汪村長自家的水已經退盡了，東西也都放回原處了，但幾間屋子仍是溼乎乎的，潮膩膩的。他讓老婆和媳婦慢慢整理，自己跟兒子先去田裡，爭取時間把莊稼種上。

剛想出門，李旌就來了，就是那個會拍照片的小夥子。上次因為給英雄建墓碑的事，他和他熟悉了。他發現這個小夥子和他一樣，也總想為英雄的父親做點事。李旌說，他要寫一篇關於英雄的文章，所以再來大陳莊了解一下救災那天的情形。

汪村長就讓兒子先去。自己坐下來陪李旌。就在拿凳子坐下的那一下，他腦子裡忽然一亮：不如把光娃的事說給這位李幹事聽聽。他是有文化的人，肯定能給出個主意。

汪村長和李旌在院子裡一起坐下，讓媳婦給他倒了杯水。汪村長吸了幾口菸問道：「聽說鄭直的父親在部隊裡住下了？」李旌說是。汪村長又問：「聽說這老漢就鄭直一個兒子，是不是？」李旌說是。「聽說他還沒了老伴兒，是不是？」李旌說是。

汪村長問了這麼三句後，就不再說話了。李旌一臉不明白，只好等著。汪村長滅了菸，試探地說：「我們村委會昨天商量了一下，想讓光娃給他做兒子，不知他幹不幹？」

李旌說光娃是誰？哪個光娃？汪村長說：「就是英雄救起來的那個嘛，你咋就忘了呢？」李旌恍然大悟，他不知道他叫光娃。汪村長說：「這孩子爹娘都不在了，怪可憐的。當然，他還有個姑姑。可我想，把孩子過繼給他姑姑，還不如過繼給鄭老漢。這孩子的命是鄭老漢兒子的命換來的，該給鄭老漢。讓他給鄭老漢當兒是最美的事。將來娶了媳婦，還可以替鄭老漢傳香火呢。」

李旌終於聽明白了汪村長的意思。他馬上興奮地說：「這主意不錯呀。鄭老貴孤孤單單的，光娃也孤孤單單的。」

汪村長一聽李旌贊同，心裡有幾分踏實了。但他還是坦率地說出了那個顧慮。有人說這孩子命硬，把他阿爸阿媽都剋死了（他沒敢拉扯上英雄），你說他要是跟了鄭老漢，不會有什麼不妥吧？

李旌說：「嗨，那都是迷信。他阿爸阿媽不是給洪水淹死的嗎？怎麼能怪孩子？」

這下汪村長心裡徹底踏實了：「李幹事，這事就拜託你了，你去跟鄭老漢商量商量，如果他同意，我們就把這孩子送過來，正正經經地搞個儀式。你告訴鄭老漢，這孩子絕對是個好孩子，他的阿爸阿媽就是大好人。不是好孩子我不會讓他養的。」

李旌說，我這就找他去商量。

6

李旌說幹就幹，擱下採訪的事，拔腿就來找鄭老貴了。

他越琢磨越覺得這是個好主意。鄭老貴無依無靠的，光娃也無依無靠

的。關鍵是他們之間還有那樣一條生與死的紐帶。李旌越想越激動，他的心跳慢慢地加快了速度：如果這事成了，將會多麼感人。到那時再來寫報告文學，一定更有震撼力，也更能催人淚下。

李旌一口答應了村長去問鄭老貴。他甚至先替鄭老貴感謝起村長和鄉親們來，他說他相信鄭老貴一定會很高興的。有了光娃，他就不會再孤單了。

一路上他反覆想著該怎麼說。起初他想給他一個驚喜，說：「大伯，我又給你找了個兒子。」後來一想這樣不妥，會讓他想起自己親兒子的。那麼就說：「鄭大伯，你一個人怪孤單的，我給你找個伴兒吧？」不過，鄭大伯會不會誤認為是找老伴？算了，還是老老實實地說：「大伯，鄭直救的那個孩子，是個孤兒，您願意收養他嗎？我相信他跟著您，也會成為一個像鄭直那樣的好兒子的。」對，就這麼說。

李旌興奮的幾乎是小跑地來到了池塘邊的小屋。

他怎麼也沒想到他會碰壁。

鄭老貴似乎有些醉了，臉紅紅的，還要拉他一起喝。幸好櫃子裡已找不出酒了。李旌費了好大的勁兒，才讓他在小凳上安靜地坐下來，聽他說那番誠懇的話。但鄭老貴一點兒也沒有表現出他期待的高興和激動，始終板著臉。聽完之後悶悶地說，我不要。我一個人過挺好。

起初李旌以為他酒喝多了，一股酒氣始終彌漫在小屋裡。但聽他說出的來話又不像，很清楚：我不要，我一個人過挺好。

李旌說：「您一個人多孤單哪，如果身邊有個孩子的話……」

鄭老貴打斷他說：「我不孤單，我有彎彎呢。」彎彎聽見了，馬上搖搖尾巴走到他身邊來了。

李旌說不出別的話了。他實在是沒有思想準備。他以為鄭老貴會被大

陳莊鄉親們的建議感動，甚至連帶感謝他這個信使。可鄭老貴竟一口回絕了。他不明白這老漢怎麼想的。那個孩子，就是光娃，他專門去見了，挺可愛的。關鍵是，挺可憐的。每天一個人蹲在他們家被沖垮的房子前發呆，任誰也拉不走。說怕走了以後媽媽找不到他。好幾次，都是他睡著了，才被汪村長抱回家的。

但李旌沒有講這些。他怕鄭老貴誤認為村裡是把光娃當作負擔給他的。他知道不是，他理解大陳莊鄉親們的一片好心。他只是說，光娃是個好孩子，他的父母在村裡都是受人尊敬的人，他的父親這一次也是為了搶救集體財產犧牲的⋯⋯

鄭老貴打斷他的話說：「我沒說他不好，我只是不想和外人過日子。」

這話讓李旌再說不下去了。他看著鄭老貴那不容商量的眼神，最後說：「鄭大伯，您再想想吧，您要是願意了，過些天告訴我也行。」

鄭老貴臉龐紅紅的，但口齒卻十分清楚。他說：「我不想要別人的兒子。」他說這話時，眼睛盯著桌上那張照片，照片上。他的兒子正在救別人的兒子。

李旌沒轍了。他看看屋裡，一副鍋冷灶涼的樣子。他想幫他做飯，卻發現屋子裡除了一把掛麵，什麼蔬菜副食都沒有。李旌一面在心裡嘆氣，一面更堅定了要把光娃送過來給鄭大伯撫養的決心。他相信有了光娃，鄭大伯才會重新打起精神來，好好過日子。

他給鄭老貴下了一碗麵，看著他端起來吃了，才離開。

李旌走掉後，鄭老貴立即把吃了幾口的麵倒給彎彎了。他不餓。

已經是黃昏了，他搖搖晃晃站起來，走到桌前，把李旌給他放大並且鑲了鏡框的照片拿起來，拿到外面的光亮處仔細地看。

這回他不是看兒子，而是看那個男孩兒。照片上，那孩子最突出的就是那雙怯生生的不知所措的眼睛。鄭老貴嘆了口氣。瞧這孩子，又黑又瘦，膽兒還那麼小，哪有我的直子可愛。可偏偏他活下來了，我的直子死了。要不是他，直子就不會死，他就上岸休息了。

鄭老貴沒來由地生起這孩子的氣了。

要把他接回來養，那還不天天生氣？

他一頭倒在床上，一會兒就睡著了……他看見直子了……但直子好像有些不高興，直子說：「爹，你怎麼了？幹嘛老是這麼悲悲切切的？你是老兵呢……」他想拉住兒子的手，告訴他只要他回來看他一眼，他就會堅強起來。可兒子遠遠地站著，不肯走過來。他求道：「直子，你回家來吧。我一個人難受……我不想只看你的照片，照片上還有那個小子。聽說那小子成了孤兒，我成了孤老頭。他們想讓那孤兒和我過，我不願意……」

鄭老貴正想聽聽直子的意見，直子突然不見了，說不見就不見，他一點兒思想準備也沒有……

難道直子生氣了？

7

天不亮鄭老貴就醒了。他躺在床上，想著昨晚的夢，他不明白是咋回事。上午他給菜地澆糞，幹了一會兒，心裡越發地不得勁兒，就丟下糞桶，吆喝上彎彎往大陳莊去了。

鄭老貴來到大陳莊對面的坡上，遠遠地看著兒子的墓碑。

忽然，他看見墓碑下有個孩子，好像在挖什麼。他急了，連忙奔過

去。一個六歲光景的男兒正撅著屁股在碑下掏洞。他一聲怒吼抓住了小傢伙的衣領:「小兔崽子你在幹什麼?」

孩子嚇得打了個顫,抬起臉來驚恐地望著他。一張小臉髒髒的,但那雙眼睛卻乾淨得讓他打了個激靈。尾隨而來的彎彎趁機衝著孩子大叫起來。鄭老貴仍板著臉問:「你在幹什麼呢?」

孩子戰戰兢兢地說:「我,我想給大哥哥糖吃……」

鄭老貴這才看清,孩子的小手裡捏著兩塊糖。他鬆開手,緩和了口氣說:「你為什麼要給他糖吃?你認識他?」孩子細細地說:「他救了我,他死了。」

鄭老貴呆住。他怎麼就沒認出來呢?這就是木盆裡那個孩子啊。這就是他們想送給他的那個孤兒啊。他叫什麼來著?好像叫……光娃。

孩子見他不再罵了,就把手上的糖放進掏好的小洞裡,然後埋上土。一邊做一邊嘴裡念念有詞:「大哥哥,這是村長伯伯給我的糖,村長伯伯說,要是你不去救我,我就淹死了,你去救我你就淹死了。村長伯伯叫我不要忘了你。他給了我兩塊糖,你一塊,我一塊……」

孩子埋好糖,一雙滿是泥土的小手就迫不及待地剝開了糖紙,想往自己嘴裡送。一抬頭,見鄭老貴正瞪著他,手就在嘴邊停住了。猶豫了一下,他把小手伸到鄭老貴面前。鄭老貴看著他,一言不發。孩子也一言不發地看著他。兩人就這麼對望著。

終於,鄭老貴先不得勁兒了,板著臉說:「你幹嘛還不回家?」孩子回頭看看身後,說:「我媽還沒叫我呢。天一黑她就會來找我的。」

鄭老貴轉身走了。

第二天,鄭老貴進村找到了汪村長,說:「如果他們家親戚沒意見,

孩子就跟我過吧。」汪村長高興極了，說我早就知道你會答應的。多好的事呀，誰聽了都會答應的。汪村長又說：「我做了幾年村長了，這算是辦得最好的事了。」鄭老貴臉上沒有笑容。他只是囑咐說：「不要告訴孩子我是誰，就說我是個孤老頭。」汪村長有些不明白，但還是答應了。他想，這老漢好著呢，他是不想讓孩子感恩。

第二天，汪村長和村委會的人一起，把光娃送到了鄭老貴那裡。還像模像樣地舉行了個儀式。在場的人都很感動，女人們都眼淚汪汪的，男人們也都唏噓著說不出話來。

鄭老貴才不像外人那麼激動。從光娃進門那一刻起，他就板著臉。汪村長教他說：「光娃，現在他就是你阿爸了。」光娃怯生生地望著他，沒有叫。是不是他覺得這個阿爸太老了？汪村長催促說：「叫阿爸呀？」鄭老貴低聲制止道：「不要叫。」光娃一聽，更不敢吭聲了。

汪村長和村裡的人走後，小屋裡就剩下鄭老貴和光娃兩個人了。

鄭老貴看著光娃，感覺不對勁兒。這麼小一個人兒立在房間裡，怎麼屋子一下就擠起來了呢？他在屋子裡轉了兩圈，光娃的目光就跟著他轉。他覺得有必要說點兒什麼，就停下來問：「你要喝水嗎？」

光娃搖搖頭。

他又問：「你要解手嗎？」

光娃仍搖搖頭。

他說：「你別老搖頭。說老實話，你不習慣，我還不習慣呢。要是你不想待了就說，我讓你回去。」

光娃終於開口了，他怯生生地說：「我不回去，我要跟你去找阿爸阿媽。」

鄭老貴一下沒話了。

因為鄭老貴始終板著臉，彎彎也就知道這個新來的小傢伙是個不受歡迎的人。兩眼始終瞪著他，喉嚨裡發出低沉的嗚嗚聲，只差沒撲上去了。光娃那雙本來就怯生生的眼睛，更多了幾分害怕。鄭老貴只好把彎彎拴在門口的樹上。

吃過晚飯，鄭老貴坐在門口發呆。他不知道自己這事做對沒有。反正自打光娃進門，他心裡始終不好受。前些日子已經平靜的心情又起伏不定了。他拿出菸來，想抽，一隻小手把火柴遞過來，起初他以為又是彎彎，可發現小手還擦燃了火。轉頭一看是光娃。

他板著臉說：「你幹嘛？誰要你點火？」光娃膽怯地甩滅了火。鄭老貴嘆口氣，把火柴接過來，重新擦著火。

彎彎大叫起來。大概覺得光娃做了本該牠做的事，侵了牠的權。牠這麼一叫，鄭老貴才想起牠還拴著，走過去把牠從樹上解下來。彎彎馬上竄進屋，很有預見性地跳到牠的床上趴著。這小子可真機靈，知道有人要占牠的床了。

晚上睡覺時，鄭老貴剛在床邊坐下，光娃就把洗腳水給他端到了腳邊。他火了，罵道：「誰要你伺候？難道我叫你來是讓你伺候我的嗎？你搞錯了，我是要撫養你，不是剝削你。」光娃不知所措，退到另一張床的邊上靠著。背後的彎彎趁機朝他叫了幾聲。鄭老貴想了想，還是用光娃打的水洗了腳。

他看著坐在小凳上一動不動的光娃，嘆了口氣。走過去拍拍趴在另一張床上的彎彎說：「彎彎，以後你睡地下吧，讓你小哥睡床上。」彎彎不動，只搖尾巴，跟搖頭的意思差不多。

鄭老貴不由分說地將牠從床上抱到了地上。然後扯出一張乾淨床單換上，對光娃說：「以後你就睡這張床。把你帶來的衣服放到床頭櫃裡去。」

光娃將隨身帶來的一個布包打開，裡面只有幾件衣服，一雙鞋，一把蘿蔔槍，還有一支竹子做的口笛。他小心地，一樣一樣地放進床頭櫃裡。

鄭老貴見他彎下去時，屁股上的褲子有個洞。他讓光娃把褲子脫下來。光娃就老老實實地脫下了褲子，然後一聲不響地爬到床上，仰面朝天地躺下來，一動不動。

鄭老貴走過去，拉開被子給他蓋上。然後自己也躺到另一張單人床上。他伸手從枕頭下面拿出了相框。光娃來之前，他把那張裝著兒子救人照片的相框從桌上移到了枕頭下。他對著相框自語道：「直子，我這麼做，你一定是願意的，對不對？」

照片上，直子正努力地把光娃往岸上推，往生的岸上推。什麼也不說。鄭大貴撫摸著兒子的臉，說：「你不用回答，爸明白。」

他把照片放回枕下，拿起光娃的褲子補起來。做這些活兒，他沒問題。

一直悶聲不響的光娃忽然在對面的床上發出細細的聲音：「我想聽故事。」鄭老貴頓了一下，說：「我不會講故事。」光娃說：「我阿爸會講。」鄭老貴說：「我直子從不要我講故事。」光娃撐起身來好奇地問：「我直子是誰？」鄭老貴終於不耐煩地吼道：「睡覺了！哪兒那麼多廢話！」光娃嚇得連忙用被子蓋住了頭，過一會兒，就傳來輕輕的酣聲。

8

光娃是冷醒的，醒來一看，自己身上什麼也沒蓋。接著就聽見一種陌生的聲音。起身一看，床頭櫃大開著，他的衣服和鞋扯了一地，還有被子。

他趕緊起來，把被子拉回到床上。他聽見角落裡發出得意的叫聲，回頭一看，是彎彎。小傢伙正趴在那兒，嘴巴抵著地面，搖著尾巴。好像生怕光娃不知道是牠幹的。

光娃不敢罵牠。他怕牠，也怕鄭大伯。再說自己的確是占了牠的床。如果別人占了自己的床，自己也會生氣的。

鄭大伯走進來了，看到這情形果然沒罵彎彎，只是走過去拍拍牠的腦袋，大概想安慰牠一下。這下彎彎更來勁兒了，又撲上來想扯光娃的被子，這次被鄭大伯吼住了：「彎彎，你幹什麼？」

這一吼，不光是吼住了彎彎，把光娃也嚇了一跳。彎彎老實了，低頭走到門邊。鄭大伯又說：「還不趕快把地下的衣服撿起來？」

光娃馬上翻身下床，動作麻利地將衣服褲子套上，然後就去收拾地下的衣服。他感覺到鄭大伯一直在看他，目光有些發呆。光娃想，一定是他的動作快，鄭大伯喜歡。光娃就越發地麻利起來，他把地下的衣服褲子撿起來，不管三七二十一地塞回到床頭櫃裡。然後又去疊被子。他學著媽媽的樣子橫一下豎一下地疊，可疊出來的樣子卻和媽媽完全不一樣，像個大饅頭。他有些心虛地回頭去看鄭大伯。鄭大伯沒罵他。他放心了，又轉身去疊鄭大伯的。

鄭大伯攔住他說：「我的你不用管。你洗臉去吧。」光娃四下看看，見

盆裡沒水，桶裡也沒水，就拎起水桶往門外走，那熟練的樣子好像他常做這事。

彎彎追到門口，又衝他叫了起來，以為他要拿走牠家的水桶。鄭大伯吼了牠一聲：「彎彎，你再亂叫我揍你！你把人家衣服搞了一地，人家沒罵你，你還叫！」

光娃聽出鄭大伯的話裡有向著他的意思，很高興。走得更有勁兒了。彎彎不滿地回轉身來，趴在地下生悶氣。

光娃提著水桶，水桶胖胖的長長的，不是打著他的膝蓋就是踢著他的腳。光娃的身子被水桶襯托得又瘦又小。但光娃還是努力地把水桶提到了水井邊，並且學著爸爸的樣子把水桶掛在井繩上，放下去。他要像個大人似的做事，要讓鄭大伯高興，這樣鄭大伯就會帶他去找爸爸媽媽。這是村長伯伯說的。

不過有一點光娃不明白，村長伯伯一會兒說他阿爸阿媽會回來的，一會兒又說從今以後鄭大伯就是他的阿爸了，到底是怎麼回事呢？他有些糊塗。但他不敢問。鄭大伯的臉上總是沒有笑容，讓他害怕。不像他的阿爸，總是笑咪咪的。每天晚上睡覺前，阿爸還要給他講一個故事。有時候是書上寫的，有時候是阿爸自己編的。那些故事連阿媽都喜歡聽呢。

光娃將水桶打滿，卻拉不上來。水桶沉沉地掛在井底，一絲不動。鄭大伯從身後伸出手來，幫他往上拉。一邊拉一邊說：「以後打水的事不用你做。」光娃小聲說：「村長伯伯要我幫你做事。」鄭老貴想了想說：「那你就洗碗，掃地。」光娃點點頭，乖巧地說：「我還可以燒火。」

吃過早飯，鄭大伯對他說：「我去集市買點菜，你在家待著，別亂跑。」光娃點點頭，老老實實地坐在門檻上。彎彎習慣地站起來想跟著

去，剛走兩步就被鄭大伯叫住了：「彎彎，你也在家待著！」

彎彎的目光中流露出十分的不解，但也只好站下。光娃想，牠一定更恨自己了，自己沒來之前，牠一定是不離鄭大伯左右的。彎彎垂頭喪氣地走回來，見光娃坐在門檻上，就衝他叫起來。光娃不動。他想，只要牠不咬自己，叫就讓牠叫去。等牠熟悉自己了，就不會叫了。他們村裡也有好多狗，都是他的好朋友。總有一天彎彎也會和他做朋友的。

彎彎叫了幾聲，見光娃不怕，也不理，很是生氣，就竄進屋去，跳上床，把光娃的被子往床下拱。光娃想，牠一定是想攆他走。但他是不會走的，只要鄭大伯沒攆他，他就不走。

光娃一聲不響地又把被子抱回到床上，為了不讓彎彎搗亂，他索性坐在被子上，用屁股壓住被子。

彎彎折騰累了，就呼哧呼哧地坐在床的這一頭，看著光娃。光娃想，鄭大伯說我是牠的小哥，我該讓著牠，跟牠和好。可是怎麼才能跟牠和好呢？

光娃轉著眼珠，忽然想出一個好主意來。他翻身下床，從床頭櫃裡翻找出那支竹子做的口笛，那是阿爸給他做的。阿爸能用他吹出很好聽的聲音來。光娃拿出笛子，對彎彎說：「彎彎，你別生我的氣，我給你吹笛子。」

光娃就坐在彎彎的對面，努力地吹起笛子來。可光娃吹出來的聲音和阿爸吹出來的完全不一樣，他吹出來的聲音是直愣愣的，而阿爸吹出來的聲音是彎彎曲曲的，彎曲得就像村邊那條龍泉河一樣。

光娃繼續努力吹著。可他的臉都憋紅了，也吹不出阿爸那樣的聲音。他看見彎彎懶懶地趴下身去，眼裡已有些嘲笑的意思了。光娃一急就難過

起來，一難過就想阿爸阿媽了，一想阿爸阿媽，眼淚就嘩嘩嘩地流出來了，然後就是嗚嗚哇哇的哭聲。

阿爸阿媽，你們為什麼還不來接我呢？我要回家，我要和你們在一起⋯⋯

彎彎一聽見哭聲，很不耐煩，就昂起頭衝光娃叫了起來。

9

鄭老貴老遠地還沒進屋，就聽見了光娃的哭聲，還有彎彎的叫聲。難道彎彎咬了光娃嗎？他急忙三步兩步地走進屋，一眼看見光娃正坐在床上那團亂糟糟的被子上抹眼淚，而彎彎則坐在他的對面衝他大叫。他明白了幾分，衝上去不由分說地把彎彎拎下了床。

「彎彎你這傢伙怎麼沒完沒了？怎麼這麼欺生？」

鄭老貴見光娃那小人兒滿臉都是眼淚，有些心疼，就要拿腳去踹彎彎。光娃撲過來攔住了他：「不怪牠，牠沒惹我。」

鄭老貴不解地說：「那你哭什麼？」

光娃像是犯了錯誤似地細聲說：「我想阿爸阿媽了。大伯，你什麼時候帶我去找他們？」

鄭老貴愣怔了一下，轉過頭去，出了屋子。

鄭老貴想，得和這孩子認真談談了。汪村長他們是出於好心，騙他說阿爸阿媽出遠門去了，會回來的。那天還當著他說，只要好好聽話，鄭老貴就會帶他去找阿爸阿媽。可這樣騙下去何時是頭？再說他已經正式領養了光娃，就該讓光娃知道，他的親生父母不在了，他已經做了他的養父。

　　鄭老貴做了一頓自打來到「紅一連」後最認真的一頓飯。除了一鍋新米飯外，有紅燒魚，茭白肉絲，還有青菜豆腐湯。光娃呼拉拉就吃光了一碗，鄭老貴看著開心，又給他盛了一碗。小人兒還想客氣，說已經飽了。可第二碗遞到上手，又呼啦啦地吃下去了。

　　當然，彎彎也沒虧著，牠啃了一大塊肉骨頭，還有兩個魚頭。鄭老貴注意到，光娃還悄悄地從碗裡夾了一大塊肉給牠。光娃去洗碗的時候，鄭老貴又教育了彎彎一番：「以後他就是咱們家的人了，你不能老欺負他。」

　　彎彎也不知聽懂沒有，搖了搖尾巴，就到一邊兒打瞌睡去了。

　　鄭老貴讓光娃搬個小凳坐在自己跟前。光娃聽話地坐了過來。但他始終低著頭看地。鄭老貴嘆了口氣，摸摸他的頭。他想，一定是自己總板著臉，讓他害怕了。

　　鄭老貴不知怎麼開口說那事，就沒話找話地說：「光娃，阿爸阿媽喜歡你嗎？」光娃點點頭，小聲說，喜歡。「你也喜歡他們是不是？」光娃又點頭，「嗯」了一聲。「你還喜歡誰？」

　　光娃想了想，說：「我還喜歡村長伯伯，喜歡陳叔，喜歡陶姨，喜歡虎子，豆子，還有妞妞，喜歡……姑姑姑父，還喜歡孫奶奶……」

　　光娃的小眼睛滴溜溜地轉著，想一個說一個。鄭老貴已經明白了，凡是他認識的人，他都喜歡。這孩子跟直子一樣，是個好心腸。

　　光娃最後說：「我也喜歡你。」

　　鄭老貴逗他說：「你根本不喜歡我，你怕我。」

　　光娃膽怯地看了他一眼，沒有否認。但他忽然強調說，我最喜歡的人還是阿爸阿媽。好像他生怕鄭老貴不信，馬上從地下撿起一根木棍，說：「大伯，我告訴你我的心是什麼樣子吧。」

光娃用小棍子在地上畫了個長方形，又在中間把長方形分成兩半。他指著那個長方形說：「好比這是我的心，這一半是愛阿爸阿媽的，這一半是愛其他所有人的，村長伯伯，陳叔，陶姨，虎子，豆子，妞妞，還有姑姑姑父，孫奶奶，反正所有的人都在這裡面。你也在這裡面。」

　　鄭老貴半天說不出話來。過了一會兒，他終於伸出手，把光娃抱到自己的腿上坐著。

　　「光娃，你聽著，我要好好跟你說個事。」

　　光娃怯生生地望著他。

　　鄭老貴說：「你的阿爸阿媽，他們不在了，沒有了。」光娃說：「我知道，他們出遠門去了。」鄭老貴說：「不是，他們沒有出遠門，他們死了。」光娃好像並不吃驚，說：「村長伯伯告訴我，死了的意思就是出遠門的意思。」鄭老貴狠了狠心，說：「不，死了和出遠門不一樣，死了就是永遠也不會說話了，永遠也不會來看你了，永遠也不會喊你了，永遠不會對你笑了……」

　　鄭老貴說著，嗓子就哽咽起來。他又想起了他的直子。

　　光娃聽他說了那麼多「永遠」，不解地問：「永遠是什麼意思？」鄭老貴嘆息說：「永遠就是沒頭的日子，就是一輩子的時間。」光娃說：「我不怕，願意等。」鄭老貴說：「永遠就是你到死都等不到的日子。」光娃說：「那我會死嗎？」鄭老貴想了想，點點頭：「我們都會死的。」光娃問：「我死了就和他們在一起了嗎？」鄭老貴答非所問地說：「但是人是不能隨隨便便死的。人要活著。」「為什麼？」光娃望著他，眼裡滿是不解，「我想和爸爸媽媽在一起。」

　　鄭老貴把光娃的小手放進自己的大手掌裡，盡量和藹地說：「光娃，

我知道你想和阿爸阿媽在一起。可是在你去見阿爸阿媽之前，先跟我一起過好嗎？我替他們照顧你，替他們做你的阿爸阿媽。」

光娃看著鄭老貴，不知道該怎麼回答。

鄭老貴眼圈發紅，他掩飾地站起來，從櫃子上拿下一張兒子穿軍裝的單人照片，擦了擦，遞給光娃說：「你看，這就是我直子，他也和你阿爸阿媽一樣被水淹死了，永遠也不回來看我了，我也和你一樣沒有親人了……」

鄭老貴的眼淚終於流下來。

光娃看看照片，又看看鄭老貴。他抬起小手給他擦掉眼淚，說：「大伯，你不要哭，等我長大了，就和『我直子』一樣去當解放軍，做你的兒子，好不好？」

鄭老貴終於把光娃擁進懷裡。

這天晚上，鄭老貴又忍不住對著兒子的照片說開了：「直子，我已經下決心了，要把光娃撫養成人。你救了他，但他是個孤兒，爸來養他，這樣咱們做的就是同一件事情了，對不對？」

照片上的直子仍是一言不發，堅毅而又疲憊地推著那個大木盆，那是光娃的生命方舟。鄭老貴覺得不用直子回答，他也能明白。他關了燈，幾個月來頭一回睡得非常踏實安穩。

10

彎彎發現，自從來了這個小人兒，主人對做飯的事認真多了。牠猜想他一定是想給那小人兒補營養，瞧他瘦得那個樣子，肯定還沒有我身上的內多。

彎彎不反對改善伙食，但看主人什麼都替他想，差不多都忽略了牠，牠就有些不高興。這小人兒不但占了牠的床，還占去了主人對牠的關心。原來每天晚上，主人總是和牠聊天說話的，現在卻只跟那小人兒說了。

彎彎一生氣，又把小人兒的衣服從床頭櫃裡銜了出來，更重要的是，牠把他那支竹笛咬壞了。這下惹了禍，小人兒咧嘴大哭起來。彎彎不明白這有什麼好哭的，又沒咬疼他，不過是一支竹子，村裡到處都能看見的那種竹子。大不了讓主人折一根陪他嘛。可是小人兒哭得十分傷心。主人生氣了，就要揍牠。彎彎見勢不妙，迅速鑽到了床下。主人想彎下腰把牠拽出來，可他的老腰發硬，蹲不下去。彎彎就有恃無恐地在床下趴著。

後來小人兒睡著了，彎彎才悄悄地從床下爬出來。

小人兒叫光娃。彎彎聽見主人這麼喊他。不過從光娃的眼神看，他是想和自己友好相處的。有幾次他都蹲在牠的面前，跟牠說話。但彎彎不理他。其實彎彎也想和他玩兒，只是一時還拉不下這個架子。

昨天他們終於成了好朋友。晚上吃飯的時候，光娃又悄悄地把自己碗裡的肉夾給了牠。彎彎很領情，朝他搖了搖尾巴。光娃就笑起來。後來睡覺的時候，光娃招呼牠一起上床。起初牠不敢，怕主人罵。後來見主人出門了，光娃又招呼牠，牠就一搖一晃，有些不好意思地走了過去，然後躍上了床。光娃親熱地摟著牠的脖子，和牠說了好多話，還給牠撓癢。彎彎一下覺得和光娃一起睡比自己單獨睡還要舒服呢，於是就擠著睡了一夜。

早上起來也沒見主人罵。

早飯後，光娃洗碗，主人一個人背著手朝大陳莊走去。彎彎想起，主人已經好些日子沒到大陳莊去了。自從把這個小人兒領回來後，他好像忘了大陳莊似的。彎彎見主人朝大陳莊那個方向走去，忘了叫自己，連忙追

了上去。但主人回過身來朝牠揮揮手,說:「回去,回去!」

彎彎只好回轉身來。大概主人是想讓自己陪著光娃吧?陪就陪,瞧他那膽小樣兒,萬一生人來了說不定會嚇哭呢。

彎彎就蹲在門邊看光娃洗碗。看了一會兒就不耐煩了,這小人兒真笨,總共就那麼兩隻碗,半天都洗不好,要是主人洗,早就洗完了。光娃洗完碗,擦擦手,發現屋裡就剩他和彎彎了。

光娃就問:「鄭大伯上哪兒去了?」

彎彎朝著主人走的方向叫了兩聲,也不知光娃聽明白沒有。

光娃坐在門檻上,摸著彎彎的耳朵說:「你想爸爸媽媽嗎?」彎彎不明白爸爸媽媽是什麼,牠只覺得光娃摸牠的耳朵摸得很舒服,那兒一直很癢。光娃又說:「鄭大伯說,我的爸爸媽媽永遠不會來看我了,你知道永遠的意思嗎?」彎彎不知道,牠索性蹲到了光娃的對面,把頭拱進光娃懷裡,希望兩隻耳朵都能享受到摳癢癢的福份。光娃好像很懂牠,就用兩隻手為牠摳起癢來。

過了一會兒,光娃的手停下來,又問彎彎:「你說鄭大伯他喜歡我嗎?」彎彎真想說這你還不明白?當然喜歡。不然他幹嘛一天到晚都給你做好吃的?彎彎忍不住就叫了兩聲,光娃以為牠還要摳癢。但彎彎跳開了。彎彎覺得光娃已經為牠摳了半天的癢,牠也該為他做點兒高興的事了。

彎彎在屋裡跑來跑去,還直起身子走路,想逗光娃開心。光娃果然開心地大笑起來。彎彎更來勁兒了,上竄下跳,一下撞開了主人的櫃子,一頂軍帽從裡面掉了出來。

光娃好奇地撿起來,上面還有帽徽呢。他把帽子戴在自己頭上,然後

拿下主人放在櫃子上的照片，看看鏡子裡的自己，又看看照片上的人，嘆氣道：「不行，我沒有大哥哥那麼神氣。」

彎彎看著光娃那樣子，一下明白了：原來這個光娃也和小主人一樣想當解放軍呀。這還不容易，彎彎鑽進櫃子，叼出一件軍裝來。光娃眼睛一亮，馬上把軍裝也穿上了身。可是軍裝太大了，光娃就像是穿了一件大衣，晃來晃去。光娃看著自己的模樣，開心地大笑起來。

這時門突然開了，主人回來了。主人見到屋裡的情形，愣了。可光娃還在笑呢。主人衝上前，一把揪住了他，把他提溜到床上，大吼一聲：「你給我脫了！」

光娃嚇壞了，嘴一咧，哇地一聲哭起來。主人卻不由分說，將他身上的軍裝剝了下來。還大聲地數落著什麼。

彎彎看不過去了，主人怎麼能這樣不講道理呢？光娃沒做錯什麼呀，無非就是穿了件衣服嘛。彎彎就衝著主人叫了起來，主人很惱火，抬腳就要踢牠。彎彎跳上床去，躲在了光娃的身後。光娃一邊哭，一邊還伸手護著彎彎。彎彎看著主人把軍裝疊起來，把帽子從地上撿起來，重新放進了櫃子，還上了鎖。看來這些東西對主人很重要。彎彎想，以後再不能碰這些東西了。

光娃不哭了，他看著鄭老貴做完這一切，好像也明白了什麼。他膽怯地說：「大伯，我錯了。」但鄭老貴還是不說話，一個人坐到院子裡吸菸去了。光娃也跟著走到院子裡，小心翼翼地拿了根凳子塞到鄭老貴屁股底下。鄭老貴回頭看了他眼，嘆口氣。看來他已經原諒他了。彎彎跟過去，趴在鄭老貴的腳邊。

光娃說：「大伯，你不想讓我當解放軍是嗎？」鄭老貴搖頭。光娃又

說：「那是……我現在太小了是嗎？」鄭老貴還是搖頭。光娃說：「那是……我不該動大人的東西是嗎？」鄭老貴這次沒有搖頭，只是悶頭吸菸。光娃就低頭拍拍彎彎的腦袋，說：「聽見了嗎？以後咱們別再隨便動大人的東西了。」

彎彎搖尾巴。牠覺得不是這麼回事。以前牠也亂翻過主人的東西，從沒見主人發過這麼大的火。一定還有別的原因。但是連光娃都弄不明白，牠就更沒法明白了。牠有些難過地舔著光娃的手。

後來，鄭老貴終於站起來，做飯去了。

11

李旌又到「紅一連」來採訪了。

宣傳股長跟他說：「新聞需要跟蹤報導。紅一連出了一個愛民模範，已經過去三個月了，你應該再去了解一下，看看在英雄事蹟的鼓舞下，連裡是否又湧現出新的愛民事蹟。」

其實股長不說，他也想到紅一連看看。自從那次水災後，他對紅一連就有了一種特殊的感情。這也許是因為他在那兒留下了深刻的人生記憶。一個人對一個地方是否有感情，一般來說不取決於他在那兒待的時間長短。可以說大陳莊讓他經歷了一次心靈的洗禮，他想忘也忘不了。

李旌在路上遇見了去集市買菜的鄭老貴。

李旌打招呼說：「大伯，幹嘛去？」

鄭老貴說：「去買點兒肉和魚。那孩子正長身體，光吃素菜不行。」

李旌說：「幹嘛跑那麼遠去買，到連裡食堂去拿一些不就行了？你們

一老一少，能吃多少呀？」

鄭老貴說：「不能那樣。既然是我收養的兒子，就該我來養。你放心，我養得起的。」

雖然鄭大伯跟他說話的口氣很隨和，但李旌始終有些局促。他的那個心理障礙還沒有完全消除。他也不知道何時才能消除。

李旌又問：「小傢伙怎麼樣？」

鄭老貴笑道：「他呀，能吃著呢。你來看看就知道了。」

李旌說我待會兒就過來看你們。

說實話，他還真想見見那孩子呢。在過去這幾個月裡，他腦海裡時常浮現出那雙怯生生的眼睛。那張照片，他仍然沒拿去發表，他不想把它當作作品。除了掛在紅一連的榮譽室外，別處都沒有。

李旌一到連裡，就跟劉連長說起遇見鄭老貴的事。

劉連長說：「嗨，這個老漢強著呢。前些日子我讓兩個戰士給他背些米麵去，第二天他又給背回來了。他說他不能沾連裡的光，不能給連裡添麻煩。不然他就不能安心住下去了。」

李旌說：「那就按他的意思來吧。」

劉連長說：「可是我們過意不去呀。他給我們把菜地弄得好好的，魚苗也看著長大了，他還貼了飼料錢。」

李旌說：「能不能想些其他方式？」

劉連長說：「鄭大伯剛收養光娃的時候，連裡的好多幹部戰士都挺激動的，當時就爭著捐錢。後來我們就這事召開了軍人大會，討論後形成一項決議，今後由我們連來提供光娃的生活費。戰士每月捐兩塊，幹部每月捐五塊，這樣加起來每月有三百來塊錢。但這錢被鄭老貴拒絕了。他說我

有退休金，還有撫恤金。足夠了。」

李旌在本子上刷刷地記著：「後來呢？」

劉連長說：「後來我就把第一次捐款，以鄭直的名義存進了銀行。我相信總有一天會派上用場的。」李旌又問：「現在呢？」劉連長笑道：「你真能刨根問底。告訴你吧，現在已經存進去兩筆了。」李旌說：「太好了。真希望我也是紅一連的。」劉連長說：「那你就調來吧。」李旌說：「還真有這個可能呢。」

李旌本想約劉連長他們一起去看光娃，但劉連長工作太多了，指導員探親了，就他一個連隊主官，他走不開。

李旌就一個人去了。

一大早，光娃就起來了。阿媽說，早起床的人會有好運。何況鄭大伯每天都起得很早。好多次，光娃起來的時候，鄭大伯已經從地裡幹活回來了。

不過光娃今天早起，是因為心裡裝著一件事。他打算等鄭大伯出門後就來做這件事。

光娃熟練地疊好被子——現在他疊得比原來好多了，雖然還趕不上紅一連的解放軍叔叔，但鄭大伯已經很滿意了。然後他就掃地。掃地的時候，彎彎老是搗蛋，跟著掃把轉。光娃不生氣，一個勁兒咯咯咯地笑。他和彎彎現在已經是好朋友了，每天晚上在一個床上睡覺呢。

直到鄭大伯吼住了彎彎，光娃才把地掃乾淨。

後來他們一家三口就坐下來吃早飯。鄭大伯把僅有的一個鹹鴨蛋遞給了光娃。每次都是這樣，鄭大伯總是把最好吃的或者最營養的東西給光娃吃。

但光娃還是有些怕鄭大伯。他總覺得鄭大伯有心事，並且這心事和他也有關。前兩天他穿了彎彎從櫃子裡扯出來的軍裝，鄭大伯發了好大的

火。真把他嚇壞了。到底是為什麼呢？光娃想不明白。每天吃過晚飯，鄭大伯常常一個人到他們村裡去，不帶他，也不帶彎彎。有一回他和彎彎偷偷跟去了，發現鄭大伯並沒有進村，只是坐在一個山坡上望著村口的那棵黃果樹發呆。光娃知道樹下有一個墓碑，裡面埋著那位救他的大哥哥。難道鄭大伯也認識那個大哥哥嗎？

有一回光娃聽村裡人議論，說他是個命很硬的傢伙，把爸爸媽媽還有那個大哥哥都剋死了。光娃不懂這話的意思，但他明白這不是好意思。光娃想，會不會是因為這個原因，鄭大伯就不喜歡自己呢？可是他為什麼又要留下自己當兒子呢？還有，讓他當兒子，為什麼又不讓他叫阿爸呢？

光娃還發現一個祕密，鄭大伯每天晚上睡覺前，都要從枕頭下面拿出一個相框來看。昨天晚上光娃起來解手時，鄭大伯正在那兒看，一見他起來，連忙把相框塞到枕頭下面去了。

光娃就想，等哪天鄭大伯不在的時候，偷偷拿出來看一眼，上面到底是什麼？光娃今天心裡裝的事，就是這。

吃過早飯，鄭大伯說他要到集市上去買菜。光娃摟著彎彎的脖子很懂事地坐在門口說：「你去吧，我會好好在家的。」

鄭大伯就背了個竹簍走了。

彎彎覺得今天的光娃有些不對勁兒。

往常主人一出門，他就會和牠瘋鬧，要麼趴在地下學牠的樣子叫，或者學牠的樣子往前匍匐，要麼就丟東西讓牠去追，或者讓牠直立。可今天主人走了之後，他好像忘了牠似的，馬上就鑽進屋去了。

彎彎也跟著進了屋子。

彎彎看見光娃上了主人的床。放在過去，彎彎早就朝他大叫了。可現

在他們是好朋友了。牠只是看著他，不明白他想幹什麼。光娃翻開主人的枕頭，從下面拿出一個相框。這個東西彎彎見過，原來主人一直放在櫃子上的，自從光娃來到這兒之後，主人就把它藏起來了。彎彎也不知道他為什麼要藏。彎彎只知道主人一看那裡面的照片就要落淚，把一張老臉弄得溼乎乎的，因為那裡面有小主人。小主人永遠離開他了。

光娃把相框拿在手上，臉上顯出一種吃驚的表情。彎彎也跳上床，湊過頭去看，還是那張照片嘛。但彎彎突然有了一個新發現，那上面除了小主人，還有光娃。牠以前怎麼沒發現呢？彎彎忍不住叫了兩聲，想告訴光娃牠的新發現。

光娃好像嚇了一跳似的，骨碌一下從床上跳下地，到櫃子前拿下另一張照片一起跑到屋外。他在亮晃晃的太陽下面將兩張照片翻來覆去地仔細看，還擦了擦眼睛。

彎彎覺得哪用得著那麼仔細地看？那不明擺著是光娃嘛，難道他連自己都不認識了？

光娃的眼神似乎有些緊張。彎彎不明白他怎麼了。光娃返身進屋。不知是因為眼睛被太陽光刺激了還是因為緊張，他突然被屋子中間的小板凳絆了一下，跌倒在地，只聽啪嚓一聲，相框摔碎了。

光娃木怔怔地望著地下的碎玻璃發呆。彎彎著急地衝他大叫，發什麼呆？還不趕快撿起來，不然主人回來又該罵你了！可光娃好像沒聽見似的，他發了一會兒呆，撒腿就往外跑。

彎彎連忙跟了出去。

鄭老貴買好菜就匆匆往家走。他惦記著兩個小傢伙呢。

說心裡話，他現在已經越來越喜歡光娃了，這孩子雖然很小，但脾氣

性格，還有那單純的笑容，都和他的直子很像。

雖然鄭老貴還沒讓光娃叫他阿爸——那是因為他多少有些不好意思。但每天早上醒來能見到光娃的笑臉，已讓他感到生活不再那麼沉重了。昨天晚上他和光娃一起坐在院子裡說話，天氣很好。光娃望著天上的星星，突然合手閉上了小眼睛。他問光娃幹什麼呢？光娃說，他在向星星許願。阿媽說，小孩子的願望要許給星星。他問光娃：「那你許的是什麼願呢？」光娃說：「希望你天天開心。」鄭老貴聽了，忍不住把光娃抱進了懷裡。他嘴上說，這叫什麼願？但心裡還是被感動了，他想，看來自己對光娃還是不夠好，還不夠親切。

鄭老貴心裡拿定主意，從今以後要慢慢改變對光娃的態度，讓他和自己親起來。還有，他要讓光娃叫自己阿爸。他們要成為真正的父子。

爬上坡，剛看見自己那小屋的房頂，鄭老貴就聽見了彎彎的大叫。

怎麼回事？這兩個小傢伙這段時間已經很友好了，怎麼又叫起來了呢？鄭老貴三步並作兩步地朝家裡跑去。

院子裡沒人，小屋的門也大開著。鄭老貴一眼看見地下的碎玻璃渣子——他最珍貴的相框摔碎了，兩張照片都掉在地下。一定是光娃惹了禍，躲起來了。他連忙出門去找。

鄭老貴站在院子裡四下張望，順著彎彎的叫聲，他終於發現光娃已爬到了池塘邊的一棵樹上，樣子很危險。

鄭老貴的心一下懸起來。可他不敢喊，害怕一喊嚇著了光娃。於是他先叫彎彎，「彎彎，你叫什麼呢？噢，你的光娃哥爬到樹上去啦？我看見了看見了，你別叫了。光娃，你上樹幹嘛？發現鳥窩了嗎？」

光娃兩手緊緊地抱著樹幹，怯生生地望著鄭老貴，那眼神讓鄭老貴想

起了照片上的眼睛，他的心裡不由地生痛。他盡量隨和地說：「下來吧，光娃，那樹上現在沒有鳥窩，要冬天才有。」

鄭老貴一邊說，一邊朝光娃靠近。光娃帶著哭腔說：「我不是掏鳥窩，鄭大伯……」

鄭老貴說：「那你上樹幹嘛？」

光娃小聲說：「我做錯了……」

鄭老貴假裝吃驚地問：「做錯什麼了？偷吃雞蛋了？」

「不是，我把那個東西……打碎了……」光娃哭泣道。

「哦，你是說那個相框吧？我看見了，沒什麼大不了的嘛。玻璃的東西，它就是不結實。大伯再重新買一個好了。那能值多少錢。你要是把你自己摔碎了，大伯怎麼辦……」

話一說到這兒，鄭老貴忽然動了感情，哽咽住了。

光娃還是哭，搖頭說：「你不喜歡我，因為『我直子』是為了救我才死的，你喜歡『我直子』。」

鄭老貴愣住了。光娃的話讓他感到深深的自責，停了一會兒他說：「光娃，那不是你的錯。大伯怎麼能怪你呢？大哥哥救你是應該的，我是說，我直子救你是應該的。他是解放軍呀，對不對？你要是解放軍，也會去救小孩兒的，是嗎？我直子要是沒把你救活，他會很難過的，我也會很難過的……」

光娃眼裡閃出了亮光，說：「你真的不生我的氣嗎？」

鄭老貴說：「怎麼會呢？大伯怎麼會生你的氣呢？大伯喜歡你。你是個好孩子，快下來吧，下來了大伯給你講故事。」

光娃驚奇地問：「你會講故事了？」

鄭老貴說：「所有的阿爸都會講故事。你聽著：從前有座山，山裡有座廟⋯⋯」光娃笑了，說：「這個故事我也會，廟裡有個老和尚⋯⋯」他一樂，身子忽然一晃，嚇得鄭老貴連忙伸出雙手去接。還好，光娃又穩住了。但鄭老貴已覺得雙腿發軟。在那一刻他意識到，自己離不開光娃了。如果光娃再有個三長兩短，他這條老命就別要了。

但鄭老貴還是沉住氣，繼續仰頭對光娃說：「你講得不對，沒有老和尚，你聽我講嘛。不過我講的時候，你要往下移。」

光娃答應了，開始往樹下移。鄭老貴像隻老母雞一樣伸出雙臂去接。同時還在繼續講他的故事，他有口無心地說著：「廟裡有個桶，桶裡有個鍋，鍋裡有個碗，碗裡有把米⋯⋯」

突然，光娃一腳踩斷了一根樹枝，整個人掉進了池塘。幾乎是一瞬間，鄭老貴撲通一聲跳進了水裡。

彎彎急得大叫起來。

李旌遠遠地看見鄭老貴的小屋大敞著門。他邊走邊喊：「鄭大伯！」沒人應，也沒聽見狗叫。李旌進了屋，發現有些不對勁兒。地下碎著一個相框，他撿起來，發現裡面正是他拍的那張照片。為什麼會碎在地下？人都上哪兒去了？

忽然，彎彎竄了進來，一下銜住了他的褲腳，把他往屋外拖。李旌頓時預感到出事了，連忙隨著彎彎往門外跑。彎彎一直把他帶到池塘邊，並且衝著水裡大叫。

李旌一下看見了兩個人，那是鄭大伯和光娃。

李旌腦子裡只有一個念頭，不能再錯了！他飛快地朝池塘邊跑去，丟

下相機，撲通一聲也跳了下去。幾乎是同時，焦急萬分的彎彎也撲通一聲跳了下去。

池塘裡，鄭老貴一手挾著光娃，一手划著水在往岸邊靠，李旌游過去接應他，兩個人一起把光娃頂上了岸，鄭老貴轉回頭，將彎彎也頂上了岸。然後他自己一躍上了岸。

鄭老貴上得岸來，一句話也不說，揪住光娃的屁股就狠狠打了一巴掌。光娃「哇」的一聲大哭起來。

鄭老貴驚魂未定，氣咻咻地蹲到了地下。

李旌不知所措地站在一邊。他有些心疼光娃，想把他摟進懷裡，沒想到光娃掙脫掉他的手，淚眼婆娑地往鄭老貴的身邊靠。他忽然一把摟住了鄭老貴的脖子，大聲喊道：「阿爸，我愛你！」

鄭老貴愣怔了一下，即把光娃摟進懷裡，一時間老淚縱橫。

李旌的鼻子一酸，眼睛也溼了。

彎彎見他們一老一少緊緊貼在一起，沒有了牠的事兒，著急地圍著他們前後打轉，一陣亂叫。光娃破涕為笑，伸出一隻胳膊來摟住了彎彎，稚氣地說：「彎彎，叫我哥哥，我給你講故事。」

鄭老貴笑了。

李旌也笑了。

李旌笑的同時忽然反應過來，竟差點兒忘了自己的本行。他連忙撿起地下的相機對準了鄭老貴、光娃和彎彎，他從鏡頭裡意外地發現，他們背後的水和天在此刻竟是同色的，天藍藍，水藍藍。

喀嚓一聲，李旌將這水天一色，永遠定格在了鏡頭裡。

後記

　　這部小說集收錄了我的九個中短篇小說，除〈水天一色〉較早外，其餘八篇都是 2017 年至 2018 年兩年之內創作的，是名副其實的近作。其中短篇小說〈曹德萬出門去找愛情〉獲得了人民文學短篇小說獎，中篇小說〈滷水點豆腐〉獲得了「芳草女評委大獎」，短篇小說〈聽一個未亡人講述〉進入了 2018 年中國短篇小說排行榜。短篇〈調整呼吸〉先後進入了六個「2017 年短篇小說年選」。其他，如〈失控〉、〈加西亞的石頭〉等，也先後被《小說月報》、《中篇小說選刊》和《2018 年軍事文學年選》等選刊選本選載，這些在一定程度上展現了文學圈和讀者對我短篇小說的認可。

　　我喜歡寫中短篇小說，尤其喜歡寫短篇。在題材選擇上，我的關注點又比較多放在日常生活上，放在了普通人身上。這九個小說裡，除了〈滷水點豆腐〉，我嘗試在其中加入了一些科幻元素的創作，其他幾篇都是來源於現實生活，甚至是當下生活的。

　　其實越貼近現實越不好寫，所謂畫鬼容易畫人難。我注意到，有些作家的現實主義作品，追求的是極為真實的描摹，像工筆畫一樣絲絲縷縷地刻劃現實；有些作家則相反，在寫作中融入了許多個人情緒，因對現實的憤懣不滿，而傳達出非理性的傾向。

　　現實主義並不是寫實，這個已成為共識了。但怎樣在貼近中保持理性，在理性中追求藝術？在藝術中尋找力量？始終是值得探索的和努力的。我的一點體會是，現實主義不能只停留在追求真實生動上，或者所謂的「接地氣」上，真正的有力量的現實主義，是有人文理想人文情懷的現實主義。在我，就是要在作品中注入我的情感，我的立場，我的願望。

後 記

　　也許有人認為，這樣的願望表達，會不會讓小說呈現出一種「不真實」？對此我想說的是，在進入寫作之後，我會認定一種我內心的真實，藝術的真實。對於藝術的真實，每個作家和每個作家不一樣，他從生活中提煉出來的，就是他認為的藝術真實。「生活的真實」大家都知道，能親眼看到，聽到，觸摸到。可是當你要把他變成小說時，已經經過了你這個作家的加工，這個加工的過程其實就是變為藝術真實的過程。你的文學修養，文學追求，審美情趣，甚至是你的成長經歷，都會影響到「你的」藝術真實。所以，小說不僅是我對生活的設問，還暗含了我對生活的願望。

　　我的小說題材的另一個關注點是女性，我喜歡寫女性在家庭婚姻愛情中的遭遇和狀態，寫她們的悲歡離合。身為一位女性作家，作為一個已經體驗了六十年女性生活的人，也許我更能體察女性的內心世界，情感世界，更能理解她們的脆弱、敏感、浪漫，也更能欣賞她們的堅韌、勇敢、樂觀。平日裡，我常常和我的一幫女友混在一起，喝茶，聊天，逛街，旅遊，分享網購物品，不亦樂乎。同時我們也經常討論社會問題，交流對時政的看法。我們也一起參加公益，為需要幫助的人盡微薄之力。她們中無論是和丈夫在一起的，還是離異的，都活得很獨立，很充實，有精神追求。雖然大多數中國女性並非如此，但她們的存在讓我更加熱愛女性。

　　雖然在我的小說裡，一些女性形象並不都是亮色的，比如〈調整呼吸〉裡的牟芙蓉，比如〈百密一疏〉裡的李美亞，但她們呈現出的充盈而又豐滿的狀態，讓人能看到真實複雜的人性。這個也正是我想追求的。

　　當然，這本集子裡不僅僅是女性故事，也有男人，也有孩子。而且我意外的發現，我竟然寫了四個老男人的故事。當然，所謂老男人，是以世俗的眼光來看的，如果用文學的眼光看，他們不該被歲月定義的，他們曾

經是孩子，曾經是青年，曾經是中年，作家的目光應當能穿透歲月，所以當他們走入我筆下時，都帶著他們完整的一生。

我還會繼續寫下去，在創作中豐富自己的歲月。

裘山山

失控：
世上原本沒有最後一根稻草，壓倒駱駝的是每一根稻草

作　　者：裘山山

發 行 人：黃振庭

出 版 者：崧燁文化事業有限公司

發 行 者：崧燁文化事業有限公司

E-mail：sonbookservice@gmail.com

粉 絲 頁：https://www.facebook.com/
　　　　　sonbookss/

網　　址：https://sonbook.net/

地　　址：台北市中正區重慶南路一段六十一號八樓
　　　　　815 室

Rm. 815, 8F., No.61, Sec. 1, Chongqing S. Rd.,
Zhongzheng Dist., Taipei City 100, Taiwan

電　　話：(02)2370-3310

傳　　真：(02)2388-1990

印　　刷：京峯數位服務有限公司

律師顧問：廣華律師事務所 張珮琦律師

定　　價：350 元

發行日期：2023 年 11 月第一版

◎本書以 POD 印製

國家圖書館出版品預行編目資料

失控：世上原本沒有最後一根稻草，壓倒駱駝的是每一根稻草 / 裘山山 著 .-- 第一版 .-- 臺北市：崧燁文化事業有限公司, 2023.11
面；　公分
POD 版
ISBN 978-626-357-824-1(平裝)
857.63　112018153

電子書購買

臉書

爽讀 APP